KB078324

관상왕의
1번룸

관상왕의 1번 룸 9

가프 장편 소설

초판 1쇄 찍은 날 § 2015년 10월 15일
초판 1쇄 펴낸 날 § 2015년 10월 22일

지은이 § 가프
펴낸이 § 서경석

편집책임 § 한준만

펴낸곳 § 도서출판 청어람
등록번호 § 제387-1999-000006호
등록일자 § 1999. 5. 31
어람번호 § 제1-2260호

주소 § 경기도 부천시 원미구 부일로 483번길 40 서경B/D 3F (우) 420-822
전화 § 032-656-4452   팩스 § 032-656-4453
http://www.chungeoram.com
E-mail § chungeorambook@daum.net

ⓒ 가프, 2015

ISBN 979-11-316-90465-3 04810
ISBN 979-11-316-90237-6 (세트)

※ 파본은 구입하신 서점에서 교환하여 드립니다.
※ 저자와 협의하여 인지를 붙이지 않습니다.
※ 이 책은 도서출판 청어람과 저작자의 계약에 의해 출판된 것이므로,
   무단 전재 및 유포 · 공유를 금합니다.

가프 장편 소설

관상왕의
1번룰

FUSION FANTASTIC STORY

도서출판 청어람

CONTENTS

제1장

죽은 자의 관상을 봐라

"하루 종일 엄청 바쁘던데요?"

저녁 무렵, 카날리아로 찾아온 윤표가 말했다. 종일 반태종의 꽁무니를 따라다닌 모양이었다.

"집은?"

길모의 관심사는 집이었다. 고상준의 금고 역할에 발 노릇까지 한 반태종. 비자금이 아직 남아 있으니 따로 보관하고 있을 게 분명했다.

"집은 2층짜리 단독주택이에요."

단독주택!

고층 아파트보다는 나았다.

"찍었냐?"

"당연하죠. 그런데……."

윤표가 잠시 말을 더듬었다.

"왜?"

"점심시간에 누굴 만났어요."

"응?"

"호기심이 일어 따라가 봤는데, 컨테이너 야적장이더라고요."

"컨테이너?"

"거기서 꽤 오래 머물렀어요. 컨테이너를 체크하면서."

"생산품이 들었나?"

"아니에요. 보아하니 이런저런 잡동사니 모아둔 곳 같던데… 안에는 박스 무더기만 잔뜩 쌓여 있고…….."

비자금이다!

박스라는 말을 듣자 바로 촉각이 곤두섰다.

"장소는?"

"장한평 인근의 중랑천 쪽이었어요."

"사진 찍었지?"

"물론이죠."

"수고했다."

길모는 사례비를 봉투에 담아 주머니에 찔러주었다.

"형, 이거 숙희 씨 부의금에 보태서 내주세요."

윤표가 거절했다. 장호에게 벌써 얘기를 들은 눈치였다.

"네가 무슨 돈이 있다고 그래? 부의금은 내가 넉넉히 냈으니까 그냥 넣어둬."

"아니에요. 그래도 얼굴도 몇 번 본 아가씨인데…….."

윤표는 막무가내다. 가난하지만 정이 많은 아이. 괜히 한 번 그러는 게 아니었다.

"그러면 네가 직접 문상하고 내든가. 그리고……."

길모는 또 다른 부탁과 함께 윤표에게 봉투를 안겨주었다.

[윤표 갔어요?]

잠시 후에 장호가 바나나를 몇 개 들고 뛰어나왔다. 윤표를 챙기려던 모양이었다.

"숙희한테 가려나 보더라."

[에? 내가 괜히 말했나?]

"아니야. 잘했다."

[정보 좀 가져왔어요?]

"그래. 일단 소재는 파악된 거 같다."

[울라?]

이야기를 나누던 장호가 움찔거렸다. 바로 그 순간, 반태종의 차가 주차장으로 들어선 것이다. 신기하게도 어떤 호랑이는 제 말하면 반드시 온다.

"홍 부장님!"

반태종은 차를 세우기 무섭게 길모에게 다가왔다.

"안녕하세요?"

"부탁하신 거 가지고 왔습니다. 바쁘시겠지만 잠깐 안에서 얘기 좀 할 수 있을까요?"

"그러시죠."

길모는 기꺼이 반태종을 맞이했다.

"우선 사장님 자료입니다."

룸에 들어선 반태종이 USB와 함께 사진을 내밀었다. 사진의 양은 많았다.

대표이사 취임식 때 썼다는 반듯한 사진.

투신한 걸 건져내 인공호흡을 하다 결국 사망하자 그 얼굴을 찍은 사진들.

꽃(?) 단장을 하고 관에 누운 사진들.

하지만 단 한 장을 제외하면 결국 다 죽은 얼굴이었다.

"되겠습니까?"

죽은 사람의 사진.

관상을 모르는 반 상무도 켕기는 표정이었다.

"다른 건 없나요?"

"저번에 설명드렸다시피……."

"잘 생각해 보세요. 워낙 측근에서 모셨으니까 핸드폰 셀카 사진이라도……."

"우리 사장님은 카메라만 들이대면 바로 역정을 내시기 때문에……."

헐!

"오죽하면 회사 공식행사 때도 근접 촬영은 못하게 하실 정도입니다."

"……."

"여기 동영상은 사망 이틀 전에 마지막 공식행사 때의 것인데, 이것 역시 근접 촬영은 거의 없을 겁니다."

반태종은 걱정스러운 시선으로 길모를 바라보았다.

"어쩌겠습니까? 그래도 없는 것보다는 낫겠죠."

때는 바야흐로 카메라의 시대다. 핸드폰에 내장되어 아무 때나 심심풀이로 터트리는 카메라. 더구나 알짜 기업으로 불리던 기업의 수장이 사진 한 장 제대로 없다니… 어이없는 현실에 한숨이 나왔지만 도리가 없는 일이었다.

"그럼……?"

결과는 언제 나옵니까?

반태종이 눈으로 물었다.

"며칠 걸릴 겁니다. 영상에서라도 상을 볼 만한 그림이 좀 나오면 땡겨질 수도 있고……."

"……?"

"아무튼 중간에라도 유의할 점이 나오면 바로 연락드리겠습니다."

"그보다……."

반태종이 고개를 들었다. 그러고 보니 그 얼굴에는 불안이 가득 서려 있었다.

"변동이 생겼나요?"

"검찰 쪽 지인에게 들은 말인데, 여론 때문에 관계자 소환을 하겠다는 말이 나왔답니다. 일단 사장님 측근이 대상이 될 것 같다는데 그렇게 되면 제가 최우선 타깃으로……."

"변호사 선임은 하셨죠?"

"물론이죠. 회사 고문 변호사에게 자문을 듣고 있습니다."

"그럼 우선은 그분 말대로 하시면 되겠네요."

"정말 제 관상에 교도소 갈 액운은 없는 겁니까?"

"전에 말씀드린 대로입니다."

"믿어도 되겠지요?"

"예!"

길모는 한마디로 쐐기를 박았다.

반태종은 가벼운 묵례를 남기고 돌아갔다.

와장창!

반태종을 보내고 계단을 내려올 때였다. 1번 룸 안에서 뭔가 깨지는 소리가 들렸다. 황급히 문을 여니 장호가 보였다.

"왜 그래?"

바닥을 보니 물컵이 몇 개 박살 나 있었다.

[형…….]

장호는 벽에 기대 바들거렸다. 그 앞에는 고상준의 사진이 떨어져 있다. 죽은 사람의 얼굴. 그것도 한두 장이 아닌 사진. 놀라는 것도 당연했다.

"봤냐?"

길모가 묻자 장호는 하얗게 질린 얼굴로 고개를 끄덕거렸다.

"로드 황태자가 이런 거에 놀라냐? 귀신이 온 것도 아니고……."

길모는 사진을 집어 들며 웃었다.

[뭐가 아니에요? 완전 귀신인 줄 알았잖아요? 그렇잖아도 숙희 남자 장례식장에 다녀온 판에!]

"에비!"

장난기가 발동한 길모, 사자의 사진을 장호 코앞에 대고 흔들었다.

[아, 진짜…….]

장호는 몸서리를 쳤다. 더구나 익사자라 생기가 하나도 없는 얼굴. 장호 말마따나 장례식장에 다녀온 직후였으니 소름이 돋을만도 했다.

그래도 길모는 그렇게 심각하지 않았다. 파타야의 바다. 기억이 그때 그 순간으로 워프를 했다. 거기서 만났던 아비규환과 그 지옥을 헤치며 명부를 집행하던 사자들. 세상의 어떤 지옥을 만나더라도 그보다 더할 수는 없었기 때문이었다.

[죽은 사람 얼굴은 왜 잔뜩 가지고 왔대요?]

깨진 물컵을 수습한 장호가 물었다.

"내가 부탁했다. 관상 보려고."

[에?]

장호가 또 눈을 뒤집었다.

"관상 본다고. 귀 먹었냐?"

[형…….]

"너 제국전산 사건 뒤져 봤지?"

길모가 묻자 장호는 고개를 주억거렸다.

"거기서 진실을 말하는 사람, 누가 있더냐?"

이번에는 고개를 가로젓는 장호.

"그 진실을 아는 사람은 누굴까?"

[그, 그야 물론 죽은 본인…….]

"잘 아네. 그래서 부탁한 거다."

[형!]

기껏 설명을 듣고서도 오들오들 떠는 장호.

"이 자식, 나랑 자취하면서 부실하게 먹더니 몸 많이 상했구

나. 보약 한 첩 지어줄까?'

[아, 지금 그 문제가 아니잖아요?]

"죽은 사람 관상을 어떻게 보냐고?"

길모는 사자의 사진에 시선을 맞추었다.

[네.]

"너, 예전에 책 읽다가 나한테 해준 말 있었지."

[그게 뭐 한두 개예요?]

"승자에 관한 정의."

[승자는 한 번 더 시도해 본 패자다?]

"오케이!"

길모는 허공에 대고 손가락을 따악 튕겼다.

우선 노트북에 동영상을 띄웠다. 강연회였다. 반 상무의 말은 틀림이 없었다. 얼굴이 단 한 번도 변변하게 잡히지 않은 것이다.

길모는 대표이사 취임식 때의 사진에 더해 고상준의 전반적인 관상을 읽어냈다. 그건 크게 어렵지 않았다.

당 62세 고상준.

네모나면서도 넓은 이마였다. 인생 중반에 운이 트이고 세상을 큰 스케일로 보는 상이니 상(相)대로 살았다. 눈이 잘린 듯하면서 둥글어 직감이 빠르고, 눈썹까지 둥글고 진해 사교성 또한 타고났다. 얼굴까지 둥그니 타인의 신용을 얻는 데도 유리했다. 턱도 풍부하여 부하 운도 나쁘지 않았다. 그렇기에 반 상무 같은 사람을 부린 것이다.

'얼굴 중앙 부위가 발달하고 아래 부위도 튼실하니 실천력도

겸비…….'

그는 로비스트나 리더에 적합한 상이었다.

그러나 아쉽게도 최근의 상을 보기가 어려웠다. 함께 딸려온 동영상도 마찬가지였다. 공단 준공식 영상이 있었지만 대동소이했다. 혹시나 하고 실물 크기로 확대하자 차마 봐줄 수가 없었다.

'켕기는 데가 많으니 노출되는 건 꺼린 모양…….'

알 만한 일이었다.

물론, 보지 않아도 최근 들어 어떤 상이 맺혔을지는 짐작이 갔다.

눈 밑이 검어졌을 것이다. 이는 급사하는 사람의 특징에 속했다. 3년 전부터는 이마 한가운데서 검은 선이 비쳤겠지. 그건 좌절을 알리는 신호탄이었다.

사진과 동영상.

그 푸짐한 자료에서 제대로 얻은 정보는 53세까지가 전부였다. 그러니까 최근 9년간의 행적에 대해서는 읽을 길이 없는 것이다.

혹시나 싶어 검찰 출두 장면을 찾아봤지만 없었다. 두 번 출두한 기록이 있다지만 죄다 비공개 소환이라 기자들 화면에 잡히지 않은 것이다.

마지막 남은 건 사자(死者)의 사진.

별수 없이 길모의 손이 사진을 집어 들었다. 고 사장은 죽었다. 화장까지 해서 흔적도 없이 사라졌다. 그러니 사망 직후의 사진이 마지막 희망이었다.

죽은 사람의 사진……

될까?

아직 모른다.

안 될까?

역시 모른다. 해보지는 않았다.

모 그룹의 회장은 생전에 임원들의 반대에 부딪칠 때마다 그런 말을 즐겨 썼다고 한다.

'해봤어?'

불가능? 그럴지도 모른다. 죽은 사람의 관상이라니? 하지만 누군가 해내기 전에는 모든 것이 불가능이었다.

길모는 사자의 사진을 전부 펼쳐 놓았다. 그리고 혼잣말로 중얼거렸다.

'미안하지만 실례하겠습니다.'

일단 사자에 대해 예의를 갖췄다.

사실 미안함보다는 쾌씸했다. 첫 번째 감정은 그랬다. 바닥을 기는 기업을 정상급으로 올려놓은 경영의 귀재이자 마이더스의 손. 그가 인수한 제국전산이 한참 주가를 올릴 때 나온 기사 제목이었다. 거기까지는 아름다웠다. 어찌 보면 무에서 유를 창조한 것 아닌가?

그런데 알고 보니 그 수완은 전부 로비의 힘이었다. 검은 돈을 앞세워 권력을 등에 업고 맨땅에서 헤엄을 친 것이다. 그렇게 번 돈은 다시 로비 자금으로 돌고 돌아 권력자들의 주머니로 들어갔다.

우리가 남이가?

그들 파티의 구호였을 것이다. 로비를 잘하는 건 재주에 속하지만, 구린 돈으로 처바르는 로비는 로비가 아니었다. 그건 그냥 부패한 거래일 뿐이다.

하지만!

한편으로는 고마운 마음도 있었다.

비자금!

물경 800억 원을 마련했단다. 검찰 추산이니 그보다 조금 적을 수도 있고 많을 수도 있었다. 그럼 그 비자금 금고는 다 쓰고 텅텅 비었을까? 금고가 비니 힘이 쭉 빠진 사장이 자살을 택한 걸까?

길모는 고개를 저었다.

그럴 리 없다.

그럴 수도 없다.

세상의 상당수 일상은 습관이다. 습관은 제2의 천성이라 무섭다.

음주 애호가는 어떤 핑계로든 술을 마셔야 한다.

호색가는 하다못해 노계라도 끌어안아야 한다.

그렇다면 로비로 큰 사람은… 죽어도 로비를 하게 되어 있었다. 결론적으로 회사가 망한다면 모를까, 로비 자금 금고가 빈다는 건 있을 수 없는 일이었다.

길모는 몇 장의 사진에 안광을 쏘았다. 죽은 자의 관상이 눈에 들어오기 시작했다. 이어 동영상까지 섭렵하는 길모는 고상준의 사전과 사후 관상에 완전히 몰입해 갔다.

고상준의 사후 얼굴.

핏기가 없지만 평온해 보였다.

어째서 그럴까? 검찰의 벼린 칼날을 죽음으로 피한 탓일까? 그 누구의 손도 닿지 않는 안전한(?) 세상에 갔다는 안도감일까?

'사람은 누구나 죽으면 평안해지는 걸까?'

관상가로서 궁금해졌다.

세상에 올 때는 주먹을 쥐고 오는 인간. 그러나 갈 때는 주먹을 펴고 간다. 길모는 눈에 불길이 느껴지도록 집중했다. 죽은 자의 얼굴은 거의 무색이었다. 생기의 한 줌, 한 올까지 빠진 느낌. 저걸 일러 완벽한 사색(死色)이라고 해야 할까? 어떤 감정도 들지 않는 텅 빈 색. 그 색 앞에서 길모의 마음도 총총 비어갔다.

인간의 얼굴에는 유년운기부위(流年運氣部位)라는 게 있다. 한 살, 왼쪽 귀 꼭지를 시작으로 백 살, 턱 밑까지. 인간은 이 백 가지 부위에 자신의 삶이 투영되어 있다.

사람들은 말한다. 나이 마흔이 되면 자기 얼굴에 책임을 져야 한다고.

얼굴!

무슨 책임을 지라는 걸까? 다 알다시피 얼굴은 내가 선택한 게 아니다.

물론 이유가 있다.

마흔 살!

이쯤 되면 그 자신의 삶과 환경, 성격 등이 고스란히 얼굴에 반영된다. 그가 어떤 인상으로 살았는지가 얼굴에서 굳어지는 것이다. 악을 행한 사람의 얼굴에는 악이 비치고 선을 행한 사람은 선이 배어나온다. 이건 특별한 관상가만이 볼 수 있는 게 아니다. 보통 사람도 볼 수 있다.

길모는 더욱 집중했다.

무색을 파고들어야 했다. 안으로, 안으로!

'아!'

"……."

처음에는 실패였다. 고개를 저으며 물러났다. 삶을 내려놓은 채 텅 빈 고상준의 얼굴은 기색을 엿보는 걸 거부했다.

〈이제 쉬게 두시오.〉

환청까지 들리는 듯했다.

'하지만!'

길모는 알아야 했다. 그의 삶, 그의 흔적, 그리고 그의 로비…….

'후읍!'

다시 한 번 힘을 모아 사후의 얼굴을 직시했다.

"……!"

한순간 길모는 주춤 놀라고 말았다. 고상준의 사진 위에 호영의 죽은 얼굴이 겹친 것이다.

"……!"

고개를 돌리자 사자들 투성이였다. 파타야의 바다처럼. 여기저기서 죽은 얼굴들이 바람처럼 스쳐 갔다. 그게 신호였다. 온통 창백한 것 같지만 그래도 미세한 차이가 느껴졌다.

사자들 사이의 사자.

그 얼굴에 겹치는 얼굴.

한순간 회오리 같은 소용돌이가 일렁이더니 사자의 얼굴이 길모의 눈으로 빨려 들어왔다.

'인중을 중심으로 좌우 법령… 그렇다면 50대…….'

길모는 후들거리는 척추뼈를 달래며 모진 안광을 뿜었다. 지상의 모든 것은 차면 기운다. 달이 그렇고 운도 그렇다. 사자의 관상에 몰입한 길모의 눈도 그랬다. 처음에 오렌지 빛이 감돌았던 길모의 눈은 한줄기 불덩이가 되더니 어느새 흰 빛으로 변해 있었다.

'오른쪽 인중 옆의 53세… 왼쪽 법령에 걸린 56세… 그리고 오른쪽 법령에 걸린 59세…….'

앞의 두 곳은 미세하게 밝았다. 굳이 비교하자면 왼쪽이 더 튀었다. 하지만 뒤의 한 곳은 미세하게 어두웠다. 그건 느낌이 아니었다. 인간의 오감이 아니라 깨달음에 속했다.

깨달음!

분명 그랬다.

'으헉!'

감각을 넘어오는 생경한 감각 앞에 길모는 더 버티지 못하고 떨어지듯 튕겨나갔다. 마치 사자가 밀치는 느낌이었다.

'으…….'

온몸이 땀으로 젖었다. 아니, 땀이라기보다는 공포라는 게 옳아보였다.

'53세에 로비로 문 닫기 전의 회사를 인수하고… 56세에 이르러 전성기에 이르고… 그 기세는 59세, 즉 3년 전에 허물어졌어.'

길모는 더듬더듬 깨달음을 정리했다.

'비자금은 830억. 나간 돈은…….'

길모는 아득해진 의식을 흔들며 뒷말을 이었다.

'약 700억대 중반…….'

텅 빈 사자의 상에서 기어이 로비의 흔적을 잡아낸 길모는 무아지경으로 빠져들었다.

'가장 최근의 운…….'

길모의 몸은 그 자신도 모르는 사이에 온통 흰빛으로 일렁이고 있었다.

돈!

돈의 흐름을 알아야 했다. 혼신에 혼신을 더하자 돈 맥의 가닥이 잡히기 시작했다.

'웃!'

될 듯싶었지만 안광이 막혔다. 사진으로 보는 한계였다. 길모는 다른 사진을 집어 들었다. 그건 흔적도 엿보이지 않았다. 사망 직후의 마지막 사진. 그 사진에 마지막 희망을 걸었다. 처음 단서를 준 사진보다 각도가 좋은 까닭이었다.

'후웁!'

몰아일체!

무아지경!

길모는 그 자신의 몸을 사자(死者)와 맞추었다. 죽는 것이다. 같이 죽는 것이다. 죽은 자의 상을 보려니 죽어야 하는 것이다.

파타야!

그 공포의 바다. 바다에 수장되던 사람들의 얼굴. 죽어가는 얼굴… 혹은 조금 전에 죽은 얼굴. 그 공포 속에 부유하던 주검들. 아이러니하게도 그게 도움이 되었다. 죽은 자, 죽어가는 자의 얼굴들이 수없이 포개지자 길모의 안광에 또 다른 길이 열린 것이다.

'아!'

길모의 얼굴이 사진이 되고, 사진 속의 고 사장이 길모가 되었을 때 비로소 아련한 돈의 맥이 길모의 안광에 또렷이 맺혀왔다.

1억! 3억! 2억! 5억! 2억! 3억!

'으헉!'

거기까지 읽어내니 뼈가 타는 것만 같았다. 길모는 힘을 모아 한 번 더 집중했다.

'1억… 15일 전 저녁 8시 무렵…….'

기어이 고 사장의 마지막 행보를 읽어낸 길모는 그 자리에서 늘어지고 말았다. 길모의 손에 들린 사진에서 빛이 사라지기 시작했다. 하얗게 변했던 길모의 몸도 제자리로 돌아갔다.

후웅후웅!

길모의 귀에는 사자의 사진과 나눈 교감이 어지러운 바람이 되어 휘돌고 있었다.

*　　　*　　　*

'응?'

눈을 뜨니 여자가 보였다. 길모의 얼굴을 닦아주고 있었다. 한 번 더 눈을 끔뻑이자 실루엣이 자세히 드러났다. 혜수였다.

"혜수?"

"그냥 누워 있어요."

고개를 돌리니 사무실이었다. 1번 룸에서 쓰러진 길모. 아마 장호가 옮겨놓은 모양이었다.

"네가 업어왔나?"

길모는 혜수 뒤에 선 장호에게 물었다.

[아뇨!]

장호가 수화를 보내왔다.

"아니라고?"

[혜수 누나가 업어왔어요.]

"……?"

"왜요? 나는 뭐 부장님 업으면 안 돼요?"

혜수가 이마를 닦으며 말했다.

"그건 아니지만……."

"사진은 책상 위에 잘 챙겨뒀어요."

"……."

"병원 안 가도 되겠어요?"

"괜찮아. 기가 빠져서 그런 거니까."

길모는 천천히 상체를 일으켰다.

[저는 나가볼게요.]

혜수와의 사이를 눈치챈 걸까? 장호는 쭈뼛거리면서 사무실을 나갔다.

"말했어?"

"뭘요?"

"우리 사이……."

"아뇨."

혜수는 빙그레 웃으며 고개를 저었다.

"하긴 장호야 알아도 상관없지만……."

"죽은 사람 상을 봤다고요?"

"아, 좀 심심해서……."

"반태종 씨 말이에요, 언론에 수사 대상으로 이름이 오르내리던데 가까이 해도 괜찮겠어요?"

"술 마시러 온 손님에게 관상 봐주는 게 무슨 죄겠어?"

"뭐, 그렇긴 해요."

"나가봐. 나 이제 괜찮아."

"그냥 가요?"

혜수가 우두커니 바라보았다. 그 뜻을 읽은 길모가 그녀를 당겨 입을 맞췄다. 포근하게 안으니 마음이 꽉 차왔다. 마치 마법의 샘물을 마신 것처럼.

툭툭 털고 일어서려는 찰나에 전화벨이 울렸다. 천 회장이었다.

"회장님!"

―미안하지만 한잔할 수 있겠나?

"물론이죠."

본능적으로 대답했다. 빚이 있기 때문이었다.

―그럼 지금 가겠네. 아, 일행이 한 사람 있네.

"그러시죠."

천 회장은 간단히 전화를 끊었다.

"천 회장님에요?"

"그런데?"

"그럼 준비해야겠네요."

혜수는 길모 볼에 뽀뽀를 남기고 복도로 나갔다.

사진을 서랍에 챙겨 넣으며 잠시 의자에 앉았다.

'15일 전 저녁 8시 1억!'

길모는 혼을 다해 읽어낸 관상을 떠올렸다. 시선이 저절로 명함 리스트 출력물로 옮겨갔다. 알 것 같았다. 고 사장이 왜 이런 차례로 리스트를 쓴 건지.

고인은 기억을 거꾸로 더듬어 간 것이다. 그러니까 맨 마지막에 만난 사람에게 1억을 주었고 그 직전에 3억, 또 그 직전에 2억……

잠시 텔레비전을 틀었다. 뉴스가 나오고 있었다.

―검찰은 제국전산 비자금 사건에 박차를 가하겠다고 선언했습니다. 일단 고상준 사장의 측근들을 소환해 명함에서 나온 관련 의원들의 사실 관계를 조사하고 혐의가 나오면 즉각 수사의 범위를 국회로 넓혀…….

검찰이 전격적으로 움직이기 시작했다.

하지만 미덥지 않았다. 삽질을 한 검찰. 애당초 검찰이 원하는 건 뭐였을까? 어쩌면 비자금 자체였을 수도 있었다. 횡령이나 배임을 머리에 그렸을 것이다. 그렇게 넘기려던 사건에서 느닷없이 로비 명단이 나왔다. 대한민국을 좌지우지하는 의원들이 열네 명이나 거명되었다.

혹 떼려다 혹 붙인 꼴.

딱 그 짝이었다. 기업 수장의 개인 비리인 줄 알고 칼을 들이댔더니 정치 지도층이 줄줄이 사탕으로 딸려 나온 것. 달리 보면 자살골을 넣은 셈이다.

길모는 생각했다. 사자의 관상에서 읽은 단서를 제보하면 어떨까? 그렇게 되면 검찰이 부패한 정치권을 말끔히 청소할 수 있을까?

고개를 저었다. 고 사장은 죽었다. 뭉칫돈이 나간 정황만으로 의원들을 엮을 수는 없는 일. 돈 받은 인간들은 오리발만 내밀면 장땡이다. 검찰은 심증만 가지고는 아무것도 할 수 없다며 앵앵거릴 게 뻔했다.

하지만!

그렇다고 해도 길모에게는 희소식이었다. 검찰이 다시 칼을 뽑았다. 휘두르긴 휘두를 것이다. 조사 대상자는 누구든 편할 리 없었다.

관련자들을 소환하겠다는 소식도 나쁘지 않았다. 다들 나는 무관하다고, 나는 청렴하다고 경쟁적으로 입장을 흘리고 있지만 그 말을 믿을 국민은 단 한 명도 없었다.

내심 똥줄이 탈 의원들. 그렇다면 어떻게든 반응이 나올 일이다. 그 또한 길모를 돕는 일이었다.

띠롱!

사무실을 나서려할 때 장호에게서 문자가 들어왔다.

—형, 마창룡 의원이 왔어요.

'응?

길모는 눈을 의심했다. 마창룡이라니? 예약한 적도 없는데?

―우리 가게에?

길모가 답문자를 찍었다.

―천 회장님 따라온 모양이에요.

'천 회장님?

가슴까지 올라왔던 횡경막이 단숨에 내려갔다.

천 회장!

반태종을 보냈었다.

그리고 이번에는 마창룡을 데리고 왔다.

'그럼?

천 회장도 고상준과 연관되었다는 건가? 길모의 등골 사이사이에 차디찬 얼음이 맺혀오는 것 같았다.

"이어, 홍 사장!"

천 회장은 전작이 있었다. 이제 겨우 어스름이 내리는데 얼굴에 홍조가 가득해 보였다.

"오셨습니까?"

길모는 공손히 천 회장을 맞이했다.

"인사드리시게. 여긴 대한민국을 들었다 놨다 하시는 마창룡 의원님!"

천 회장이 옆에 선 마 의원을 가리켰다. 아무리 크게 봐줘도 천 회장보다 머리 하나는 작아보였다.

"뵙게 되어 영광입니다."

"나도 영광이오. 관상왕이시라… 천 회장님께 귀에 못이 박히도록 들었다오."

"과찬이십니다."

"들어가시게나. 의원님이 요즘 마음대로 돌아다닐 처지가 아니라서 말이야."

"예, 모시겠습니다."

길모는 두 사람을 인도했다.

1번 룸!

느닷없지만 전용카드를 지닌 천 회장. 그는 마 의원을 상석에 앉혔다.

"어이쿠, 이거 어째 으스스한 게 사람이 발가벗겨지는 느낌입니다."

마 의원이 실내를 보며 너스레를 떨었다.

"오늘 한 번 제대로 벗어보시지요. 우리 홍 사장 관상 혜안 앞에서……."

"그냥 홍 부장이라고 불러주십시오."

옆에 서 있던 길모가 천 회장에게 당부를 올렸다.

"그럴까? 하긴 이 방에서야 홍 부장이 어울리지."

천 회장은 길모의 말을 기꺼이 받아주었다.

"아가씨 불러드릴까요?"

길모가 마 의원을 바라보았다. 지금 이 방의 주빈은 마창룡이었다.

"아닐세. 요즘 하도 구설수가 많은 세상이라……."

마창룡이 손을 저었다.

"의원님, 여기 홍 부장은 믿어도 됩니다. 남자끼리면 분위기도 그렇고 하니 하나 앉히시지요."

천 회장이 마 의원에게 말했다.

"뭐 그러시면 조신한 애로 한 명······."

"혜수하고 승아 있나?"

"예."

"그렇게 보내주시게나. 술은 꼬냑으로 주시고······."

"알겠습니다."

길모는 허리를 조아리고 복도로 나왔다.

[형.]

장호가 다가왔다.

"왜?"

[어쩔 거예요?]

"······."

[녹음 딸까요?]

장호가 핸드폰을 보며 수화를 그렸다.

"좀 기다려 봐. 아직 럭비공이잖냐?"

[럭비공이오?]

"어디로 튈지 모른단 말이다. 그것보다······."

길모는 장호에게 재미난 지시를 내렸다.

"이 아이는 외국 아이인데 말을 못 합니다. 대신 한국말은 잘 알아들어서 할 말이 있으면 문자로 찍어서 대화를 나누지요. 조신하고 눈치도 빨라 중요한 자리에 앉혀도 탈이 없는 아이입니다."

혜수와 승아가 들어서자 천 회장이 아가씨 평을 늘어놓았다.

"하지만 저 아이는 승아보다 한 수 위지요. 술집 아가씨답지 않게 사람을 편안하게 만들어줍니다. 저기 우리 홍 부장의 관상 제자이기도 하고요."

천 회장은 승아를 마창룡 옆에 앉혀주었다. 키를 배려한 것이다. 그러고 보니 카날리아 아가씨 중에서 그나마 마 의원과 어울릴 사람은 승아뿐이었다.

동시에 혜수에게도 좋았다. 특별한 케이스의 마창룡. 그런 그를 제대로 보려면 앞자리가 명당이었다.

그때, 장호가 베타 600 박스를 꺼내놓았다. 음료수 서비스. 룸에서 흔하게 일어나는 서비스 일이었다.

"그건 뭔가?"

마 의원은 바로 반응했다.

"아가씨들 입가심 음료입니다."

길모가 대답했다.

"치우시게."

마 의원이 차갑게 말했다. 길모는 보았다. 그의 미간이 멋대로 구겨진 걸. 몇몇 의원에게 돈을 줄 때 이용했다는 베타 600 박스. 마 의원의 기분을 제대로 건드린 모양이었다. 그도 저 안에 든 돈을 먹었을까?

길모는 빙그레 웃으며 장호를 내보냈다.

"홍 부장은 좀 앉게나."

술이 세팅되자 천 회장이 길모에게 말했다.

"마 의원 아시지?"

천 회장이 술을 따라주며 물었다.

"예."

길모는 대충 받아넘겼다. 뉴스에 수도 없이 오르내리고 있는 사람. 어찌 모른다고 할 것인가?

"우리 홍 부장이 보기엔 어떤가?"

천 회장, 시작부터 돌직구를 날려 왔다.

"무슨 말씀이신지……."

길모는 일단 변죽을 울렸다.

"의원님 관상 말일세. 흉액이라도 들었나 묻는 거라네."

"관상은 아주 좋으십니다."

길모는 의례적인 말로 받아넘겼다.

"좋답니다. 의원님. 시새운 바람은 곧 잠잠해질 겁니다."

천 회장이 잔을 들었다. 마창룡은 묵직하게 술을 넘겼다. 두어 잔을 그렇게 마셨다. 승아는 잔잔한 미소를 머금은 채 시중을 들었다. 잔이 비면 따르고, 더러 찬물을 곁들여 주었다.

"천 회장님……."

술이 조금 오르자 마 의원이 입을 열기 시작했다.

"우리가 인연을 맺은 지도 어언 10년 인가요?"

"아홉 해째니 그렇게 말해도 되겠지요."

"그래도 그때가 좋았는데… 이거 지금은 국민 정서가 너무 삭막해져서 애국하기도 힘든 세상입니다."

애국!

길모는 마음과는 다르게 미소를 지으며 경청했다.

"검찰 놈들도 정신 나갔지. 증거도 없이 그런 낙서를 발표하다니……."

"다들 한탕주의로 치닫는 세상 아닙니까?"

천 회장이 슬쩍 거들고 나섰다.

"그러니까 더욱 신중해야 한다는 겁니다. 이게 대체 뭐하자는 건지……."

술이 한 잔 더 비워졌다.

"홍 부장이라고 했나? 내 술 한 잔 받으시게."

길모에게 술잔이 건너왔다. 마 의원이 마시던 그 잔이었다. 아직도 이런 손님은 많았다. 자기가 꼴랑 마시고 손으로 잔 둘레를 대충 닦는다. 그런 다음에 그 잔을 건네준다. 어쩌면 손님들은 그걸 공감이라고 생각하는 것 같았다. 내가 마신 잔으로 같이 술을 마신 사이…….

하긴 어떤 손님들은 구멍 동서도 맺는다. 친구가 데리고 잔 아가씨. 다음에 와서 그 아가씨를 원하는 것이다. 볼 때마다 아리송한 일이었다.

"천 회장님하고 나는 꽤 각별한 사이라네."

마 의원, 일단 친분을 강조했다.

"홍 부장이 신의 눈을 가진 관상대가라고 하시더군."

"과찬이십니다."

길모는 예의상 고개를 조아려 주었다.

"자네 눈에도 이 마창룡이 부패한 비자금이나 챙길 사람으로 보이나?"

네!

길모의 눈은 그렇게 말했다.

하지만!

"그럴 리가요."

입술은 뻐꾸기를 날리고 있었다. 뉘라서 하고 싶은 말만 하면서 살 수 있을까? 반면, 사람은 칭찬만 듣고 싶은 동물이다.

"난 키는 작지만 양심과 뚝심 하나로 살아온 사람일세. 솔직히 이 나라의 미래를 위해 전력을 다하는 일에도 시간이 없는 사람이라네. 그런 나를 흙탕물에 밀어 넣고 즐기는 수준이라니……."

푸훗!

길모는 속으로 냉소를 뿜었다. 마창룡이 작아서 웃는 건 절대 아니었다.

"이러니 이 나라가 발전을 못 하는 겁니다. 누구 하나 좀 크려고 하면 어떻게든 모함으로 엮어 눌러 버리니……."

마창룡이 푸념하는 사이에 길모는 혼자 안광을 번득거렸다. 신이 내린 절호의 기회. 반태종처럼 제 발로 호랑이 굴에 들어온 마창룡. 지척에서 관상을 볼 수 있는 기회를 놓칠 길모가 아니었다.

마창룡!

64세…….

160도 되지 않을 것 같은 작달막한 키.

짧은 머리.

짧은 얼굴.

짧은 몸.

짧은 손.

짧은 다리…….

이른 바 오지단상, 오단(五短)의 상이었다.

오단, 어떤 의미인가? 관상에서는 긴 것을 길한 것으로 본다. 따라서 짧은 건 좋은 게 아니었다. 하지만 관상에서는 조화를 중요시한다. 그러니 다섯 가지가 다 짧다면?

이 중 하나만 빠져도 악상이 되지만 다행히 사이좋게 짧았다. 대길상이었다. 퍼펙트한 길상.

오단의 대표적인 사람은 중국의 모택동이다. 그는 오단의 표본에 속하는 인물이었다.

반대의 경우를 오장(五長)이라 한다.

머리가 길고, 얼굴이 길고, 몸이 길고, 손이 길고, 발이 긴 사람…….

오장의 상은 얼굴이 풍후하면 부귀를 이루고, 청수하면 귀상으로 여긴다.

근자에 드물게 만난 오단의 길상.

길모는 천천히 그의 관상을 음미했다.

왼쪽 법령 끝자리에서 읽는 나이 따위는 머리에 담지 않았다.

'눈썹 한번 예술이군.'

마창룡의 눈썹에 시선이 꽂힌 길모는 자신도 모르게 감탄을 자아냈다. 보기에도 깡총하게 짧은 눈썹은 창고 가득 재물을 쌓을 상이었다.

"나는 오늘 이때까지 합법적인 후원금 이외에는 단 한 푼도 받지 않은 사람입니다."

마창룡의 열변이 돈으로 옮겨갈 때, 길모의 시선도 슬쩍 이동했다.

오단답게 관상도 좋았다.

넓고 고른 이마에 눈썹뼈인 미릉골이 두툼하다. 관운을 두루 누릴 상이었다. 더구나 눈꺼풀 위아래로 주름이 같이 잡힌 귀안(龜眼), 즉 거북이 눈이라 장수할 상이다. 깡충 짧은 눈썹은 수려한 느낌까지 있어 하나뿐인 동생과 우애도 좋을 상. 코 또한 얼굴에 비해 크고 둥글고 넙적하게 자리 잡고 있어 당연히 재물이 따르는 상이었다.

'산근에 서린 가로 주름……'

길모는 잠시 시선을 멈췄다. 산근의 가로 주름, 무슨 의미인가? 그도 나름 많은 정치적 역경을 넘어왔다는 증거였다. 눈가에도 잔주름이 여섯 개 남짓 보였다. 음주가무도 마다하지 않을 상. 한마디로 누릴 것은 다 지닌 관상이었다.

그러나!

아쉬운 곳이 있었다.

'주름……'

마창룡은 주름이 거의 없었다. 보톡스를 맞은 걸까? 그럴 수도 있었다. 이제는 기껏해야 몇만 원밖에 하지 않는 보톡스 아닌가? 길모는 그의 이마 안으로 안광을 뿜었다.

아니었다.

좋게 보면 동안이라는 얘기. 하지만 상학(相學)에서는 통하지 않는다. 그의 나이가 대체 몇인가? 나무는 나이를 먹으면 나이

테가 생기고 인간은 주름살이 생긴다.

나이테가 없는 나무를 상상해 보라. 실할 리 없다. 관상에서는 어린 나이에 주름이 생기는 것도, 노인에게 주름이 없는 것도 모두 나쁜 징조로 보고 있다.

또 하나는 거북이 눈 안에 부유하듯 살짝 뜬 눈동자. 얼핏 보면 모르지만 길모는 속일 수 없었다. 이런 사람은 겉과 속이 다르다. 겉보기엔 청수하여 청빈할 것 같지만 냉혹한 성격을 가지고 있다. 야심이 크고 이용가치가 없는 사람은 매정하게 내칠 상이었다.

'어디… 그럼 얼마나 해먹었나 한 번 살펴보실까?'

길모는 번득이는 안광으로 마창룡의 재물 창고를 훑어나가기 시작했다.

"……!"

첫 돈줄을 발견한 길모는 미간을 찡그렸다.

9년 전.

좋지 않은 숫자가 나왔다.

고상준 사장이 제국전산을 반석에 올리기 시작한 때가 바로 9년 전이었다.

천 회장과 마창룡이 인연을 맺은 것도 9년 전.

9 두 개가 길모 머리 안에서 겹쳤다.

'그렇다면…….'

이 세 사람이 다 관계가 있단 말인가?

길모는 등골에 달려드는 싸한 한기를 느꼈다.

마지막은 돈줄은 15일 전이었다.

15일 전 저녁 8시 무렵. 당신은 어디서 무엇을 했을까? 당신의 재물 창고에 1억이 들어왔을까? 마창룡을 더듬던 길모는 황급히 시선을 내렸다.

1억!

그의 재물 창고에, 정확히 그날 저녁 8시 30분경에 1억이 굴러 들어왔다. 그것도 5천만 원씩 두 뭉치로.

"아무튼 관상대가께서 불길한 상이 없다니 위로가 되었습니다."

마창룡, 술 두 병을 비우고 일어섰다. 탄탄한 몸처럼 단단한 주량이었다. 술값은 물론 천 회장이 맡았다. 마창룡은 팁만 꺼내놓았다. 혜수와 승아, 공히 10만 원이었다.

"그럼 살펴 가십시오."

천 회장은 마창룡의 세단을 묵례로 보냈다. 운전은 긴급 호출된 윤표가 맡았다. 함께 나온 길모와 혜수, 승아도 고객을 향해 허리를 숙였다.

부릉!

세단은 부드러운 숨결을 토하며 움직이기 시작했다. 비서관조차 대동하지 않은 채 찾아온 마창룡. 돈 먹은 게 없다지만 검찰이 나선 마당. 나름 긴장하고 있는 건 분명해 보였다.

"우린 잠깐 좀 볼까?"

마창룡의 차가 멀어지자 천 회장이 길모를 끌었다.

"어, 바람 한번 시원하다."

주차장 후미로 온 천 회장이 하늘을 바라보았다.

"차라도 한 잔 가져오라고 할까요?"

"차보다 홍 부장 목소리가 더 그립군."

천 회장, 마창룡의 관상을 재촉하고 있었다.

"마 의원님 관상이 궁금하시군요."

어차피 그냥 넘어갈 수 없는 일. 길모가 자수하고 나섰다.

"어떻던가?"

"나쁘지 않았습니다."

"정말 형옥의 상이 없었나?"

"예!"

"이번 위기를 잘 넘어간다?"

"단, 금고의 손실이 있을 겁니다."

"금고의 손실이라면?"

천 회장이 길모를 돌아보았다.

"제가 보기엔 마 의원님… 말은 청렴하지만 남의 돈으로 위세를 사셨습니다."

"끄응!"

"그렇게 쌓인 곳간의 돈에 구멍이 생길 것 같습니다."

"정치적 명운은? 그건 타격이 없겠나?"

"어차피 구속되지 않으면 진실공방 설로 끝날 일 아닙니까? 더구나 함께 거론되는 사람이 많은 데다 마 의원님 액수는 가장 적은 것으로……."

시간이 약입니다.

길모의 눈이 남은 말을 대신했다.

"역시 그렇지?"

"회장님……."

"왜? 말씀하시게."

"마 의원님께 투자하고 계시군요."

"……?"

"죽은 고상준 사장님에게도……."

"허어! 내 이럴 때는 홍 부장이 오싹하다니까. 그것도 관상으로 본 건가?"

"……."

"허헛, 하긴 귀신을 속이지 어떻게 홍 부장을 속이겠나."

"저는 단지……."

"아닐세. 나, 마 의원에게 투자하고 있는 거 맞네. 그러니 썩은 동아줄이라면 버려야지."

버린다?

그 말이 길모의 귀에 거슬렸다.

"……."

"죽은 고상준도 내가 밀어주었지. 마 의원에게 연결해서 금융권 인사들을 엮어주었어. 그 덕분에 특별 금융 지원을 받아서 제국전산을 살린 거고……."

'9' 가 겹친 이유가 드러났다. 길모의 예상은 한없이 적중하고 있었다.

"비하인드 스토리까지 제게 말씀하실 필요는 없습니다."

"말 안 하면? 어차피 자네가 마음만 먹으면 다 알 일 아닌가?"

"……."

"반태종의 관상도 봤지?"

"예."

"그 친구는 어떻던가? 살아나겠던가?"

"마 의원님과 비슷한 상이 나왔습니다."

"수갑은 면한다?"

"비방을 드렸습니다. 별것도 아닙니다만……."

"홍 부장!"

천 회장은 길모의 어깨를 정답게 짚었다.

"예……."

"내가 왜 마창룡을 데려온 줄 아나?"

"그야 검찰 수사 때문에……."

"아닐세!"

천 회장이 잘라 말했다.

응?

아니라고?

"마 의원… 솔직히 키가 작아 대권까지는 몰라도 막후의 킹 메이커는 되리라고 생각했지. 그래서 10년 가까이 인연을 맺고 각별하게 예우하고 있다네. 권력에 기대는 것. 그 또한 부를 이루는 한 갈래니까."

"……."

"그 정도는 가능한가?"

천 회장이 길모를 쏘아보았다. 담담하던 눈빛은 어디로 갔는지 한없이 따가운 눈빛이었다.

"송구하지만……."

길모는 공손하게 뒷말을 이었다.

"다른 건 몰라도 대권에 관한 상은 보지 않습니다. 이는 회장님처럼 저 또한 관상가로 오래 버티려는 방편이기도 합니다."

"……!"

"하지만 다행히 저분은 대권 쪽에는 인연이 없습니다. 이마의 주름이 밋밋한 것으로 보아 저분 운은 여기까지인 듯합니다."

"……!"

팽팽하던 천 회장의 눈빛이 단박에 가라앉았다. 그리고 조용히 세단에 올랐다.

여기까지!

천 회장의 귀에는 그 말이 휘돈 게 분명했다. 길모에게도 나쁘지 않았다. 강자는 서로 떼어 놓아야 한다. 둘이 의기투합하면 넘보기 힘들기 때문에!

*　　　*　　　*

"아이고, 홍 부장!"

귀에 익은 인사말이 신호였다. 손님이 밀려들기 시작했다. 어찌나 바쁜지 마창룡의 관상을 정리할 시간도 없었다.

다섯 번째 1번 룸의 손님은 벼락부자였다. 그건 혜수가 먼저 알아맞혔다. 손님이 화장실에 간 사이에 길모에게 확인을 한 것이다.

"제법인데? 뭘 보고 알았어?"

"부자될 상이 아니잖아요? 그런데 돈을 펑펑 쓰니 둘 중 하나죠. 로또에 맞았거나 아니면 도둑질을 했거나."

도둑!

그러고 보니 세상에는 도둑이 지천이었다. 마창룡도 그랬다. 그는 고 사장에게 구린 돈을 지원받았다. 하지만 그는 구린내를 없애고 받았다. 바로 합법적인 정치헌금법을 이용한 것이다.

마창룡!

길모는 잠시 생긴 짬을 틈타 마창룡의 관상을 정리해 나갔다.

그의 금고에는 가랑비가 잦았다. 가랑비로 냇물을 이루고 마침내 강물을 이루었다. 그러자면 정치헌금 외에 방법이 없었다.

기업이나 단체들은 이 방법을 애용한다. 공식도 간단하다. 특정 의원에게 잘 보일 필요가 있다. 대가를 건네야 하는데 방법이 마땅치 않다. 이때 시도되는 게 바로 직원을 동원한 정치헌금이다.

적게는 수십 명에서 수천 명의 직원을 동원한다. 개인 명의로 정치헌금의 한도까지 기부한다. 의원으로서는 두 가지를 다 충족할 수 있다. 자신의 위세 과시와 불법 시비 차단. 말하자면 마창룡은 그 방면의 달인이었다.

길모는 그의 천창과 재복궁에서 그걸 확인했다. 마치 모세혈관처럼 뻗은 미세한 수로들. 수로의 뿌리는 셀 수조차 없었다. 동맥도 뛰었지만 모세혈관이 바빴다.

그 시작은 9년 전이었다. 물론, 그 이전에도 그는 수로를 가지고 있었다. 하지만 9년 전 이전과 비하면 그야말로 새 발의 피였다.

돈 맥은 15일 전까지도 충만했다. 이날은 동맥이 뛰었다.

길모는 알 것 같았다. 그 15일 전, 그러니까 고 사장이 자살을 감행한 날. 고 사장은 왜 마 의원을 찾았을까? 그는 아마 최후의 구원자로 마 의원을 찍었을 것이다. 1억을 안기면서 구명 운동을 부탁했다. 마 의원, 돈은 챙겼지만 긍정적인 시그널은 주지 않았다.

이미 수많은 뇌물 관계를 이루어온 두 사람. 그러나 마음을 접어버린 마창룡.

마지막 구원자의 줄이 끊어진 걸 확인한 고 사장이 갈 길은 한 곳뿐이었다.

그럼 마창룡은 그동안 축재한 돈을 어디에 두었을까?

은행은 아니었다. 국회의원은 매년 재산을 발표해야 한다. 정치헌금도 한도가 있지 들어오는 대로 다 발표할 수는 없는 일.

집 안의 금고?

거기서도 고개를 저었다. 마창룡은 머리가 좋은 사람이었다. 이런 사람은 뒷문 단속을 한다. 금고가 있다고 해도 비밀리에 관리할 확률이 높았다.

길모는 마창룡의 눈썹을 떠올렸다. 누구보다 우애가 좋아 보이는 눈썹을 타고난 사람……

'동생…….'

길모는 화살을 그쪽으로 겨누었다.

"어, 시원하다!"

길모의 정리는 그 소리와 함께 끝났다. 벼락부자 손님이 자리로 돌아온 것이다.

"그럼 아까 하던 말 계속해 볼까?"

의기양양한 손님은 목이 부러질 정도였다. 돈과 거시기는 남자의 자신감이다. 확실히 그렇다. 그런데 돈은 남자의 품격을 보여주는 바로미터이기도 했다. 진짜 부자는 과시하지 않는다. 과시하는 자는 십중팔구 졸부였다.

"직업을 맞춰보시라고요?"

혜수가 웃으며 물었다.

"그래. 맞추면 이거 다 준다."

남자가 오만 원권 한 다발을 흔들었다.

오백만 원.

남자는 세상을 쥔 것처럼 굴지만 돈 오백만 원에 설설 길 텐프로가 아니었다.

"사장님은 일인 사업을 하셨네요."

혜수가 관상을 입에 올리기 시작했다. 길모는 그냥 구경만 했다.

"어, 좀 아는데?"

"그런데 정작 돈은 다른 데서 버셨어요. 맞죠?"

"어쭈구리!"

"음… 제가 보니까 최소의 투자로 최대의 효과를 얻으신 거 같은데요?"

"점점……."

남자의 반응이 자꾸 커졌다. 길모는 그 과장된 모습에 웃음이 나오는 걸 겨우 참았다.

"그러니까 사장님 직업은… 음… M&A 소개해 주고 사례비 받으시는 M&A 전문가? 큰 거 하나 올리셨어요?"

"…는 아니고!"

이 남자, 좋아죽으려 한다. 사람 데리고 노는 것. 돈 앞에서 쩔쩔매는 모습을 즐기고 있는 것이다.

"어이, 관상왕. 이제 당신이 맞춰보시지. 당신 만나려고 전화를 몇 번이나 건 줄 알아? 거 막상 보니 조또 아니구만……."

남자는 길모를 업신여기기까지 했다.

"사장님은 어업을 하시는군요."

길모, 천천히 입을 열었다. 언제까지 이 손님과 놀아줄 수 없기 때문이었다.

"응?"

"그 돈이 종잣돈이 되어 큰 행운을 가져왔군요. 17억 원… 그렇죠?"

"크헉, 17억?"

"예."

"그, 그래서……?"

"관상을 보니 주변의 시기와 질투가 가득합니다. 지금 잘 지키셔야 할 것 같습니다."

"지키는 건 걱정 말라고. 귀신도 모르는 금고에 넣어뒀으니까."

"귀신도 모르는 금고가 뭔데요?"

혜수가 물었다.

"있어. 바다 금고라고."

"그런 것도 있어요?"

"암! 누가 내 돈 노릴까 봐 바다에 금고를 만들었지. 그건 진짜 귀신도 몰라."

"바다에 금고를 만들면 어떻게 꺼내요? 잠수복을 입고 들어가서?"

"허어, 누가 그렇게 생고생을 하나? 힌트는 이거!"

손님은 신발을 벗더니 구두끈을 잡고 구두를 흔들어댔다.

"어머, 개구지셔라!"

"야, 너 이 돈 줄 테니까 구두 잔 한 번 받아라. 요즘 대학생은 MT가면 이런 거 잘한다면서?"

남자의 한계가 슬슬 드러나기 시작했다. 구두에 양주를 부어 혜수에게 들이민 것이다.

"죄송합니다만 아가씨는 다른 방에 잠깐 인사 좀 다녀오겠습니다."

길모가 손님에게 제동을 걸었다.

"뭐야? 술판이 안 끝났는데 가긴 어딜 가?"

손님이 혜수에게 눈을 부라렸다. 오랜만에 보는 진상이었다.

"잠깐이면 됩니다!"

"이런 쓰벌 놈들을 봤나? 술값도 존나 비싸면서 무슨 헛소리야? 얘는 내가 데리고 2차 갈 거니까 얼만지나 말해."

손님 끝내 사고를 치고 말았다. 혜수를 거칠게 당겨 끌어안아버렸다. 길모는 차분하게 다가가 손님의 팔목을 잡았다. 손님은 찍 소리도 못하고 혜수를 놓아주었다. 팔목이 끊어질듯 아팠던 것이다.

"어라? 이거 웨이터가 사람을 치네?"

발끈한 손님이 눈을 부라리며 일어섰다. 길모는 그 배에 살포시 주먹을 안겨주었다. 손님은 그 자리에서 늘어졌다.

"장호야, 손님 가신단다!"

길모가 부르자 장호가 들어섰다.

"차에 모셔다 놓고 대리 불러드려라. 영수증도 준비해서 잘 챙겨드리고."

[예⋯⋯.]

"아, 잠깐!"

길모는 손님 입에 남은 양주를 퍼부어주었다. 비싼 술을 남기고 갈 수는 없지 않은가?

운 좋게 일확천금을 거머쥔 사나이. 그러나 거액을 관리할 상이 아니었다.

그건 눈썹 하나만 봐도 알 수 있었다. 일확천금을 흥청망청 써서 결국에는 빈털터리로 돌아갈 상이었다.

"괜찮아?"

장호가 나가자 길모가 혜수를 바라보았다.

"이 정도야 껌이죠."

"미안해. 이 사람, 2번 룸에 넣으려다가 일부러 혜수랑 매칭시켰어."

"나도 짐작했어요. 진상 관상도 공부하라는⋯ 그런 배려였죠?"

"뭐 그렇기도⋯⋯."

"오늘은 공부 제대로 하는데요? 아까 오단(五短)의 표본도 그렇고⋯⋯."

"그것도 제대로 봤네."

"처음에는 아니었어요. 책에서 보긴 했는데 이론은 다 사라

지고 미간이 일그러지는 거예요. 너무 작으니까 괜한 선입견
에…….."

"악상도 자기끼리 모이면 길상, 길상도 하나가 모자라면 악
상."

길모가 웃었다.

"그런데 속상해요."

"뭐가?"

"관상 말이에요. 오빠는 상만 잘 보는 게 아니라 말도 자연스
럽게 풀어내는데 나는…….."

"1인 기업에 M&A가 어때서? 난 감탄하고 있었는데?"

"정말요?"

"사람 거느릴 관상이 아니잖아? 혼자 작은 배 타고 고기 잡는
어부겠지. 로또 맞았냐고 대놓고 말할 수 없으니 기분 맞춰주느
라 M&A 전문가냐고 물은 걸 테고."

"핏, 그거 위로하는 거죠. 난 오빠가 어업에 종잣돈… 이라고
할 때 나는 멀었구나 싶었어요."

"아무튼 벼락부자 관상은 마스터?"

"마스터까지는 아니지만 좋은 경험이었던 거 같아요. 자칫하
면 구두에 따른 양주를 마실 뻔도 했지만."

"진상이 하란다고 할 필요 없는 거 알지?"

"왜요? 내가 대기실에서 듣자니 진짜 그런 애들도 있던데요.
삼류 룸에서는 백만 원만 줘도 마신다던데요?"

"그거야…….."

"어머!"

설명하던 혜수의 시선이 테이블 아래로 향했다. 손님이 흔들던 구두가 거기 떨어져 있었던 것이다.

"아까 벗어놓고 안 신었나 봐요."

"그런가 본데?"

길모는 구두를 집어 들고, 남자가 한 것처럼 흔들었다. 몇 가닥 풀린 구두 줄에 매달린 구두가 대롱대롱 흔들렸다.

대롱대롱!

아직도 이런 생각을 하는 사람이 있다.

로또에 맞으면 룸싸롱부터 달려가는 사람이 있다.

진상!

그래도 한마디는 길모의 귓전에 오래 남았다.

바다 금고!

뭔지 자세히는 모르겠지만 진상답지 않은 낭만적인 표현이었다.

길모는 주차장으로 나가 진상을 배웅했다. 어쨌든 손님이었다. 배를 맞은 고통은 오래가지 않을 것이다. 하지만 깨어나면 여전히 배가 아플 것이다. 길모의 주먹 때문이 아니라 영수증 때문에……

일확천금의 행운을 안은 손님.

길모는 그의 바람을 알 것 같았다. 딴에는 시골 남자의 로망으로 남았을 텐프로. 돈을 뭉치로 들고 거기로 간다. 황제처럼 앉아 쭉쭉빵빵한 아가씨를 고른다.

남자는 실제로 그랬다. 초이스를 원했던 것. 하지만 아가씨는 너무 많고 너무 섹시했다. 그중에서 하나를 고르는 건 룸 초보자에게 무리였다. 그래서 길모가 혜수를 앉혀 버렸다.

남자는 꿈을 꾸기 시작했다. 옆의 아가씨를 벗기는 꿈. 그 아가씨를 안고 호텔에 가서 미친 듯이 불타는 일. 그러나 남자는 아무 꿈도 이루지 못했다. 호기를 부리느라 술값만 천만 원을 날렸다. 영수증에 박힌 일곱 개의 동그라미. 아침에 남자의 속을 아프게 할 주인공이었다.

참고로 말하지만 룸 초보자의 최후는 보통 이랬다.

"다녀왔습니다."

그 사이에 윤표가 마창룡 대리기사 임무를 마치고 돌아왔다.

"형, 이거요."

그가 내민 건 마창룡의 동생 사진이었다. 아까 윤표가 운전석에 오를 때, 길모는 보았다. 운전석 위의 공간에 놓인 가족사진. 마창룡의 동생과 낚시를 하다 찍은 사진이었다.

"필요할 것 같아서 집 동영상도 찍어왔는데……."

윤표가 길모를 바라보았다.

"그건 됐으니까 사진만 보내 놔라."

"이미 보내놨으니까 아무 때나 보세요."

윤표는 시원하게 대답했다.

톡톡!

계단을 내려오며 화면을 눌렀다. 사진이 떠올랐다.

마성룡.

사진 속에서 그가 형 마창룡과 함께 웃고 있었다.

나는 동생과 있을 때 가장 행복했다.

사진이 그렇게 말하는 것 같았다. 관상으로 본 것보다도 더 우애가 반짝거리는 형제였다.

'동생 관상도 무지하게 마음에 드는데?'

길모는 사진 속의 동생을 뚫어져라 바라보았다.

제2장

악질들은 자기 죄를 로맨스라 부른다

반태종과 마창룡!

신새벽, 영업을 마감한 길모는 1번 룸에서 생각을 정리했다.

부패한 비자금의 금고지기와 그 열매를 따서 치부한 마창룡.

누가 더 악질일까?

똑똑!

생각에 골똘할 때 노크 소리가 들렸다. 혜수였다. 퇴근 준비를 마친 그녀는 상큼한 사복을 입고 있었다.

"퇴근 안 해요?"

그녀가 앞자리에 앉으며 물었다.

"해야지."

"나머지 공부가 있나 보군요?"

"응."

"도와드려요?"

"조금 나쁜 사람과 조금 더 나쁜 사람은 어떻게 구분할까?"

길모가 고개를 들었다.

"구분할 필요 있나요? 나쁘긴 마찬가지지."

"그렇지?"

"어려운 일인가 보군요?"

"그건 아니고……."

길모는 말끝을 흐렸다. 사실 결정은 이미 길모 안에 있었다. 단지 확인의 과정일 뿐이었다.

"언니, 안 가?"

잠시 시선을 맞추고 있을 때 다시 문이 열렸다. 이번에는 유나였다.

"어? 가야지."

"빨리 나와. 다 기다리잖아?"

유나가 재촉했다. 아가씨들만의 꿍꿍이가 있는 모양이었다.

"야, 유나 너 호스트 바 같은 데 가는 거 아니지?"

길모가 물었다.

"피이, 우릴 뭘로 알고 그래요? 홍연 언니가 한 턱 쏜다고 해서 따라가는 건데."

"그래?"

"빨리 와."

유나가 다시 재촉했다.

"가!"

길모의 눈빛이 혜수에게 날아갔다.

"알았어요. 너무 무리하지 말고 들어가세요."

혜수는 아쉬운 얼굴로 일어섰다. 그건 길모도 다르지 않았다. 아예 못 봤다면 모를까 그녀의 향을 맡아버린 상황. 이럴 때면 공연히 키스 같은 게 땡겼다. 사내(社內) 커플들은 애환이 있다더니 딱 그 짝이었다. 죄 지은 것도 아니건만 남의 시선을 의식하게 되는 것이다.

탁!

문이 닫히면서 공기가 다시 썰렁해졌다. 대어를 낚았다가 놓친 기분이 이럴까? 길모는 몇 번이고 손가락으로 테이블을 톡톡거렸다.

하지만 길모는 다시 자기 할 일로 돌아왔다. 어쨌든 정리가 필요한 일이었다.

시이리(是而利)!

다산 정약용의 일화에 나오는 말이다.

그의 말에 따르면 천하에는 두 가지 저울이 있었다. 하나는 시비의 저울이고 또 하나는 이해의 저울이었다. 이 저울에는 4가지 등급이 있다.

시이리(是而利)!

시이해(是而害)!

비이리(非而利)!

비이해(非而害)!

시이리는 옳은 것을 지켜 이익을 얻는 것.

시이해는 옳은 것을 지키다 해를 입는 것.

비이리는 나쁜 것을 따르다 이로움을 얻는 것.

비이해는 나쁜 것을 따르다 해를 입는 것.

가만 보니 혜수의 말이 정답이었다. 반태종과 마창룡은 둘 다 비이해에 속했다. 반태종의 경우에는 더러 시이해로 착각할 수도 있지만 역시 비이해가 옳았다. 그들은 나쁜 것을 따르다 해로움 앞에 직면한 게 옳았다.

길모는 웃었다. 가끔은 서로 통하는 마음을 확인하는 것도 기분이 좋았다. 사랑이란, 꼭 알몸으로 합쳐질 때만 하나가 되는 게 아니었다.

"장호야!"

길모는 자리를 털고 일어섰다.

*   *   *

한잠 맛나게 잤다. 꿀잠이었다. 그걸 깨운 건 전화였다. 눈을 떠보니 어느새 정오가 지나 있었다.

'왔군.'

번호를 본 길모는 하품을 대신해 미소를 머금었다. 발신자는 마창룡 의원이었다.

잠들기 전, 길모는 마 의원에게 문자를 넣었다.

—사람들 눈 때문에 말씀드리지 못한 게 있습니다. 연락주시면 뵈러 가겠습니다.

그 떡밥에 마 의원이 반응한 것이다.

"여보세요!"

길모는 담담하게 전화를 받았다. 그리고 약속을 정했다.

―괜찮으면 지금 오시게!

마 의원의 말이었다. 몸이 달아 있는 게 전화기를 통해서도 전해져 왔다.

"장호야!"

"우웅!"

소파에서 늘어진 장호는 새우허리를 하며 모로 누웠다.

"나가야 하는데 더 잘래?"

"우움……."

피곤한 모양이다. 길모는 잠시 장호를 바라보다 욕실로 들어갔다.

쏴아아!

물은 생명이다. 물은 활력이다. 샤워기의 물을 맞으며 길모는 생각했다. 온몸의 세포를 흔들어 깨우는 물. 이 세상 어떤 물질이 물을 대신할 수 있을까?

장호를 그대로 두고 혼자 나왔다. 나중에 섭섭해할지는 모르지만 가끔은 푹 자는 것도 필요했기 때문이었다.

동해일식!

마 의원이 지정한 장소였다. 차를 멈춘 길모는 간판을 바라보았다. 오래된 집이다.

'마 의원… 여기서 식사를 하면 돈은 낼까?'

갑자기 그런 생각이 들었다. 인간이란 말 타면 종 부리고 싶은 것. 의원이 되면 너무 많은 특권을 누리게 된다. 후원자도 줄을 잇는다. 밥값 정도는 서로 내주려는 사람이 줄을 섰을 것이다.

카운터에서 예약번호를 말하니 주방장이 달려 나와 허리를 숙였다. 마 의원은 먼저 와 있었다. 내실 문이 열리자 작은 모습이 고스란히 드러났다.

"앉으시게."

"예."

길모는 묵례를 하고 자리를 잡았다.

"오늘 특선이 뭔가?"

마 의원이 주방장에게 물었다.

"오늘은 광어 정식이 좋습니다."

"광어 괜찮겠나?"

주방장의 말을 들은 마 의원이 길모에게 물었다.

"괜찮습니다."

"그걸로 주시게."

주방장은 뒷걸음으로 물러나 문을 닫아주었다.

"내 오랜 단골집이라네. 그러니 편하게, 편하게!"

편하게. 그 말은 길모의 귀에 여긴 안전한 곳이야 라는 소리로 들렸다.

　머잖아 음식이 나왔다. 이번에도 주방장이 들어왔다. 그는 여종업원과 함께 직접 음식을 세팅했다. 마 이원은 여종업원에게 만 원 짜리 한 장을 건네주었다.

"반주 한잔하실 텐가?"

다시 둘만 남자 마 의원이 주전자를 들었다.

"차를 가지고 와서… 받아만 두겠습니다."

"그러시게."

마 의원은 술을 눌러 따랐다. 주전자는 곧 길모 손에 들렸고, 길모는 9할까지 잔을 채워주었다.

"드세!"

형식적이지만 잔은 부딪쳤다.

"그래. 따로 하실 말이 있다고?"

"예."

"말씀하시게. 궁금해지는군."

"의원님은 횡액에 대해 궁금해하셨지요?"

"그랬지."

"……."

"횡액 수는 없다더니 변동이 있었나 보군."

"곁에 천 회장님이 계셔서… 두 분 사이를 제가 잘 모르다 보니 조심하느라……."

길모는 말을 아꼈다.

"자네가 말로만 관상대가는 아니로군. 그토록 깊은 배려까지 하다니."

"필부라면 모르되 정치계에서도 차세대 리더로 꼽히시는 분 아닙니까? 더구나 관상이란 한 사람의 운명에 끼어드는 일인지라……."

"백번 옳은 말일세. 어제보다 더 마음에 드는군."

마 의원의 입가에 미소가 스쳐 갔다.

"16일 전 저녁 8시 반!"

길모는 겸손한 미소로 미끼를 던졌다.

"……!"

마창룡의 손에 들린 술잔이 출렁 흔들렸다.

"그날, 의원님에게 액운이 들었습니다."

"16일 전?"

마창룡은 모르는 척 고개를 갸웃거렸지만 술은 표정과 달리 손을 타고 흘러내렸다.

"중요한 일입니다. 잘 생각해 보십시오."

길모는 냅킨을 몇 장 뽑아 건네주었다.

"글세, 내가 워낙 의정 활동이 바쁘다 보니… 필요하면 보좌관에게 알아보겠네만."

"아닙니다. 그러실 필요까지는 없습니다."

길모가 고개를 저었다. 당연히 그랬다. 마창룡의 상을 파고 들어 간 길모. 원하는 건 단지 경각심뿐이었다. 뼈에 사무치는 경각심……

"그런데 그 액운이란 게 무엇인가?"

마창룡이 물었다.

"그 전에 하나 더 묻겠습니다. 의원님은 원래 이마 주름살이 없었습니까?"

이 또한 대답이 필요 없는 뻔한 질문이었다.

"그렇지. 남들은 보톡스다 뭐다 험담을 하지만 나는 자연산 무주름이라네."

"그렇군요."

"그게 문제가 되나?"

"……"

"말하기 곤란한 일이로군?"

"조금 그렇습니다."

"말해보시게. 이 마창룡이 키는 작아도 마음은 동해바다 같은 사람이니까."

이미 귀가 솔깃해진 마창룡. 달아오른 마음을 숨기며 길모를 재촉했다.

"그렇다면 말씀드리겠습니다. 다소 마음에 들지 않으시더라도……."

"어허, 걱정 말라니까."

"그 두 가지가 구름이 되어 충돌하니 천둥이 울리고 벼락이 떨어질 상입니다."

"뭐라?"

"죄송하지만……."

길모는 무심하게 뒷말을 이었다.

"의원님의 대운이 내리막길에 접어들었습니다."

"……!'

"그 증거로 명성이 내려앉고 금고가 비게 될 것입니다."

"……?'

"다만 아직 길운의 끝머리에 머물고 있으니 총력 대처하시면 지금까지 이룬 명성은 유지할 듯합니다만……."

"그게 정말인가?'

"유감스럽지만 그렇습니다."

길모는 슬쩍 고개를 조아렸다. 할 말은 다 했다는 의미였다.

"비방은? 비방은 무엇인가?"

"관상이란 눈에 보이는 대로 말할 뿐 비방 같은 건 없습니다."

"없다?"

"굳이 찾으신다면 선행이 있겠지요. 관상에서는 선행을 상(相)보다 우선시하니까요."

"그렇다면 기부나 보시를 하라는 건가?"

"하나의 방법이긴 하나 대세 자체를 거스르기엔 늦었습니다. 아무래도… 16일 전의 저녁 운이 너무 나빴습니다."

"이봐, 그건!"

흥분한 마창룡이 자신도 모르게 테이블을 내려쳤다.

"의원님……."

"미, 미안하네. 흥분하다 보니 나도 모르게……."

"괜찮습니다."

"그러지 마시고 구체적으로 말씀해 주시게. 돈이 필요하면 내가 내겠네."

"상구미다(爽口味多) 수작질(須作疾)!"

"뭐라?"

"좋은 음식을 너무 많이 드셨으니 탈이 나는 건 막을 도리가 없습니다."

"홍 부장!"

"그래도 평소 존경하던 분이라 말씀드리러 온 것이니 부디 잘 대처하셔서 운을 지키시기 바랍니다."

"……."

"계산은 제가 하겠습니다."

길모는 인사를 두고 일어섰다.

평소 존경하던 분!

물론 천만의 말씀, 만만의 콩떡이었다. 하지만 조금 고마운 마음도 있었다. 그의 관상에서 확인한 재물 때문이었다.

'적어도 40억······.'

길모는 그의 금갑에 삐져나온 돈의 액수를 가늠해 냈다. 돈은 한군데 몰려 있었다. 어차피 두 가지를 확인하기 위해 던진 그물이었다. 그러니 한 가지를 확인한 지금, 10여만 원 나올 식사 값 정도는 투자할 용의가 있었다.

88,000원!

계산서가 나왔다. 길모는 거스름돈을 받지 않았다. 카운터의 아가씨 입이 귀밑까지 찢어지는 게 보였다.

"저기 우리 의원님 말입니다. 보름 전쯤에도 왔었을 텐데 확인 좀 해줄래요? 우리 사장님이 날짜를 좀 알아오라는데······."

길모는 아가씨에게 대가를 요구했다. 아가씨는 길모의 요구를 외면하지 않았다. 돈 받은 값을 하는 것이다.

"16일 전 화요일에 오셨는데요?"

"혹시 그때 의원님이 베타 600 박스 들고 계시지 않았나요?"

"의원님은 아니고 보좌관님이······."

"와, 기억하시네?"

"싼 음료수를 두 박스나 들고 있길래 하나 줄 줄 알았더니 그냥 가잖아요. 그래서 안 잊어버려요."

이 정도면 다시 물을 필요도 없었다.

마창룡은 베타 600 두 박스를 먹었다.

그 안에 든 1억 현금을 먹었다. 그래서 마 의원 재물 창고에 들어간 돈 맥이 두 덩어리였던 것이다. 5천만 원 두 덩어리······.

"고마워요."

길모는 흡족한 미소를 남기고 일식집을 나왔다.

'하나는 충족……'

이제 남은 건 한 가지였다.

부릉!

약주라고 하지만 여섯 잔도 넘게 술을 마신 마 의원. 차 앞에서 누군가와 통화를 하더니 운전대를 잡았다.

"윤표야, 뭐 하냐?"

길모도 전화를 때리고 핸들을 잡았다.

마 의원의 차가 교외로 접어들 때였다. 길모는 그쯤에서 윤표와 교대를 했다.

―걱정 말고 들어가세요. 이따가 가게로 갈게요.

전화기 안에서 윤표의 힘찬 목소리가 들려왔다.

'저쪽으로 가면 안산 쪽인데……'

갓길에 차를 세운 길모는 마창룡의 자료를 꺼내 들었다. 몇 장을 넘기자 마 의원의 동생 자료가 나왔다.

―안산 선창포구 인근!

동생 자료에 덧붙인 글자가 반짝거렸다. 길모의 기대감이 솔솔 피어나기 시작했다.

*   *   *

"형, 그 인간 도착했어요."

포구에 내린 윤표는 길모에게 소식을 전했다.

"부탁해!"

길모는 그 한 마디만을 남겼다. 이미 손발을 여러 번 맞춰본 상황. 윤표는 길모가 뭘 원하는지 잘 알고 있었다.

좌석을 열어 망원경을 꺼냈다. 손안에 딱 들어오는 크기. 길모의 심부름을 하면서 구한 물건이었다.

마창룡!

그는 너무 작았다. 그래서 더 눈에 띄었다. 그런데, 그가 만난 사람도 작았다. 작은 사람 둘이 서니 완벽하게 시선을 끌었다.

'동생 같은데……?'

윤표는 첫눈에 감을 잡았다. 이목구비가 비슷했던 것이다.

악수를 나눈 두 사람은 수상 음식점으로 들어갔다. 작은 만을 이루며 들어앉은 포구. 바닷물이 홀로 깊은 곳까지 다리로 이어진 음식점이 보였다. 멀리서 보면 바다에 뜬 식당 같았다.

'돈 좀 부었겠군.'

식당은 바다와 거의 맞닿은 연못 위에 있었다. 호수 못지않게 큰 연못의 가운데에 우뚝 자리 잡은 식당. 이어지는 다리는 나무로 놓아 운치를 더했다.

'회라도 먹나?'

안으로 들어간 형제는 보이지 않았다. 그래도 걱정은 없었다. 물 위에 둥실 뜬 식당. 달아날 곳이 없으니 느긋한 건 오히려 윤표 쪽이었다.

일단 사진부터 몇 컷 찍었다.

윤표 뇌리에 만족해할 길모 얼굴이 스쳐 갔다. 친구인 장호가 목숨처럼 따르는 길모. 물론 그 이유만으로 길모를 좋아하는 건 아니었다. 돌아보면 윤표와 장표도 길모에게 빚이 있었다.

　철없던 몇 해 전이었다. 어쩌다 보니 치킨게임을 하게 되었다. 돈 좀 있는 놈이 외제 명품 오토바이를 끌고 와 깝죽거렸던 것이다.

　치킨게임!

　윤표는 실제로 본 적이 있었다. 인적이 끊긴 새벽, 일직선의 도로에서 서로를 향해 치닫던 두 대의 스포츠카. 누구든 먼저 핸들을 돌리면 지는 것이다.

　바당바당!

　스포츠카는 극한의 몸살을 앓았다. 야수로 치면 포효로 기선을 제압하려는 것이다. 두 스포츠카가 출발했다. 속도는 거의 같았다. 충돌 직전의 두 차량은 마지막 순간에야 승부를 보았다. 빨간색 BMW 스포츠카가 핸들을 꺾어버린 것이다.

　"와아아!"

　구경하던 윤표 무리도 환호를 했다.

　속도광.

　그건 스포츠카나 바이크나 다르지 않았다. 아니, 오히려 바이크가 더 심했다. 솔직히 한국 도로에서 스포츠카는 많은 제약을 받는다. 하지만 바이크는 그보다 나았다. 마음만 먹으면 곡예도 할 수 있다. 그건 오히려 바이크만의 전매특허 매력이었다.

　그러다 결국 그 싸가지와 치킨게임을 하게 되었다. 간이 배 밖으로 나와 있던 시절이었다. 한 번 본 걸 흉내낸 것이다.

　바릉!

첫 기어를 당길 때는 몰랐다.

바룽바룽!

두 번째는 그저 그랬다.

바르릉!

세 번째 기어를 당길 때였다. 느닷없이, 눈앞에 폭발 광경이 보였다. 두 대의 오토바이가 들이박으며 허공에서 찬란하게 산화하는 이미지… 그게 발단이었다. 출발은 좋았다. 기세는 더 좋았다. 하지만 상대의 얼굴이 시야에 꽉 차게 들어오는 순간, 윤표는 핸들을 돌렸다. 화이바 아래로 드러난 입술이 흡사 악마의 그것처럼 보였던 것이다.

졌다.

오토바이는 뭉개졌다.

자존심은 그보다 더 처참하게 뭉개졌다.

응급조치를 받은 다음 날, 상대가 병실로 찾아왔다. 그는 다짜고짜 윤표를 짓밟았다. 내지르고, 또 내지르고, 그리고 나서도 내질렀다. 윤표의 얼굴은 순식간에 어제보다 더 흥건한 피에 젖었다.

저항할 수 없었다. 어차피 지는 놈이 이기는 놈의 모든 요구를 들어주기로 했었다. 오토바이는 당연히 그의 소유가 되었다.

'뒈져라!'

상대는 아무렇지도 않게 말했다. 수면제를 수백 알 모은 약봉지도 내밀었다. 그때 등장한 게 길모였다. 장호와 함께였다.

길모는 묻지 않았다. 그저 상대를 개처럼 끌고 나갔을 뿐. 목격자들에 의하면 길모는 한마디도 하지 않았다고 한다. 그저 조졌을 뿐이다. 그것도 오직 한곳만. 그게 바로 남자의 심볼이었다.

"제발……."

상대는 딱 세 번 만에 두 손을 모아 빌었다고 한다. 그래도 길모의 징벌은 멈추지 않았다. 기를 꺾는 법. 길모는 그걸 알고 있었다. 상대가 늘어지자 이번에는 입에 대고 수면제를 부었다.

상대는 윤표의 옆으로 실려 왔다. 거의 혼수상태였다. 귀한 자식이 입원하자 부모들이 달려왔다. 굉장한 집안이었다. 길모는 그제야 딱 한마디를 뱉었다.

"이 친구가 약 먹고 내 동생을 치었습니다."

막 위를 세척하고 정신이 돌아온 상대방. 길모의 눈빛에 질려 고개를 끄덕이고 말았다. 윤표는 그렇게 해방이 되었다. 오토바이 수리비도 받았다. 뿐만 아니라 치료비와 보상금까지 챙기게 되었던 것.

퇴원한 윤표가 성표를 데리고 길모를 찾았을 때, 길모가 원한 건 하나였다.

짜장면 곱빼기!

그때 길모는 정말 맛나게 먹었다. 먹는 걸 보던 윤표의 눈에 눈물이 흘렀을 정도였다. 그 후로 성표에게 생긴 사고도 길모가 정리해 주었다. 곤란이 닥치면 묵묵히 해결해 준 길모. 어떤 심부름을 시키든 마다할 수 없는 인연이었다.

마창룡과 마성룡 형제는 잠시 후에 배 뒷전으로 나왔다. 사람 한 명 정도가 오갈 수 있는 공간이었다. 거기서 마성룡이 연못에 늘어진 쇠사슬을 흔들었다.

'체인?'

패싸움을 벌일 때 몇 번 쓰던 종류였다. 어쩌면 배를 고정시킨 줄일 수도 있었다. 시야를 조절해 마창룡의 얼굴을 보았다. 쇠사슬을 바라보는 얼굴이 아주 흡족해 보였다.

"형, 윤표예요!"

윤표는 연못과 두 형제, 식당과 쇠사슬을 잡은 모습까지 꼼꼼하게 찍은 후에 길모에게 보고를 올렸다.

그 시간, 길모는 혜수의 집에 있었다. 테이블에는 감자탕이 세팅되었다. 혜수가 직접 끓인 것이었다.

"예약이에요?"

새우젓을 곁들이던 혜수가 물었다. 아까부터 전화가 집중된 탓이었다.

"아니, 윤표……."

"심부름 보냈어요?"

"응!"

이제 혜수도 윤표가 낯설지 않았다.

"고생 많이 하네. 아예 오빠가 데리고 있지 그래요? 1층 보수 끝나면 사람도 필요할 거 같은데?"

"그렇잖아도 그러려고."

"그럼 걔 동생 성표도 와야겠네요?"

"그래야겠지?"

길모가 큼지막한 돼지뼈를 집어 들었다. 맞춤하게 삶긴 덕분에 살이 잘 떨어져 나왔다. 길모는 한 점을 입에 넣으며 화면을 열었다.

연못 위의 식당.

운치가 좋았다. 부패한 뇌물로 동생을 지원한 걸까?

"마 의원이잖아요?"

돼지뼈를 두어 개 더 올려주던 혜수가 물었다.

"응."

"그 사람에게 볼일이 있어요?"

"그냥. 특이한 상이라 지켜볼 게 있어서."

입으로 말하며 눈으로는 계속 화면을 주시하는 길모. 그러다 쇠사슬에 눈이 닿았다.

"하여간 오빠 호기심은 알아줘야 해요. 그래서 관상 실력이 독보적인가?"

"독보적은… 나도 아직 멀었어."

"피이, 모 대인님 말이 오빠 같은 대물은 한 세기에 한 명 나올까 말까래요."

"그분 입에도 뻐꾸기가 사네?"

길모는 웃어넘겼다.

마창룡!

돼지뼈와 함께 그 이름이 입안에서 맴돌았다. 마성룡의 수상 식당을 보니 마음이 급해졌다. 확실하지는 않지만 금고가 있음 직한 곳이었다.

"오빠!"

골똘한 길모 곁으로 혜수가 다가왔다.

"응?"

"물어볼 거 있는데……."

"흐음. 그래서 식사 초대한 거로군?"

"그건 아니다. 맨날 만나도 감질만 나니까……."

"이하동문!"

"오빠도 그렇죠?"

"응!"

길모는 솔직히 말했다. 바짝 붙어 앉은 바에 숨기고 말 것도 없었다.

"우리 합칠까?"

혜수가 물었다.

"이하동문!"

"으악, 정말?"

아이처럼 좋아하는 혜수.

"하지만 시간이 좀 필요해. 그건 알지?"

"피이… 좋다 말았네."

"물어볼 거 있다며? 그거나 말해."

"알았어요."

혜수는 길모를 쏘아본 후에 말을 이어나갔다.

"다른 룸에서 모신 분 중에 양 전무라고 있는데, 이번에 부장 승진 인사가 있대요. 두 명을 올릴 거라고 사진을 가져왔지 뭐예요?"

혜수가 사진을 꺼내놓았다.

"이야, 우리 혜수, 나보다 인기 좋네."

"쳇, 뭐가 그래요? 양 전무님이 워낙에 강 부장님 단골인 데

다 올 때마다 오빠가 바빠서 못 물어봤다고 꿩 대신 닭이라던
데…….”

“꿩 대신 닭이 아니고 꿩 더하기 닭 아니야? 이렇게 되면 우
리 둘이 다 봐주게 되는 거니까.”

“그런가요?”

“우선 우리 관상가님의 견해는 어떠신가요?”

길모가 혜수를 바라보았다.

“총괄부와 마케팅부장 자리래요. 다른 데는 무난하고, 눈썹
을 보니 이 사람이 총괄부에 가고 이 사람은 마케팅에 가는 게
좋을 거 같아요.”

혜수는 눈썹을 짚었다. 총괄부장으로 지목한 사람은 눈썹이
눈에서 이마 쪽으로 한참 떨어진 사람. 이런 상은 성격이 두루
원만하고 자상한 면이 있어 돈이나 사람 관리에 적합했다.

다음 사람은 물론 반대 상(相)이었다. 눈썹이 눈에 가깝게 붙
은 것이다. 이런 경우에는 성격이 급하고 활동적이다. 따라서
마케팅에 적합한 상이 맞았다.

“오호, 딱 맞추는데?”

“정말요?”

“이거 자칫하면 1층 관상방도 혜수한테 내주는 거 아닌가 몰
라?”

“걱정 말아요. 그 방은 안 뺏을게요.”

혜수는 아이처럼 웃었다.

눈썹은 보통 30세 초반의 운을 대변한다. 좋은 눈썹을 가진
사람은 이 시기에 합격이나 승진, 사업운이 풀린다. 나쁜 사람

은 이 시기를 피하면 좋다. 소나기는 피해가는 게 상책이다.

아울러 눈썹의 길이는 수명과 연관되어 있다. 젊은 사람이 지나치게 긴 건 좋지 않은 상으로 본다. 하지만 중년 이후에 눈썹이 길게 자라는 건 장수할 상으로 본다.

길모는 혜수를 당겨 안았다. 그녀의 체취는 감자탕 냄새를 지워 버렸다.

"오빠!"

"응?"

"이상하죠?"

"또 뭐가?"

길모는 지척에서 그녀를 내려다보았다.

"좋아하는 감정 말이에요."

"그게 뭐?"

"아까 나 좋았어요?"

묻는 혜수의 볼에 복숭아꽃이 피어올랐다. 문에 들어서기 무섭게 길모는 혜수와 합쳤다. 한 번 합치고 그 물이 마르기도 전에 한 번을 또 합쳤다. 그제야 달아오른 마음이 가라앉았다. 혜수, 지금 그때의 감정을 묻고 있는 것이다.

"당연히… 또 할까?"

"어유, 이 변강쇠!"

혜수는 길모의 가슴을 몇 번 두드린 후에 얌전히 얼굴을 묻었다.

"나 오늘 새로운 걸 알았어요."

"뭔데?"

"사랑에 있어 섹스가 최고가 아니라는 거."

"그럼 뭐가 최고야?"

"엄마의 마음? 맞나?"

혜수가 고개를 들었다.

"엄마?"

"잘 표현하기 어려워요. 그냥… 오빠가 여기 앉아서 내가 한 밥과 국을 먹는 걸 보니까 마음에 천국이 들어온 거 같은 거 있죠. 왠지 모르게 너무 고맙고 뿌듯하고 행복했어요."

혜수의 눈에 물기가 서렸다.

고맙다니? 그런 게 뭐가 고맙단 말인가? 길모야 말로 혜수의 밥상이 너무 좋았다. 부모님이 다 세상을 떠난 후에 처음 받아보는 가정식 밥이기 때문이었다.

"설거지하고 차 타 줄 테니까 얌전히 기다려요."

자리를 털고 일어난 혜수가 텔레비전을 켜주었다. 채널을 몇 번 돌리니 뉴스 화면이 나왔다.

"어머, 검찰이 결국 칼을 뽑았네요?"

달그락거리던 혜수도 화면으로 시선을 고정시켰다. 화면에 반태종 상무와 이규선 실장이 나왔기 때문이었다.

─검찰은 오늘 오후 고상준 사장의 측근으로 불리던 두 사람을 전격 소환해 조사에 들어갔습니다. 검찰에 나가 있는 박성강 기자 나와주세요.

화면은 바로 검찰로 옮겨갔다. 차량에서 내리는 반태종이 보였다. 기자들이 벌 떼처럼 카메라 세례를 퍼부었다.

─성실히 조사받겠습니다.

반태종은 제법 여유가 있었다.

반면!

길모는 더 여유를 부릴 수가 없었다. 전격적으로 시작된 검찰의 소환. 자칫하면 길모가 뒷북을 칠 판이었다.

"급한 호출이 있어서 먼저 가볼게. 이따 가게에서 보자."

"오빠, 차 마시고 가야죠."

"보온통에 담아와. 가게에서 마실게."

"진짜 그냥 가요?"

"가게에도 좀 늦을지 몰라. 많이 늦지는 않을 테니까 예약 손님이 먼저 오면 시간 좀 끌어줘."

길모는 바로 문을 열고 나갔다.

―장호야, 나다!

도로에 들어선 길모는 장호에게 긴급 호출령을 내렸다.

―10분 내로 갑니다!

10분!

장호는 그 약속을 지켰다. 9분을 조금 지나 가게에 도착한 것이다. 장호는 오토바이에서 내려 캐딜락에 올랐다.

[터는 건가요?]

장호가 비장하게 수화를 그렸다.

"그럼 좋지."

[반 상무예요? 마 의원이예요?]

"쉽고 편한 거부터 하자."

반태종!

길모는 첫 번째 타깃을 결정했다.

[콜입니다.]

장호가 안전벨트를 조였다. 이어 지축을 흔드는 굉음이 도로
에 울려 퍼졌다.

*   *   *

중랑천 변에는 사람이 많았다. 캐딜락은 둑길을 따라 달리다
멈춰 섰다.

[이 길 맞아요?]

둑길 아래에서 장호가 물었다.

"쭉 가면 나올 거다."

조금 더 직진하자 멀리 중고차매매센터가 보였다. 컨테이너
야적장은 그 이전에 있었다.

[저기네요.]

캐딜락이 부드럽게 멈췄다. 하늘을 보니 해가 뉘엿뉘엿 저물
어갔다.

길모와 장호는 중고차 매매센터에 들렀다. 차를 사기 위한 건
아니었다. 시간을 죽여야 했다. 컨테이너 야적장에 사람들이 보
인 것이다.

차는 많았다.

'버림받은 차들…….'

문득 그런 생각이 들었다. 원래 주인의 손을 떠나 새 주인을
기다리는 차량들. 그 많은 차량의 숲은 한없이 적막했다. 정든

손길이 끊긴 것. 친숙한 일상에서 벗어난 것들은 생기를 잃는다. 차들이 그랬다. 제아무리 때 빼고 광냈을지언정 사람이 타고 다니는 차만은 못했다.

반태종······.

빈 차량에 그의 얼굴이 겹쳐 왔다. 지금쯤 검찰 심문이 시작되었을 것이다. 주인을 잃은 반 상무. 그럼에도 불구하고 그 자신이 얽혔기에 사력을 다해 방어를 해야 할 사람. 그 입장은 어쩐지 여기 널려 있는 차량보다도 쓸쓸해 보였다.

"간다!"

컨테이너 야적장에 불이 들어오자 길모가 말했다. 컨테이너 야적장은 두 곳이었다. 하나는 도로에 가깝다. 그곳에는 불이 대낮처럼 밝았다. 길모가 노리는 야적장은 그 옆이었다. 반태종이 체크하고 간 곳. 그 야적장은 후미진 곳에 자리를 잡았다. 도로 쪽처럼 밝지도 않았다.

[조심하세요!]

장호가 수화를 흔들었다.

든든하다.

길모의 마음이 그랬다.

누군가 내 뒤에 있다는 것.

그리고 그가 내 안위를 걱정하고 있다는 것.

전에는 장호였지만 이제는 한 명이 더 늘었다.

'혜수······.'

길모는 그 이름을 심장에서 끄집어냈다. 지금쯤 머리와 화장을 마치고 카날리아로 향하고 있겠지. 그녀의 생기 넘치는 미소와 머릿결이 눈앞에서 출렁거렸다.

'여기로군.'

길모는 이면도로로 접어들면서 목표물인 야적장을 보았다. 담장은 조립식 판넬이었다. 그리 높지도 않아 큰 애로는 없을 것으로 보였다. 일단 처음부터 끝까지 음미하듯 관찰을 했다.

입구 쪽의 구석에서 연기가 솟고 있었다. 뭔가를 태우는 모양이었다. 판넬 몇 개를 지나자 누군가 버리고 간 휴대용 가스 용기가 몇 개 보였다. 중간 지점의 판넬은 좀 삭았다. 그것 외에는 유의할 사항은 없었다.

고개를 들어 입구 쪽 전봇대를 보았다. 카메라는 야적장의 입구를 향하고 있었다. 그렇다면 크게 신경 쓰지 않아도 되었다.

'슬슬 뒤져 볼까?'

핸드폰을 진동 모드로 바꾼 길모는 담장의 높이를 가늠했다. 구석의 담장이 눈에 꽂혀왔다. 높이는 약 1.8미터. 점프를 제대로 하고 회전하면 한 방에 넘을 수 있었다.

후우!

막 호흡 조절을 끝내고 걸음을 옮길 때였다. 느닷없이 누군가의 손이 길모의 어깨를 잡아챘다.

"……?"

잠깐이지만 길모는 숨이 막히는 것 같았다. 장호가 왔을 리는 없었다. 그렇다고 검찰에 출두한 반태종일 리도 없다.

"홍 부장?"

목소리를 따라 천천히 고개를 돌렸다.

'……!'

쉿소리가 저절로 넘어왔다. 뜻밖에도 공 부장이 거기 있었다.

"어라? 혹시나 했더니 진짜네."

"공 기자님!"

"여긴 웬일입니까?"

"아, 예. 중고차 좀 보러왔다가 볼일이 좀 급해서요."

길모는 재빨리 둘러댔다.

"아, 중고차?"

"기자님은?"

"나야 기자 아닙니까? 발길 닿는 대로 가는 거죠."

"아, 예……."

"그럼 괜히 아는 척했네. 민망하게끔……."

"아닙니다."

"볼일 봐요. 나야 다음에 또 보면 되고……."

공 부장은 휘파람을 불며 골목으로 들어갔다. 거기 공 부장의 차가 있었다. 차에 오른 공 부장은 골목을 따라 멀어졌다.

'뭐야?'

찜찜했다.

기자들의 촉수는 보통 사람과 달랐다. 한마디로 눈치로 먹고 사는 사람이 아닌가?

'취재 나온 건가?'

그럴 수도 있었다. 여기는 제국전산의 컨테이너 야적장. 길모가 아는 곳이니 기자들이라고 모를 리 없었다.

하지만!

마냥 상념에 젖을 때가 아니었다. 진행이냐 중지냐? 둘 중 하나를 선택해야 했다.

'못 먹어도 고!'

길모는 두 손에 침을 퉤 뱉었다.

턱!

판넬을 잡고 휘돌아 착지했다. 컨테이너 구석이었다. 살짝 고
개를 빼보니 사람은 보이지 않았다. 컨테이너들은 상당수에서
녹이 묻어나왔다. 곳곳에 벗겨진 칠을 보니 못 쓰는 컨테이너들
의 집합소에 다름 아니었다. 언제 맡아도 그리 반갑지 않은 싸
아한 녹 냄새……

길모는 목을 빼고 상황을 파악했다. 이쪽에 쌓인 컨테이너는
11개였다.

막 움직이려 할 때 입구 쪽의 컨테이너에서 경비원이 나왔다.
고개를 드니 도로변 입구에 다른 경비원이 작은 평상에서 손을
흔들고 있었다. 그릇 몇 개가 보이는 것으로 보아 식사를 할 모
양이었다.

'땡큐!'

길모는 진심으로 고마움을 전했다. 고상한 취미 생활을 즐김
에 있어 누군가의 방해를 받지 않는다는 것. 바람직한 일이었
다.

'일단 가까운 놈부터!'

길모는 몸을 숨긴 컨테이너 앞으로 다가섰다. 자물쇠는 그냥
무식했다. 강철로 빗장을 지르고 그 사이에 자물쇠 철을 달아
자물통을 채운 구조. 그냥 철사 하나면 오케이였다.

끼이끼이!

마음에 들지 않는 건 강철 빗장이었다. 오래되고 녹이 슬어 밀어낼 때 신음 소리를 냈다. 주의 깊게 빗장을 당긴 길모가 출입문을 열었다.

안에는 박스가 가득했다. 다행히 빼곡할 정도는 아니었다.

'노가다 좀 해야겠군.'

노가다!

그 말이 딱 맞았다. 박스를 하나하나 확인해야 하는 것이다.

박스 안에는 오랜 서류들이 많았다. 혹시 몰라 중간까지는 뒤져야했다. 위쪽만 살짝 덮어 위장을 했을 수도 있었다.

'아, 이럴 때는 돈 냄새 맡는 코가 있으면……'

사람의 욕심은 한이 없다. 수월하게 문을 열고 엉뚱한 생각을 하는 길모. 30개가 넘는 박스를 다 뒤졌지만 비자금은 없었다.

두 번째 컨테이너를 열었다. 여긴 전산지 창고였다. 무슨 기록들인지 포장도 되지 않은, 전산지 무더기들이 어마어마했다. 살포시 문을 닫아주었다.

세 번째 컨테이너.

열기 전에 입구 쪽을 보았다. 경비원들은 소주를 기울이고 있었다. 반주를 하는 것이다. 저건 경비원들의 낙에 속한다. 높은 양반(?)들이 다 퇴근한 시간. 동료와 나누는 한두 병의 소주. 박봉에 열악한 근무환경, 그 속에서 느끼는 일상의 즐거움이었다.

세 번째는 열지 않았다. 살짝 열린 창 안을 들여다보니 이곳도 전산지가 가득했기 때문이었다. 길모는 그 옆으로 가서 출입문을 개방했다.

'녹 냄새.'

본능적으로 냄새를 맡아본 손은 코를 찔리게 만들었다. 녹 냄
새는 언제 맡아도 좋지 않았다.

'어디 보자……'

다시 박스를 열어젖히는 길모. 회사는 왜 이렇게 많은 서류를
만들까? 누군가 이걸 만드느라 밤을 새우고 야근을 했을 걸 생
각하니 괜히 숙연한 마음도 들었다.

그때였다.

어디선가 전화벨 소리가 들렸다. 길모는 얼른 창 쪽으로 뛰었
다. 동향을 봐야 하기 때문이었다. 경비원이 뛰어오는 소리가
들렸다.

"여보세요!"

경비원이 전화를 받았다.

"네네, 걱정 마십시오. 눈 부릅뜨고 근무 중입니다. 예, 아무
도 들여보내지 않겠습니다."

경비원의 목소리는 거기서 잠시 끊겼다.

"본사야?"

대신 입구 쪽의 경비원 목소리가 들렸다.

"그래. 짜식들, 어련히 알아서 할까 봐."

다시 경비원의 발소리 멀어졌다.

'후우!'

길모는 가슴을 쓸어내렸다. 그런 다음, 입구를 슬쩍 살피고
다시 박스 확인 작업에 들어갔다. 몇 개는 공쳤다. 출입문 맞은
편의 박스들도 그저 서류에 불과했다.

'집에다 꿍쳤나?'

한순간 그런 생각이 스쳐 갔다. 하지만 이미 들어온 몸. 그렇다고 해도 이 안의 컨테이너는 다 확인해야 할 필요가 있었다.

"끙차!"

꼭대기에 올려진 박스를 내릴 때였다. 그 옆쪽 박스 더미가 중심을 잃으면서 길모 쪽으로 기울었다.

'오, 마이 갓!'

길모는 황급히 두 개의 박스를 받았다. 그러나 위쪽 박스는 이미 위태로운 지경이었다.

'웃!'

하는 수 없이 몸을 날려 바닥에 다리를 넣었다. 충격을 완화시켜 소리를 죽이려는 의도였다.

아팠다.

종이는 은근 무게가 나간다. 차곡차곡 쌓여진 서류라면, 그 무게는 결코 무시할 수준이 아니었다.

'아, 이건 어째 더 무거운 거 같…….'

구시렁거리며 일어서던 길모. 확 벌어진 눈동자를 의심했다. 박스가 열리며 튀어나온 서류 뭉치들. 그 사이에서 5만 원권 현금 뭉치가 보인 것이다.

"……!"

서둘러 서류 뭉치를 헤쳤다. 그러자 돈뭉치가 튀어나왔다. 한두 개가 아니었다.

'나이쓰!'

자신도 모르게 주먹을 불끈 쥐는 길모. 서둘러 그 줄의 박스를 전부 꺼냈다. 박스 위쪽의 서류를 걷어내니 안에 든 건 오롯

한 현금 뭉치들이었다. 족히 수십억은 될 것 같았다.

―안쪽 야적장 뒤편으로 와라.

길모는 즉시 장호에게 문자를 날렸다. 그런 다음, 허리에 둘렀던 자루를 꺼내 돈을 쑤셔 넣었다.

'반태종 씨, 고상준 씨. 고마운 줄 아세요. 당신들의 더러운 돈이 보람 있게 쓰일 기회를 만난 거니까.'

그건 진심이었다.

이 돈이 들키지 않으면 어떻게 쓰여질까? 아마 반태종과 이규선이 반땅할 공산이 컸다. 그럼 그들은 무엇에 쓸까? 기껏해야 개인적인 치부에 지나지 않는다.

그러나 헤르프메로 들어가면 사람을 살리고, 희망을 살린다. 고상준의 돈이지만 완전 반대 효과를 내는 것이다.

―형, 도착했어요.

장호의 문자가 들어왔다.

―끝에서 두 번째 판넬 앞.

―대기 완료.

―아, 아까 기자가 있던데 혹시 모르니 주변 확인해라.

―알았어요.

거기까지 체크한 길모, 첫 번째 자루를 담 너머로 뿌렸다. 그리고 다시 컨테이너로 가려는 순간, 야적장 입구에서 요란한 사이렌 소리가 들려왔다.

"……?"

컨테이너에 바짝 붙은 길모의 등골에서 식은땀이 주르륵 흘러내렸다. 갑자기 들이닥친 차량은 검찰수사관들의 차였다.

—형, 검찰이 왔나 봐요. 입구 쪽에 경광등이 요란해요.

장호의 문자가 요란하게 반짝거렸다.

—나도 봤어.

—빨리 나와요.

나가? 겨우 찾아낸 비자금을 두고?

길모가 주저하는 사이에 검찰수사관들이 입구에 내렸다.

"뭡니까?"

경비원들이 차량 앞으로 나와 물었다.

"검찰입니다. 수색영장 여기!"

수사관은 경비원을 무시하며 영장을 흔들었다.

"들어가면 안 됩니다. 우린 아무것도 몰라요."

입구의 경비원이 몸으로 막아섰다.

"이 양반이 미쳤나? 검찰이라고. 영장 집행하러 왔다고!"

"아, 그래도 우린 몰라요. 책임자 불러드릴 테니까 잠깐만 기다리세요."

경비원은 막무가내였다.

"뭐해? 빨리 집행하지 않고?"

수사관이 부하들에게 명령했다. 콧대 높은 검찰, 경비원 따위의 제지가 먹힐 리 없었다. 그때였다. 쓰레기를 태우던 연기가 잦아드는 구석에서 펑 하고 폭음이 울렸다.

"뭐, 뭐야?"

수사관들이 움츠렸다.

펑펑펑!

폭음은 연속해서 울렸다. 경비원들은 작은 소화기를 가져왔다. 불을 제압하고 나자 폭발의 원인을 알았다. 그 안에 들었던 휴대용 가스용기들이 터진 것이다.

"이 양반들이 정신이 있나 없나? 이런 걸 불에 넣으면 어떡해요? 그리고 누가 쓰레기를 마음대로 태우랬습니까?"

수사관들이 경비원들을 닦아세웠다.

"그, 그게 우리가 버린 게 아니고……."

"아니긴 뭐가 아닙니까?"

수사관의 시선은 평상에 놓인 휴대용 가스레인지에 옮아가 있었다. 기가 질린 경비원들은 더 대꾸하지 못했다.

"집행해!"

잠시의 혼란이 수습되자 수사관들이 영장 집행에 나섰다. 풀이 죽은 경비원들은 전화로 책임자 부르기에 바빴다.

입구의 사무실을 뒤진 검찰들이 본격적으로 컨테이너를 뒤지려할 때였다. 책임자가 직원들 서넛을 이끌고 도착했다.

"뭐하는 겁니까?"

책임자가 달려오자 검찰은 다시 영장을 내밀었다.

"이 회사 상무 반태종 씨 아시죠? 불법 은닉과 뇌물 제공 혐의로 조사를 받고 있어요. 증거물을 확보하기 위해 온 거니까 협조하세요."

"아니, 그거하고 컨테이너 야적장하고 무슨 상관이 있습니까? 사무실 뒤졌으면 돌아가세요."

책임자는 녹록지 않게 저항했다.

"불법 자금을 여기다 은닉했다는 제보가 있어요. 공무 방해로 잡혀가기 싫으면 협조하세요."

"아니, 검찰이면 선량한 기업 활동과 그 직원들에게 이렇게 위압적이어도 되는 겁니까? 여긴 보다시피 제품야적장입니다. 뒤지려면 당사자와 뇌물 먹었다는 국회의원들 집을 뒤져야죠."

"이 친구 체포해!"

듣고 있던 검찰이 위세를 떨었다. 작심하고 달려온 검찰수사관들. 헐렁하게 물러설 리 없었다. 이어, 대대적인 수색이 시작되었다.

"끙!"

그 사이에 길모는 마지막 돈자루를 담 너머로 던졌다. 그리고 단숨에 몸을 날려 점프를 했다.

[형!]

자루를 수습한 장호가 손짓을 했다.

"다 담았냐?"

[빨리 타요.]

장호는 계속 발을 굴렀다.

"천천히… 우아하게!"

조수석에 오른 길모가 말했다. 이제 그 목소리에는 여유가 넘치고 있었다.

폭발은 장호가 제공했다. 길모의 지시였다. 버려진 휴대용 가스용기가 떠올랐던 것이다. 마침 잔쓰레기가 타고 있어 어려울 것도 없었다.

부릉!

캐딜락은 부드럽게, 동시에 우아하게 발진을 했다.

그 시각, 두 팀으로 나뉜 수사팀 중의 한 팀이 길모가 있던 컨테이너 쪽으로 다가왔다. 그들은 절단기를 동원해 자물통을 잘라냈다. 문이 열렸다. 안은 깨끗했다. 그저 서류가 몇 장 흩어져 있었을 뿐이었다. 수사관 하나가 서류를 집어 들었다.

"어, 조심해요!"

그러자 뒤에 있던 수사관이 외쳤다. 순식간에 박스 한 줄이 무너졌다. 수사관들은 그걸 피하려다 다른 박스더미를 건드렸다.

"어어!"

수사관들은 무너지는 박스를 피해 출입문으로 뛰었다. 컨테이너 안은 쏟아진 서류로 아수라장이 되고 말았다. 그건 길모의 계산이었다. 돈을 뺀 허풍선 박스를 아래에 두고 위에다 진짜 서류가 든 박스를 쌓았다. 그러니 불안정한 박스들이 수사관들이 들이닥치자 무너진 것이다.

'국가를 위해 수고하시는데 심심하지는 않게 해드려야지.'

조금 일찍 왔더라면, 조금 일찍 제대로 수사했더라면 모든 걸 밝힐 수도 있었던 검찰. 그 불만에 대한 홍길모식 서비스였다.

돈은 한 푼도 남기지 않았다. 한두 박스 남겨서 비자금 정황을 알릴 수도 있었지만 포기했다. 수사에 강력한 의지 없이 여론의 향배에 따라 액션 맞추기에 바쁜 검찰, 거기다 당사자가 죽은 사건. 설령 돈박스가 나온다고 해도 진실을 밝히기는 어려운 일이었다.

'게다가 다음 편이 있으니까.'

길모의 화살은 마창룡을 겨냥했다. 같은 충격 요법이라도 그쪽 편에 터뜨리는 게 더 짜릿할 것 같았다.

*　　　*　　　*

디로롱동동!

진동에서 소리로 바꾸자 길모의 전화는 다시 불이 붙었다.

—문 사장님 오셨어요. 오빠 언제 오냐고 물어서 곧 올 거라고 했어요.

첫 번째는 혜수였다.

—홍 부장, VIP 손님 모셨는데 꼭 관상을 봐야겠다네. 도착 시간 좀 알려줘.

요건 서 부장.

—많이 늦는 거 아니지? 이분 바람 맞히면 나 타격 심해.

세 번째 통화는 강 부장이었다.

그것 외에도 전화는 넘쳤다. 1번 룸 희망자들은 오늘도 넘쳤다.

행복한 비명이라고?

꼭 그렇지는 않았다. 여기에는 고도의 운영의 미가 필요했다. 예컨대 한 번은 넘어가 준다. 하지만 두 번, 세 번 예약을 잡아주지 않으면 기분이 상해 떨어져 나간다. 게다가 고객들이 원하는 시간은 대개 골든타임. 소위 한잔 꺾고 거나해진 시간대에 몰려들어 러시아워를 이룬다. 그러니까 러시아워가 도로에만 있는 건 아니었다.

"……!"

몇 개의 문자에 답하던 길모, 장호의 시선에 미간을 찡그렸다.

"왜?"

[아니에요.]

"까불지 말고 말해. 뭔데?"

[아니라니까요.]

"야, 최장호!"

[나한테 속이는 거 있죠?]

"내가 뭘?"

[됐어요. 말하기 싫으면 말든지……]

"아, 이 자식… 대체 뭔데 그러냐고?"

길모가 목소리를 높였다.

[혜수 누나요.]

"혜수?"

[다 들었어요.]

"그러니까 뭘?"

[오빠라고 하는 거……]

"……?"

오빠!

그랬다. 혜수가 쓰는 세 개의 호칭. 부장님, 사장님, 그리고 오빠… 앞의 두 개는 상황에 따라 쓰지만 오빠라는 말은 길모와 단 둘이 있을 때만 쓰는 호칭이었다.

"자수한다. 혜수랑 사귀어보려고."

길모, 어깨를 으쓱해 버렸다. 어차피 딱히 장호를 속일 생각도 없었다.

[진짜예요?]

"언젠가 말하려고 했는데 너도 알다시피 요즘 너무 바빠서……."

[이해해요. 언제부터 시작했는데요?]

"야, 내가 너한테 그런 거까지 다 보고해야 하냐?"

[궁금해서 그러잖아요? 류 약사님은 정리된 건지 아니면 심심풀이 대타로 그러는 건지…….]

"어쩌다 보니 꽂혔다. 류 약사는 마음에서 밀어냈고. 됐냐?"

[쳇, 변덕쟁이… 언제는 유흥가 여자하고는 연애 안 할 거라더니…….]

"내 인생 내 마음대로 되지 않는 거. 그게 바로 업장이라는 거다."

[업장요?]

"갈등 말이다. 언제나 조금 늦거나 조금 빠르거나……."

[뭔 소리래?]

"야, 너 짝사랑 안 해봤냐? 내가 좋아하면 그 사람은 나 싫어하고, 내가 싫어하는 인간은 나 좋다고 따라다니고……."

[그게 혜수 누나랑 무슨 상관인데요?]

"그렇게 살짝 어긋나는 게 인생이다. 이거지 뭐."

[어휴, 둘러대기는…….]

"그래서? 넌 반대라는 거야 뭐야?"

[누가 그렇대요? 나 모르게 커플 됐으니 섭섭해서 그러죠.]

"그럼 너도 하나 골라서 투자해 보던가……."

[싫어요. 난 유흥가 여자랑 안 사귈 거라고요.]

"그래. 한 우물 파는 것도 나쁘지 않지."

끼익!

길모가 유들거릴 때 캐딜락이 급정거를 했다.

"야, 지금 보복하는 거냐?"

[다 왔잖아요!]

장호가 볼멘소리로 앞을 가리켰다. 한적한 길가에 서 있는 노은철이 보였다. 그새 약속 장소에 다다른 모양이었다.

"엄청나군."

돈 자루가 차를 바꿔 타자 은철이 혀를 내둘렀다.

"얼마인지 확인은 안 해봤어. 좋은 일에 써줘."

길모가 말했다.

"볼 때마다 면목이 없다니까."

"그런 말은 그만하고… 보도방 아가씨들은 퇴원했어?"

"한 명은 퇴원하고 둘은 보름 정도 더 있어야해. 알고 보니 폐도 안 좋더라고."

"바쁘겠지만 잘 부탁해."

"이거 받아."

은철은 작은 팔찌를 던져 주었다.

"웬 거?"

받아보니 나무를 갈아 만든 팔찌였다. 동그란 알이 24개 달린 팔찌. 딱히 특별하지는 않았다.

"베트남 아가씨, 아니 아줌마지. 그 사람이 만들었대. 차고 다니면 행운을 줄 거라나……"

'행운?'

"내가 마무리할 일은 없어? 보아하니 검찰 애들이 요즘 눈에 불을 켜는 것 같던데……."

"있지."

"그럼 말해봐."

"빨리 가서 그 돈으로 구제할 사람을 찾는 거. 삶이 힘든 사람은 1초가 여삼추 같거든."

"도 원장님이 가게 한 번 들렀으면 하는 눈치던데?"

"도 원장님?"

"곤란하지?"

"……."

"내가 적당히 둘러댈게."

은철은 그 말을 남기고 차 문을 열었다.

"다음 주 중에 연락할게. 모시고 와. 오후 5시경에."

"괜찮겠어?"

은철이 돌아보았다.

"가게 문 열기 전이니까… 날 잡아서 한 상 대접하지, 뭐."

길모가 웃었다.

"오케이!"

은철은 그 말을 남기고 멀어졌다.

빵빵!

은철의 꽁무니를 바라볼 여유도 없었다. 장호가 클랙션을 눌러 재촉한 것이다.

[안 오냐고 난리예요. 빨리 타요.]

길모, 관상왕 체면이고 뭐고 허둥지둥 차에 올랐다.

"조금 늦었습니다."

한참 술판이 달아오른 1번 룸에 들어선 길모, 넙죽 인사를 올렸다. 1번 룸의 좌장은 문 사장. 그는 동행이 둘이나 있었다.

아가씨는 혜수를 필두로 홍연과 승아였다. 2번 룸의 에이스 홍연이 1번 룸에 와 있다. 길모는 얼른 문 사장의 관상을 보았다. 그리고 홍연에게 시선을 돌릴 때였다.

"어때요?"

문 사장이 대뜸 물었다.

"네?"

영문을 모른 채 고개를 드는 길모.

"홍연이 하고 나 말입니다. 서로 윈−윈 될 거 같아요?"

순간 짜릿한 촉감이 전해져 왔다. 길모에게 가온걸의 관상을 부탁하던 문 사장. 그때 놀러간 홍연을 보았던 그였다.

"부장님, 저… 사장님이 테스트 한 번 해보재요."

홍연의 목에서 떨리는 목소리가 새어 나왔다. 바짝 웅크린 그녀의 모습. 인생 최대의 긴장을 하고 있다는 신호였다.

"아, 우선 인사 나눠요. 여긴 우리 회사 오 감독하고 유 피디!"

문 사장이 일행을 소개했다.

"홍 부장입니다."

길모는 명함을 받아들고, 자신의 명함을 공손히 건넸다.

"그러니까 정확히 말하면 내가 아니고 이 친구들이 홍연 씨를 선택한 겁니다. 나야 뭐 사장이랍시고 중간에서 설레발을 친 거뿐이고."

문 사장이 부연 설명을 시작했다.

"사실 그날은 나도 가온걸들 신곡에 신경 쓰느라 여력이 없었어요. 게다가 홍 부장님이 느닷없는 숙제까지 주고 가셨고… 진짜 천기누설이라도 한 듯 멤버 어머니에게 전화까지 받고 보니 그야말로 패닉이었답니다. 내 살다 살다 미신에… 아, 죄송합니다."

문 사장은 거기서 물을 한 모금 들이켜고 말을 이어갔다.

"그런데 그날 홍연 씨에게 회사 구경시켜 줬던 여직원이 그래요. 그 아가씨 마스크가 뜯어볼수록 인상적이더라고. 그래서 CCTV 가져다 확인을 해봤지요. 어, 그런데 진짜 촉이 닿더라고요."

"네."

길모는 가볍게 추임새를 넣었다.

"그래서 지방 촬영 나갔던 이 양반들 오기 무섭게 끌고 왔지요. 가볍게 술이나 한잔 마시면서 내 눈이 맞아 안 맞나 확인 좀 해보라고 말입니다."

"……."

"그랬더니 둘 다 오케이를 놓네요. 이 양반들 보기보다 깐깐해서 둘이 같이 죽이 맞는 건 저도 처음이거든요."

문 사장의 목소리는 맑았다. 흙 속의 진주를 발견한 마음. 딱 그때의 목소리였다.

"사장님, 너무 질러가시는데요?"

"맞습니다. 그거 오버십니다."

듣고 있던 스태프들이 입을 모아 태클을 걸어왔다. 그래도 길모는 걱정하지 않았다. 그들의 목소리가 긍정적이기 때문이었다.

"사장님 말씀은 반만 맞고 반을 틀렸습니다. 우린 옵션이 있거든요."

대표로 나선 사람은 오 감독이었다. 30대 후반의 오 감독은 열정이 넘치는 얼굴이었다.

"옵션이라면……."

"관상왕께 이런 말씀드리기 염치없지만 우리 관상부터 좀 봐주십시오. 말로야 우리가 키운다지만 능력이 있어야 키우지 않습니까? 그러니 우리가 쪽박 찰 얼굴이면 바로 빼찌 놓으셔야죠."

오 감독, 난이도 높은 주문을 걸어왔다.

홍연을 이유로 자신의 관상을 내세웠다. 말이야 백번 맞는 말. 자기 앞가림할 능력도 없다면 당연히 홍연을 키울 수 없다. 그러니 꼼짝없이 두 사람의 관상을 봐줘야 할 판이었다.

"어이쿠, 오 감독 말 한 번 명언이시네."

문 사장도 편승했다. 그러고 보면 이건 문 사장에게도 이득이 되는 일이었다. 오 감독과 유 피디의 상이 악상이라면 그 자신에게도 참고가 될 일이었다.

"……!"

고개를 들던 길모의 눈이 파르르 떨렸다. 길모는 슬쩍 홍연을 바라보았다. 홍연의 볼에는 불이 나 있었다. 길모의 말 한마디에 내일이 걸려 있다. 그녀가 그토록 꿈꾸던 연예계. 코앞에 온 기회이니 조바심을 감출 수 없는 그녀였다.

홍연을 지나 혜수를 보았다. 그녀가 웃었다. 웃음 속에 쓸쓸함이 묻어 있다.

'제대로 봤군.'

아직 부부는 아니지만 이심전심이었다. 길모는 유 피디까지 살펴본 후에 물을 한 잔 넘겼다.

꿀꺽!

꿀꺽!

물 넘김 소리가 여기저기서 들렸다. 앞의 것은 물론 길모의 소리였다. 하지만 뒤의 것들은 길모의 것이 아니었다. 길모는 보았다. 제일 먼저 홍연, 그리고 문 사장과 그 일행들이 마른침을 넘기는 것을. 어째서 그렇지 않을까? 문 사장은 이미 신묘막측의 맛을 보았다. 그런 그가 데려온 동행자였다. 당연히 그 기대감은 하늘에 닿아 있었다.

"두 분 상은 아주 길상입니다."

길모는 의례적인 말로 서두를 장식했다. 두 동행자의 귀가 쫑긋 서는 게 보였다.

"우선 유 피디님은… 미릉골이 예술이군요. 그렇기에 음악적 자질이 하늘을 찌르고 있습니다. 나아가 눈 밑 와잠이 풍후하게 부풀었으니 리듬 감각도 독보적이지요. 뿐만 아니라 이마의 양쪽 위 끝에 살이 풍성하니 창의력 또한 일품입니다. 음악 감독으로 최고의 운을 누릴 상이십니다."

"오 감독이 아니고 유 피디가 말입니까?"

듣고 있던 문 사장이 물었다.

"예!"

"보시게. 내 말이 맞잖는가?"

문 사장이 무릎을 치며 일어섰다.

"······?"

영문을 모르는 길모가 문 사장을 바라보았다.

"이 두 친구 말입니다. 죄송하지만 처음부터 역할을 바꾸고 있었거든요. 그런데 관상왕 앞에서는 그런 위장이 무의미하지 않습니까?"

"죄송하게 되었습니다. 하도 미신에 당하다 보니······."

유 피디가 일어나 길모에게 고개를 숙였다. 그러니까 이들은 길모를 시험하고 있었던 것이다.

"괜찮습니다. 저야 상을 보면 그만이니까요. 그리고 이분은······."

길모는 태연히 웃으며 오 감독에게 시선을 돌렸다.

"이분은 삼각 눈썹이라 예술적 감각이 뛰어나십니다. 눈이 쏙 들어갔으니 관찰력도 예사롭지 않겠지요. 나아가 턱 가운데가 오목하니 이 또한 창의력이 막강할 상입니다. 유 피디님과는 반대로 눈 아래가 팽팽하게 탄력이 있으니 언변에도 뛰어나시겠군요. 나아가 미간이 시원하게 넓어 앞으로 정부 쪽 일을 하면 고위직에 오를 것 같습니다."

"이야, 오 감독··· 문체부에서 총감독 자리 연락 왔다며? 그거 맡아야겠네?"

옆에 있던 유 피디가 반색을 하며 웃었다.

"그럼 우리가 꼼짝없이 홍연 씨를 키워야겠군?"

길모의 말을 정리한 문 사장이 입을 열었다. 거기서 길모는 다시 홍연을 바라보았다. 이미 입이 귀에 걸린 홍연. 그녀의 마음은 벌써 무대에 올라가 있는 듯 보였다.

그 옆의 혜수!

몽환적인 미소를 머금고 있다. 어쩌면 저렇게 여유로울까? 어찌 보면 그녀는 마치 황후처럼 보였다. 홍연의 길상을 알고 있던 혜수!

'봐요. 내가 맞췄죠?'

혜수의 눈이 재잘거렸다. 길모는 아무도 몰래 윙크로 화답했다.

"그럼 슬슬 준비하고 있으세요. 지금 하는 프로젝트 끝나는 대로 카메라 테스트 들어갈 테니까. 아, 뭐 그렇다고 학원 같은 데 다니거나 그럴 필요는 없어요."

유 감독이 화끈하게 한마디를 남겼다.

"자, 그럼 잔 비우고 일어납시다."

대미는 문 사장이 장식했다. 홍연은 온더락도 아닌 잔을 단숨에 비워냈다. 그만큼 기분이 좋다는 뜻이었다.

"안녕히 가세요!"

배웅하는 목소리도 홍연이 제일 컸다.

"축하해!"

문 사장의 차가 멀어지자 혜수가 홍연을 바라보았다.

"뭐, 아직 결정된 것도 아닌데……."

홍연은 얼굴을 붉히며 웃었다.

"그렇긴 하지만 송송 엔터 문 사장님… 저 바닥에서 깐깐하기로 소문난 분이거든. 결코 공수표 날리지 않는 사람이야."

혜수가 말했다. 에뜨왈에서 연예계 사정을 훤하게 익힌 혜수였다. 그러니 그녀의 분석은 허투루지 않았다.

"언니, 나 잘할 수 있을까?"

홍연이 혜수에게 다가섰다.

"그럼. 넌 열정이 있잖아? 꼭 해낼 거야."

혜수는 그녀의 손을 꼭 잡아주었다.

"대신 오 감독 쪽에는 너무 붙지 마라."

듣고 있던 길모가 묵직하게 끼어들었다.

"왜요? 출세운도 좋다면서?"

홍연이 고개를 들었다.

"그냥… 같은 값이면 유 피디 쪽에 투자해."

"알았어요. 부장님이 시키면 따라야죠."

홍연은 흔쾌히 주문에 따랐다.

"오 감독… 목이 가늘고 코가 짧아서 그래요? 인중도 좀 짧은 거 같던데…….."

걸음을 늦춘 혜수가 물었다. 홍연은 별 관심 없이 지나갔지만 혜수에게는 다른 문제였다.

"잘 봤네."

"그렇게 나빠요?"

"길상이든 흉상이든 나오면 얼굴색을 살펴야지. 그게 마지막 키워드잖아."

"알지만 그건 너무 어려운 거 같아요."

"이마의 일각에서 검푸른 물결이 흘러내리고 있어. 그게 콧망울을 지났으니… 두어 달 넘기기 힘들 거야."

"어머!"

"쉬잇, 홍연이 들을라."

복도로 내려온 길모는 잠시 쉴 겸 사무실 문을 열었다. 작은 소파에 기대 리모콘을 눌렀다. 뉴스 채널이었다.

─속보입니다. 고상준 제국전산 사장의 불법 로비 자금을 수사 중인 검찰은 오늘 고 사장의 최측근으로 꼽히는 반태종 상무의 집과 사무실, 임시 물류 컨테이너 등을 전방위로 압수수색했습니다. 하지만 제보 받은 컨테이너에서도 혐의자료를 찾지 못하자…….

뉴스에서 속보가 나오고 있었다.

─이에 검찰은 고 사장의 측근들이 자료를 미리 빼돌린 것으로 판단하고…….

화면이 바뀌며 반태종이 나왔다. 검찰 조사를 마치고 귀가하는 장면이었다. 기자들이 벌 떼처럼 달려들어 그의 길을 막았다.

─검찰은 짜맞추기 수사를 하고 있습니다. 다시 말씀드리지만 저는 비자금과 관련 없습니다.

반태종의 말은 길모에게 휴식이 되었다. 일단, 한 명은 정리한 셈이었다.

제3장

기상천외한 금고

"저기, 홍 부장님!"

11번 룸에서 나올 때였다. 카운터를 보는 주연수가 다가왔다.

"왜? 무슨 일 있어?"

"카드 기계 말이에요. 자꾸 속을 썩이는데 업자가 너무 건성으로 나와요."

"그래?"

"전화하면 잘 받지도 않고……."

"내가 내일 해볼게."

"그리고……."

연수는 말하기 곤란한 일이 있는 듯 머뭇거렸다.

"말해봐. 애로사항 생겼어?"

"그게 아니고……."

연수는 주변을 확인한 후에야 입을 열었다.

"이 부장님 말인데요……."

그녀의 목소리가 조심스럽다. 좋은 일이 아니라는 얘기였다.

'이 부장?'

"그거 아시죠? 요즘 사인이 너무 많다는 거……."

사인!

외상을 말한다. 단골이거나, 혹은 손님 관리 차원에서 외상을 감수하는 웨이터들. 오랜 관행이라 근절하기 어려운 일이었다.

"그거야 이 부장님이 알아서 하겠지."

그건 그랬다. 이 부장은 팀을 이룬 사람. 외상이 많으면 입금액이 적으니 월 결산에서 제하면 그만이었다.

"그런데 요 며칠 부쩍 더해서……."

요 며칠. 그 단어가 길모의 귀에 밟혔다. 왜냐면 며칠 후가 결산일이기 때문이었다. 주연수가 우려할 만도 했다. 정상적이라면 오히려 입금액에 박차를 가해야 할 시기였다. 그래야 배당액이 늘어난다.

"알았어. 내가 한 번 슬쩍 물어볼게."

"네."

주연수는 착한 목소리로 답하고 자리로 돌아갔다.

'이 부장 형님의 사인이라…….'

신화는 깨졌다. 강북 3대천황의 하나로 불리던 이 부장. 그러나 길모의 관상룸이 압도적인 매출로 치고 나가자 그의 입지는 무너져 버렸다.

딴에는 노력하는 모습도 보였다. 지인에서부터 단골들을 필사적으로 불러들였다. 덕분에 어떤 달은 자신의 기록을 경신한 적도 있었다.

그러다 과부하가 걸렸다.

템프로!

매력적이다.

남자들은 로망으로 생각하는 단어 중의 하나이기도 하다. 하지만 단점이 있다. 소주집 가듯 날마다 즐길 수는 없다는 것. 더러 일확천금 돈벼락을 맞은 졸부들이 한 달여 동안 출근도장을 찍는 경우는 있지만 그건 예외였다.

아무리 직급이 높아도, 재산이 많아도 그렇게는 하지 않는다. 즉, 여력이 있다고 해도 템프로에 오는 건 한도가 있다는 뜻이다.

이벤트니 프로모션이니, 혹은 양주 한 병 무료 제공이라는 미끼를 뿌려도 마찬 가지다. 상당수 손님은 그 달에 올 걸 땡겨서 온 것뿐이다. 그러니 한순간 매상이 늘어나는 것 같지만 결국 조삼모사 꼴이 될 수 있었다.

고민이 늘어났을 것이다. 겉으로 웃어도 속은 아팠을 것이다. 그래서 그의 안색은 썩 좋지 않았다. 그렇잖아도 그게 찜찜했던 길모. 오늘은 아무리 바빠도 체크해 봐야겠다는 마음이 들었다.

"형님!"

길모, 마침 룸에서 나오는 이 부장을 불렀다.

"왜? 뭐 할 말 있냐?"

사무실에 들어선 이 부장이 물었다.

"힘드실 텐데 음료 한 병 마시고 하시라고요."

길모는 건강 드링크를 내밀었다.

"야, 그래도 내 걱정하는 건 홍 부장뿐이구나."

이 부장은 단숨에 드링크를 비워냈다. 그 틈에 길모는 그의 상을 읽었다.

'아뿔싸!'

길모는 목까지 넘어온 한숨을 간신히 삼켰다.

돈이 새고 있었다.

그것도 줄줄이.

'두 달 새⋯ 2억, 3억⋯⋯.'

물경 3억여 원이었다.

"형님⋯⋯."

"왜?"

"아, 아뇨."

"아, 거 싱겁긴⋯ 나 나간다."

이 부장은 길모를 애써 외면하며 복도로 나갔다.

'사고 났군.'

길모는 골똘히 생각에 잠겼다. 이 부장의 상에서 도벽이 비친 것이다. 다급하면 급전 돌려막기도 서슴지 않던 이 부장. 끝내 한도를 넘은 모양이었다.

'그렇잖아도 바쁜 판에⋯⋯.'

길모는 숨을 몰아쉬었다. 그냥 넘어갈 수는 없는 건이었다.

"⋯⋯!"

영업이 끝난 시간, 도가니탕 집에서 길모의 말을 들은 이 부
장이 눈알을 뒤집었다. 길모는 묵묵히 수육을 먹었다. 목 넘김
이 좋았다.

"홍, 홍 부장……."

"사장이 되었다고 참견하려는 건 아닙니다. 다만 저는 형님
을 친형님처럼 생각하고 있기 때문에……."

"그, 그게 내 관상에 다 나온단 말이지?"

"예……."

"잘못 봤어."

이 부장, 잠시 생각에 잠기더니 안면을 몰수했다.

"잘못 보지 않았습니다."

"아니, 잘못 봤다고."

"형님!"

"홍 부장이 관상 잘 보는 건 알아. 하지만 뭐든 다 맞는 건 아
니지."

"……."

"사인 많은 건 인정해. 하지만 그럴 때가 있잖아? 단골에 따
라서는 경기 많이 타는 사람도 있고……."

"형님!"

"한 달만 눈감아줘. 그렇잖아도 모레 월요일에 얘기하려던
참이야."

"……."

"나 이인철이야. 강북 3대천황 이인철. 이제 너 때문에 3대천
황이라는 말도 쑥스럽지만 이대로 가라앉지는 않는다고."

"저는 다만……."

"두고 봐. 내가 보란 듯이 매상 올릴 테니까."

이 부장이 일어섰다. 길모는 옆을 스쳐 가는 그의 손목을 잡아챘다.

"형님!"

이 부장이 돌아보았다.

"그대로 가시면 형님 죽습니다."

길모의 입에서 강철보다 묵직한 음성이 흘러나왔다.

"너 지금 뭐라고 했냐?"

"죽는다고 했습니다."

"야, 너 관상 좀 본다고 말이면 단 줄 알아?"

이 부장이 도끼눈을 뜨며 목소리를 높였다.

"형님이 도박에 쓰고 있는 돈… 독이 묻은 돈입니다. 한 번만 더 가시면 신체의 일부가 날아갈 겁니다."

"……?"

"아닙니까?"

길모의 시선은 테이블에 있었다. 그럼에도 불구하고 이 부장에게는, 칼날 같은 시선이 느껴졌다.

"도와드리겠습니다."

"어떻게?"

까칠하던 이 부장의 음성이 푹 내려앉았다.

"3억 맞지요?"

"……."

"말씀해 주셔야 합니다."

"3억 2천……."

"사채죠?"

"……."

"사설 도박이겠죠?"

"……."

"빚 독촉도 받고 계실 테고……."

"……."

"도박장 소개한 사람이 돈 빌려준 사채업자죠?"

"……."

"혹시 사진 같은 거 있어요?"

"있기는 한데……."

"보여주세요."

길모가 손을 내밀자 이 부장이 화면에 사진을 띄웠다. 이 부장과 나란히 찍은 사진. 사진 속의 분위기는 화기애애해 보였다.

"다행히 길이 보이네요. 일요일 푹 쉬신 후에, 돈 갚아준다고 하고 이 사람을 룸으로 데려오세요. 한턱낸다는 핑계로……."

이마를 재확인한 길모는 그 말을 끝으로 자리를 털고 일어섰다.

"홍 부장!"

"형님이 하실 일은 두 가지입니다."

'두 가지?'

"그 사람에게 저를 띄워놓으세요. 제가 관상으로 유명해진 일화를 죄다 말하란 말입니다."

"……."

"그리고… 주머니 터세요."

"……?"

"지금 주머니에 든 돈… 입금시키란 말입니다. 아니면 또 도박장으로 갈 거 아닙니까?"

"……."

"둘 중 하나만 따르지 않아도 도와드릴 수 없습니다."

길모가 잘라 말했다. 어느새 힘이 팽팽하게 깃든 길모의 눈과 입. 이 부장은 자신도 모르는 사이에 압도되어 있었다.

"오, 오늘은… 내가 손재수가 좋은 날인데……."

이 부장은 응하지 않았다. 하지만 길모 역시 물러서지 않았다. 그렇다고 해도 세는 이미 기운 판. 눈빛에 질린 이 부장이 지갑을 넘겨주었다.

"수표 합이 총 2,400만 원이군요. 이건 오늘 입금액으로 잡아두겠습니다."

"정말… 가능한 거야?"

"형님이 진심으로 저를 믿는다면……."

길모는 이 부장을 뚫어져라 쏘아보며 뒷말을 이었다.

"가능할 겁니다."

"……!"

길모는 이 부장을 두고 먼저 밖으로 나왔다. 거기 장호가 있었다. 길모는 아무 말 없이 캐딜락에 올랐다.

희노애락애악욕!

일상의 시소게임. 이 부장은 지금 추락 직전까지 가 있었다.

그대로 두면 회복불능. 미우나 고우나 같은 배를 탄 인연이니 모른 척 넘길 수 없었다.

"윤표는?"

길모가 운전석의 장호를 바라보았다.

[시킨 대로 전했어요. 가능하대요.]

"뉴스 체크했어?"

[돈 먹은 의원들 얘기는 간간히 나오는데 검찰은 아직 물밑 수사 중인 것 같아요.]

"가자. 보약 먹으러!"

잠자러 가자는 의미였다. 홍연의 경사를 접어둘 정도로 다급한 이 부장의 흉액. 피로감이 잔뜩 오를 때는 잠이 최고였다.

＊　　＊　　＊

파앗!

길모는 도약했다. 몸이 제대로 풀렸는지 담장이 손아귀에 들어왔다. 투 핸드 턴볼트가 정석대로 들어갔다. 연속 클라이밍도 나쁘지 않았다.

'다이빙 낙법?'

마지막 담장 위에서, 길모는 멋진 광경을 그렸다. 영화처럼 뛰어내리는 것이다. 두 바퀴 쯤 회전하면서 말이다. 하지만 그건 마음뿐이었다. 시도야 할 수 있지만 자칫하면 부상을 입을 수 있었다. 길모는 지금 고무공처럼 탄력 넘치는 청소년이 아니었다.

"아저씨, 오늘 좀 하시는데요?"

함께 뛰던 두 고등학생이 엄지를 세워주었다. 그러고 보니 선은규가 보이지 않았다.

"야, 은규 안 나오냐?"

길모가 물었다.

"은규가 누구지?"

"그 자식 있잖아. 중딩……."

학생들이 묻고 답했다.

"걔 며칠 못 봤는데요."

"그래? 알았다."

대답하는 학생에게 만 원권 한 장을 날렸다. 학생들은 앞서거니 뒤서거니 달려가 컵라면과 생수를 사왔다. 나이 먹었다고 시켜먹는 건 아니었다. 장유유서를 누렸을 뿐.

"우리 대회 나가요."

먼저 라면을 비운 학생이 말했다.

"어? 그래? 언제냐?"

"이달 말이에요."

"나도 나갈까?"

"예?"

길모가 반응하자 학생들 눈이 휘둥그레졌다.

"농담이다. 내가 출전하면 너희들 입상 못 할 테니까 연습 잘해서 꼭 입상해라."

"쿡쿡쿡!"

길모의 조크에 학생들이 웃었다.

잠시 후에 장호가 차를 끌고 왔다. 길모는 카날리아로 가서 1층 공사 상황을 체크했다. 엘리베이터를 다는 건 그리 만만치 않았다. 그래도 공사는 잘 진척되고 있었다.

[형!]

옆에 있던 장호가 수화를 흔들었다.

"왜?"

[혜수 누나한테 다녀와도 돼요.]

"뭐?"

[보고 싶으면 다녀오시라고요.]

장호가 다시 말했다. 몇 번이고 전화를 확인하는 길모가 마음에 걸리는 모양이었다.

"미안하지만 혜수 전화 기다리는 거 아니다."

[그럼요?]

"그냥 습관. 주중에 그렇게 울려대던 전화가 얌전하니까 심심해서……."

[그 거짓말, 진짜죠?]

"뭐 가고 싶으면 내가 네 눈치 볼까 봐?"

[그런 건 아니지만…….]

"윤표나 확인해라. 도착해 있는지……."

[걱정 말아요. 아까 도착했대요.]

"그럼 뭐 좀 나왔냐?"

[그 식당은 보통 자정쯤에 문 닫는데요.]

자정!

"주인집은?"

[와이프랑 늙은 어머니 모시고 산다고…….]

장호가 전송되어 온 파일을 열어주었다. 마창룡의 동생 집은 별장식 주택이었다. 깨끗하고 좋아 보이지만 별다르진 않았다. 다만, 장독이 많았다. 그냥 많은 게 아니라 엄청나게 많았다. 반갑지 않은 것도 있었다. 개였다.

"시동 걸어라."

[지금 가게요?]

"집부터 체크해야지. 언제나 등잔 밑이 어두운 법이니까."

길모가 화성 쪽을 향해 시선을 들었다. 일요일, 이제는 마창룡의 금고를 접수할 시간이었다.

마창룡은 보기보다 교활했다. 그건 뉴스에서 알았다. 마창룡이 자진해서 검찰의 조사에 응하겠다는 기자회견을 한 것이다. 정가의 이목은 마창룡에게 쏠렸다. 1억에 대한 의혹을 확실하게 풀겠다는 의지. 게다가 자진해서 검찰조사를 받겠다고 역제의를 함으로써 참신성까지 부각되었다.

'과연 정치인…….'

한잠 맛나게 자고 나서 뉴스를 들은 길모는 혀를 내둘렀다. 그야말로 고단수의 절정을 보여주는 선택이었다.

'멋지다, 마창룡!'

'마창룡을 청와대로!'

'국회의원들이 마창룡만 같으면!'

'결백하니까 검찰도 우습게 아는구나!'

인터넷에 달린 댓글들도 상당히 우호적이었다.

검찰은 그의 제의를 받아들였다. 검찰로서는 나쁘지 않았다. 로비 의혹을 받는 14명 의원 중의 한 사람. 그가 제 발로 와주면 남은 의원들의 수사 활로도 열릴 가능성이 컸다.

길모는 슬펐다.

정치에 대해 염증도 느껴졌다.

선과 악의 줄을 능수능란하게 오가는 인간들. 더욱이 마창룡의 치부를 아는 길모였기에 분노까지 치밀었다.

'마창룡… 지금쯤 변호사, 그리고 측근들을 불러놓고 머리를 짜고 있겠지.'

그의 행보를 상상하는 건 그리 어렵지 않았다.

'하지만 너무 의기양양하지 말라고. 인생은 늘 변화무쌍한 거거든.'

부릉!

길모의 캐딜락이 질주하기 시작했다.

*   *   *

마성룡의 식당 가까이에 도착하니 해가 기울었다. 길모는 언덕 위에서 연못을 감상했다. 휴일이라 그런지 손님은 꽤 많았다. 즐비한 차량들이 그걸 증명하고 있었다.

'저런 곳에 어떻게 식당 허가가 났을까?'

진심으로 궁금했다. 대자연 위에 올라앉은 그림 같은 식당.

쉽게 허가가 날 자리가 아니었다.

"형, 장호야!"

약속한 장소에서 윤표를 만났다. 윤표는 식당을 관찰하고 있는 중이었다.

"힘들지?"

길모가 물었다.

"아까 좀 쉬었더니 괜찮아요."

윤표는 아무렇지도 않은 듯 대답했다.

"변동은?"

"없어요. 마성룡은 식당에 있고 와이프는 집에 있는 거 같아요."

'집이라…….'

길모의 눈이 식당으로 향했다. 건물은 꽤 컸다. 대다수를 목재로 마감한 까닭에 제법 풍광과 어울리는 건축물이었다. 감상을 마친 길모는 윤표를 남겨두고 마성룡의 집으로 이동했다.

주택 주변은 고요했다. 멀찌감치 차를 세운 길모는 냇물을 끼고 돌아 집으로 접근했다. 그사이에 해가 서해로 풍덩 뛰어들었다

어둠을 타고 집으로 접근했다.

컹컹!

개짖는 소리가 들려왔다. 길모가 장호를 돌아보자 장호는 고개를 끄덕거렸다.

저녁 8시, 다시 개짖는 소리가 들리더니 마성룡의 와이프가 꽃단장을 하고 나왔다. 그녀는 마당에 세워진 자가용 문을 열었

다. 고맙게도 외출을 하는 모양이었다.

[나가나 본데요?]

"그런 것 같다."

[식당에 가는 걸까요?]

"아니!"

길모가 고개를 저었다. 꽃단장이다. 식당에 간다면 저렇게 차려입을 리가 없었다. 미리 준비한 망원경을 그녀의 얼굴에 맞췄다. 얼굴이 밝았다. 그렇다고 숨겨둔 남자를 만나러가는 건 아니었다. 간문이 깨끗한 상이니까.

부릉!

자가용이 대문을 나왔다. 시계를 보니 8시 반.

"움직이자."

길모가 장호에게 신호를 내렸다. 소리 없이 다가선 장호는 개집을 향해 뭔가를 집어던졌다. 개 짖는 소리가 짧게 들려왔지만 그것으로 끝이었다. 장호가 던진 고기를 먹은 것이다.

"부탁한다!"

길모는 그 말을 남기고 낮은 담장을 넘었다. 파쿠르를 쓰고 말고 할 것도 없었다.

개는 바람대로 늘어져 있었다. 길모는 유유히 개를 지나쳤다. 개에게 던져 준 고기에는 수면제가 들어있었다. 양은 좀 많았다.

'너도 좋은 일 하는 거야.'

길모는 개를 위로했다.

집 뒤로 돌아 거실 안을 들여다보았다. 할머니가 있었다. 텔레비전도 켜져 있다. 하지만 할머니의 눈은 감겨 있었다. 초저녁 잠이 많은 노인들. 방송을 보다 까무룩 잠이 든 모양이었다.

발에 비닐봉지를 씌운 길모는 뒤쪽 베란다를 통해 집으로 들어섰다. 거실에는 금고가 없었다. 안방에도 없었다. 장롱을 열어보았지만 있는 건 패물뿐이었다.

방 안은 엉망이었다. 길모는 발에 채이는 옷을 그대로 두고 구석구석을 살폈다. 그러다 결국 작은 금고 하나를 찾아냈다. 장식장의 맨 아래였다.

옛날 가게에 흔하게 있던 금고였다. 다이얼을 돌리니 문은 그냥 열렸다. 돈이 있었다. 대충 보니 천만 원은 되는 것 같았다. 길모는 뚜껑을 그대로 닫아버렸다.

옆방과 이 층까지 살펴봤지만 길모가 찾는 돈은 없었다. 이 층 창으로 장독대가 보였다. 사진으로 보던 것보다 더 많은 거 같았다.

직접 담근 장!

재래식 고유의 맛을 지키는 맛집!

식당에 걸어둔 플래카드가 떠올랐다.

'정말일까?

길모는 궁금한 생각이 들었다. 상당수 맛집들은 눈속임을 한다. 방송 같은 데 나올 때는 자연의 맛을 내는 척하지만 실제는 다른 경우가 많았다.

'겸사겸사!

길모는 베란다를 통해 장독대로 내려섰다.

쿡!

일단 큰 항아리부터였다. 큰 것은 길모의 키보다도 컸다. 그러다 재미난 생각이 들었다. 이 안에 마창룡 형제를 넣고 닫으면? 빠져나올 수 있을까?

작대기는 훌쩍 들어갔다. 된장이었다. 다른 항아리들도 각종 장으로 채워져 있었다. 간장도 있고, 고추장도 있고, 막장도 있었다.

'큰 항아리는 이게 끝인데?'

마지막 큰 항아리 앞에서 까치발을 세웠다. 그런 다음, 작대기를 밀어 넣었다.

"……?"

뭔가 걸렸다. 장이 아닌 것이다. 길모는 조금만 열어둔 뚜껑을 밀었다. 그런 다음 안을 확인했다.

툭!

착각이 아니었다. 작대기가 들어가지 않는 것이다. 자세히 보니 장아찌 항아리였다.

'겉과 속이 다른 인간이니……'

길모는 팔을 걷어 부치고 안을 휘저었다.

"……!"

돈은 아니었다. 거의 바닥까지 장아찌였다. 별수 없이 뚜껑을 닫았다.

'윽, 시큼한 냄새……'

갑작스러운 냄새에 놀랐지만 직접 담근 장. 맛집의 한 요소는 제대로 갖춘 셈이었다.

길모는 그다음 항아리군을 향해 옮겨갔다. 그곳도 대동소이했다. 몇 개는 장이었지만 또 몇 개는 장아찌와 발효액이었다. 발효액을 뒤적이다 손을 찔렸다. 엄나무 발효액이었다.

'젠장……'

작은 항아리군을 남겨놓고 있을 때 핸드폰에 진동이 들어왔다.

―여자가 와요.

문자를 확인한 길모가 고개를 들었다. 차의 라이트가 마당을 훤하게 밝히고 있었다.

'서둘러야겠군.'

길모는 속도를 내기 시작했다.

"얘는 또 왜 이래? 뭘 잘못 먹었나? 어머니, 저 왔어요."

개집 앞에서 늘어진 개를 본 여자, 뭐라고 한마디 남기고 거실 문을 열었다.

"왔냐?"

할머니가 부스스 눈을 떴다.

"졸리면 안에 들어가서 자지 그러세요."

"나간 사람들이 안 들어왔는데 어떻게 자?"

"들어가세요. 이런 데서 자면 자칫 감기 걸려요."

여자는 할머니를 재촉하며 장독대를 보았다. 장독대는 어제와 마찬가지로 어깨를 겨루며 익어가고 있었다.

[없어요?]

안전거리 밖으로 나오자 장호가 물었다.

"집은 아닌 모양이다."

[그럼 식당이에요?]

"찾아봐야지."

[아, 그럼 자정까지 기다려야겠네.]

"차에 가서 한잠 때려라. 시간 날 때 자야지."

[형은요?]

"가서 윤표랑 교대하게."

[에이, 그럼 나도 형 따라갈래요.]

"그럼 그러든가."

결국, 길모와 장호, 윤표는 다시 한 자리에 모였다. 어둠에 잠긴 먼 곳을 우두커니 바라보는 연못의 식당은 흉물스러웠다. 낮에는 몰랐던 일이었다.

쌔애쌔애!

어디선가 풀벌레 소리가 들려왔다. 얼마나 지났을까? 마지막 손님 차에 불이 들어왔다.

"영업 종료인가 본데요?"

무릎에 턱을 묻고 있던 윤표가 말했다.

[아, 일찍들 좀 가지.]

장호가 지루한 듯 수화를 날렸다.

잠시 후에 마성룡이 가방을 들고 나왔다. 손에 들린 건 오늘 매상액인 모양이었다. 마성룡이 가자 종업원들도 하나둘 사복을 입고 나왔다. 종업원들은 대개 봉고차에 올랐다. 관리자로 보이는 사람이 나오면서 식당에 불이 꺼졌다.

부릉!

봉고차 출발하는 소리와 함께 길모가 일어섰다. 기다리던 순간이었다.

[야, 옷 잘 지켜.]

장호가 윤표에게 수화를 날렸다. 윤표는 망을 보기 위해 남았다.

"……?"

막 물에 들어서려던 길모, 이상한 느낌에 언덕을 바라보았다. 뭔가 희끗하게 스쳐 가는 물체 때문이었다.

'고라니라도 있나?'

첨벙!

고개를 갸웃거린 길모는 장호를 데리고 조용히 물에 입수했다.

자정이 넘은 연못. 어쩐지 연못가에서 물귀신이라도 나올 것 같은 풍경. 더구나 길모는 수영을 못 하는 상황. 그럼에도 불구하고 물에 뛰어든 건 윤표가 미리 구해둔 스티로폼 덕분이었다. 커다란 스티로폼은 튜브에 다름 아니었다.

이렇게 하는 이유는 식당 입구에 달린 CCTV 때문이었다. 윤표가 확인한 결과 카메라는 마성룡의 핸드폰에 연동되어 있었다. 그러니 요플레로 막을 수도 없었다. 이상이 생기면, 마성룡이 돌아올 확률이 너무 컸다.

출렁!

'움!'

길모는 처음으로 알았다. 연못에도 파도가 있다는 걸. 그리고 그 파도가 그렇게 만만하지도 않다는 걸. 그래도 둘은 식당의 뒤편에 닿았다.

'응?'

길모는 식당에서 늘어뜨린 쇠사슬에 닿았다. 어둠 속에서 느껴지는 쇠의 감촉은 정나미가 뚝 떨어졌다.

'이런 용도인가?'

길모는 쇠사슬을 잡고 식당 뒤편으로 올라섰다. 통로에 올라서기 무섭게 물기부터 털어냈다. 조금 떨어지는 거야 마르겠지만 흥건히 고이면 내일까지 마르지 않을 수도 있었다.

[들어가요.]

장호가 장갑의 물기를 짜며 수화를 날려왔다. 길모는 뒤쪽 창문을 통해 식당 건물로 진입했다.

카운터!

대충 눈으로 훑었다. 금고는 마성룡의 집에 있는 것과 같은 제품이었다. 연다고 해도 나올 돈이 별로 없었다. 카운터 책상을 체크한 길모는 주방으로 옮겨갔다. 카운터 쪽에는 별다른 장치가 감지되지 않았다.

길모는 초대형 냉장고부터 열었다. 돈은 없었다. 구석에 놓인 항아리들과 간이창고도 마찬 가지였다.

'녹 냄새……'

장갑에서 녹 냄새가 배어나왔다. 물 위에 지은 건물이라 그런지 여기저기 녹이 느껴졌다.

길모는 계단을 따라 2층으로 올라갔다. 2층에는 내실이 여러 개 있었다.

딸각!

문을 열었다. 내실에도 금고는 없었다.

'여기도 아니야?'

마지막 내실에서도 허탕을 치자 미간이 확 좁혀졌다.

'아무래도 여기가 맞는 거 같은데……'

마음을 추스른 길모는 역순으로 재확인에 들어갔다. 조금 이상한 곳은 벽을 두드려도 보고 밀어보기도 했다. 다시 카운터까지 나왔지만 의심스러운 곳은 없었다. 식당에는 금고가 없었다.

[형!]

뒤쪽으로 나오자 장호가 다가왔다. 길모는 대답 대신 고개를 저었다.

[여기도 아니라고요?]

"아마……."

[제가 한 번 찾아볼까요?]

"그래라."

길모는 막지 않았다. 식당은 비었고 시간은 많았다. 사람은 저마다 취향이 다르니 혹여 장호가 금고를 발견하지 말라는 법도 없었다.

[기다리세요. 내가 꼭 찾아낼게요.]

장호는 결의를 다지며 식당으로 들어갔다.

혼자 남은 길모에게 연못의 바람이 스쳐 갔다. 밤바람이라 그런지 점점 강해지는 것 같았다.

끼이끼이!

바람 때문에 아래로 늘어진 쇠사슬들이 느리게 흔들렸다. 길모는 옷에 남은 물기를 털어냈다.

'내가 마창룡이라면……'

길모는 천천히 생각에 잠겼다.

돈을 먹었다.

조직적으로 먹었다.

돈은 차곡차곡 쌓였다.

은행에 갈 수는 없는 처지였다.

치부한 돈이라 집에 두기도 곤란했다. 처음에는 그렇다고 쳐도, 거액이 쌓이다보면 어쨌든 새어 나갈 일. 그런 면에서는 보좌관들 또한 믿기 어려운 사람들이었다. 최근 들어 보좌관의 변심으로 곤욕을 치른 국회의원이 어디 한둘인가?

결론은 아무래도 마성룡이었다. 한적한 곳에서 조용한 식당을 운영하는 동생. 세인들에게 그리 알려진 것도 아니니 아주 맞춤했다.

물론 길모가 잘못 생각했을 수도 있었다. 마성룡은 이곳에서 자리를 잡은 사람. 그러니 저 위쪽 산속의 외딴 동굴을 사용할지도 몰랐다.

'젠장, 그렇게 되면 장기전인데……'

마창룡 같은 인간은 물론 뜨거운 맛을 보여줘야 한다. 그래서 부패가 한없이 허용되지 않는다는 경각심도 줘야한다. 하늘이 매사 악한을 징치하지는 않지만, 그래도 더러는 벌을 내린다는 증명도 필요했다.

'본능을 긁어주면서 좀 더 정보를 빼낼 걸 그랬나?'

음주가무도 즐기는 상인 마창룡이었다. 그의 상에 적합한 에이스들을 몇 번 투입하면 유용한 정보쯤은 얻을 수 있었다.

별의별 생각이 다 스쳐 갔다. 언제나 이렇다. 일이 잘못되면 상념이 많은 것이다.

[형!]

장호가 돌아왔다. 풀이 죽은 걸 보니 묻지 않아도 결과를 알 것 같았다.

[에이, 국수 뽑는 기계, 식당 만들 때 들여온 건지 완전 고물이네요. 난간도 그거 좀 만졌더니 장갑에서 녹 냄새가 확⋯ 난간도 몇 군데 녹슬었던데 이런 주제에 무슨 맛집?]

장호는 투덜거리며 장갑을 흔들었다.

"야, 나도 그 냄새 싫으니까 저리 치워."

길모는 장갑을 밀어냈다.

[그래도 저 쇠사슬은 냄새 거의 안 나던데⋯ 그죠?]

"일단 철수다."

길모, 내키지 않지만 다음을 기약할 수 밖에 없었다.

[그냥 서울로 가요?]

"그럼 어쩌게?"

[아, 이 인간들이 금고를 어디다 짱박아둔 거야?]

"올라가서 처음부터 다시 생각해 보자. 여기서는 시간 낭비야."

막 물로 내려가려 할 때였다. 길모 손에 찬 팔찌가 끊어지며 나무구슬이 흘러내렸다. 이주 여성이 행운의 상징으로 주었던 그 팔찌였다. 마침 장호가 그걸 밟으면서 중심을 잃었다.

"괜찮냐?"

길모는 장호를 잡아주었다.

[괜찮아요. 그런데 운동화 끈이 풀렸네요.]

신발을 바라본 장호가 허리를 숙여 운동화를 벗어 들었다.

[야, 너까지 속 썩이냐?]

장호, 풀어진 끈을 잡고 운동화를 달랑달랑 흔들었다.

'응?'

순간 길모의 뇌리에 불덩이가 스쳐 갔다.

바다금고!

불덩이 속에서 한 단어가 떠올랐다. 그 손님… 일확천금의 돈벼락을 맞고 텐프로에 찾아와 돈질을 하던 남자…….

'누가 내 돈 노릴까 봐 바다에 금고를 만들었지. 그건 귀신도 몰라.'

남자가 한 말이 길모의 뇌리에 메아리를 이루었다.

'바다 금고…….'

길모는 넋을 놓은 채 검푸른 연못을 바라보았다. 그러다 장호의 장갑을 가로채 얼굴로 가져갔다.

[왜요? 녹 냄새 싫다더니…….]

장호의 말을 흘려들으며, 길모는 쇠사슬을 잡았다.

국수 뽑는 기계는 녹투성이.

그 밖에도 난간 여기저기에 녹이 슨 식당.

물 위에 떠 있으니 쇠에 녹이 잘 스는 건 정해진 이치.

그런데…….

쇠사슬은 새것이었다. 녹은 구경도 할 수 없었다.

"금고 찾은 거 같다."

행운!

이주 여성이 말하던 행운이 진짜 찾아든 걸까? 쇠사슬을 잡은 길모의 입에서 묵직한 저음이 흘러나왔다.

* * *

[형!]

장호는 어리벙벙한 표정을 지었다. 길모가 쇠사슬을 잡으며 미소를 지은 것이다. 밤이 깊어지면서 무섭게 일렁이는 연못의 표면. 그 속으로 발을 내려뜨린 쇠사슬. 그 사슬이 어쨌단 말인가?

"두고 보면 알아."

길모는 엷은 미소를 지은 채 쇠사슬을 당기기 시작했다.

끼이끼이!

쇠사슬은 바람에 흔들리며 발악을 했다.

"뭐하냐? 구경만 할래?"

사슬 끝은 무거웠다. 그래서 더 흥분이 되었다. 가볍다면, 금고를 기대하기는 애당초 어려웠다.

"힘 좀 제대로 써봐라. 그래 가지고 여자나 안겠냐?"

길모는 장호를 다그쳤다. 쇠사슬은 당겨진 활줄처럼 탱탱하게 약이 올랐다.

"끙!"

힘을 모으자 뭔가가 수면 위로 얼비쳤다.

"조금만 더!"

길모가 사슬을 감으며 말했다.

[잠깐만요.]

그때 장호가 잠시 사슬을 놓았다. 길모가 돌아보자 장호는 뒤쪽 구석에서 고기 푸대를 가지고 왔다.

[됐어요.]

그걸 난간에 걸친 장호가 다시 사슬에 힘을 보탰다. 쇠사슬을 당기면 난간에 흔적이 남는다. 포대를 깔아 그걸 방지한 것이다. 길모가 깜빡한 걸 보완한 장호였다.

"웃!"

수면으로 올라온 덩어리를 길모가 잡았다. 장호도 몸을 기울여 함께 잡았다. 둘은 힘을 모아 커다란 덩어리를 물 밖으로 끌어냈다.

덩어리는 호텔의 안전금고만 했다. 겉은 찰고무막을 둘렀다. 길모는 덩어리를 기울여 묶은 곳을 찾아냈다.

치밀했다.

묶은 곳의 느낌이 그랬다. 전선줄을 정리하는 바인드를 몇 번이고 채운 찰고무 주머니. 그 위에 스테인리스 자물통이 걸렸다. 자물통은 여섯 자리 번호였다.

'이 정도쯤이야……'

번호는 가볍게 풀었다. 7이 나란히 여섯 번이었다.

[형!]

찰고무 주머니를 벗겨내자 장호의 숨소리가 멈췄다. 연못 위에 걸린 하현달이 희미하게 여명을 밝힌 밤. 연못이 반사하는 빛과 달빛이 어울려 비춘 것은 금고였다.

금고!

결국 금고를 찾아낸 것이다.

[형!]

"내가 있다고 그랬지?"

길모가 씨익 웃자 장호는 엄지를 세워주었다.

"자, 그럼 한 번 열어보실까?"

길모는 두 손을 깍지 낀 채 비틀었다. 우두둑, 관절 꺾이는 소리가 시원하게 들렸다.

금고는 방 사장이 가지고 있던 것과 비슷했다. 다이얼만 제압하면 열리는 것이다. 나름 경건한 마음으로 손을 가져갔다.

마창룡!

그가 모은 돈이다. 애당초 이 돈은 개인의 욕망을 위해 모았다. 하지만 문이 열리는 순간, 돈의 운명은 바뀐다. 사람을 죽이고 사람의 피눈물을 짜는 돈이 아니라 사람을 살리고 마음에 불을 피우는 돈이 되는 것이다.

'보여라, 여기 홍길모가 왔으니⋯⋯.'

길모의 바람은 호영의 그것과 다르지 않았다. 금고가 반응하기 시작했다. 촉감을 따라 금고의 기어 메커니즘이 읽혀졌다. 금고도 애를 끓이는 거 같았다. '나를 열어줘. 내 안의 것을 좋을 일에 써줘' 하며⋯⋯.

철컹!

마침내 기어가 일직선에 서는 순간, 금고가 속내를 드러냈다.

"⋯⋯!"

길모는 말문이 막혔다. 장호도 그랬다. 문을 열자 툭 떨어진 건 돈이었다. 돈뭉치였다.

[형, 우리가 찾았어요!]

"그래. 우리가!"

길모는 그 말에 격하게 공감했다. 마지막은 언제나 길모의 손과 눈이었지만, 그 과정 속에는 많은 도움의 손길이 있었다. 장호, 윤표, 혜수…….

금고에서 나온 돈은 정확하게 10억이었다. 쇠사슬 하나를 수습한 길모는 남은 사슬을 바라보았다. 남은 건 아홉 개였다.

'그렇다면 약 100억……'

100억!

무려 100억이다.

고마웠다. 한편으로는 분노도 치솟았다. 일개 국회의원이 이렇게 치부해도 된단 말인가? 대체 어디서 어떻게 처먹었길래 이 많은 현금을 숨겨둘 수 있었던 건가?

[형, 서둘러요.]

잠시 골똘하던 길모에게 장호가 재촉을 해왔다. 길모는 쇠사슬을 잡은 장호에게 합류했다.

두 개!

세 개!

금고 안의 돈은 딱 10억씩이었다. 그러나 중간의 두 개에서는 금괴도 상당 나왔다.

그리고… 마지막 열 번째 금고가 올라왔다. 금고는, 크기는 비슷하지만 다 다른 종류였다. 마창룡의 치밀함을 한 번 더 확인하는 순간이었다. 한군데서 똑같은 금고를 열 개 산다? 그건 구설수에 오를 가능성이 있었다. 그러니 각기 다른 금고를 구한 것이다.

[여긴 6억인데요?]

돈뭉치를 확인한 장호가 수화를 그렸다. 다른 금고에 비해 작지 않은 크기. 그런데도 돈이 모자랐다. 아마 있는 대로 수습해 담근 모양이었다.

"이것만 두고 나머지는 원상태로 담근다. 단 금고마다 3억씩은 그대로 두고."

[예? 다시요? 게다가 3억씩이나 남겨두라고요.]

"그래."

[형… 기껏 찾아냈는데, 왜?]

"과유불급(過猶不及), 알지?"

[네…….]

"금고 닫고 고무 주머니 씌워라. 자물통도 씌우고……."

[하지만 그래도 완전하지는 않아요. 바인드를 다 잘랐잖아요?]

"그건 마창룡에게 숙제로 안겨주자. 물속에서 바인드가 썩는지 안 썩는지 교도소에서 썩으면서 생각하도록."

[에?]

"어서!"

길모는 장호의 등을 밀었다.

"끙차!"

두 신음과 함께 금고들이 원상태로 잠수하기 시작했다.

풍!

퐁!

금고는 얌전하게 자리로 돌아갔다. 금고들이 빠진 수면 위에는 어떤 흔적도 남지 않았다. 이제 남은 건 마지막 금고였다.

[어쩌려고요?]

윤표에게 연락을 마친 장호가 물었다.

"이건 연 채로 빠뜨린다."

[돈도 같이요?]

"응, 마창룡에게 주는 선물이야."

선물!

장호는 알 것 같았다. 따지고 보면 처음 있는 일도 아니었다. 지난 번, 황기수에게도 선물을 날렸던 것이다. 그때와 다른 점이라면 하늘에 날린 것과 물에다 날리는 게 다를 뿐. 그리고 액수가 다를 뿐…….

[에, 좀 아깝긴 하다.]

다른 금고에 비해 적다지만 그래도 무려 6억이었다. 아깝다는 생각이 안 들 수가 없었다.

"형!"

그사이에 윤표가 가까이 다가왔다. 돈을 싣고 갈 자루와 스티로폼을 두 개 달고 온 것이다.

"못 먹을 떡 만져나 봐라."

길모는 윤표에게 돈 띠 제거 작업을 맡겼다. 그런 다음 돈뭉치를 금고에 쑤셔 박았다. 물론, 금고 문은 닫지 않았다. 찰고무 주머니도 닫지 않았다.

퐁!

허술하게 마무리된 금고가 입수를 시작했다.

꼬르륵!

금고는 배 앓는 소리를 내며 가라앉았다. 그리고 길모의 바람대로 오래지 않아 돈을 게워내기 시작했다.

[돈이 뜨고 있어요.]

장호가 수화를 그렸다.

"감상은 그만하고 철수하시죠!"

길모는 장호를 재촉했다. 돈 자루들은 사이좋게 나뉘어 스티로폼에 실렸다. 그걸 끌고 물 밖으로 나온 길모가 연못을 돌아보았다.

"으아악, 돈꽃이 지천으로 피고 있어요!"

등 뒤에서 윤표가 몸서리를 치며 말했다.

돈꽃!

그 표현은 딱 맞았다. 은은한 달빛을 받은 5만 원권은 아련하기 그지없었다. 동시에 숭고하고 애잔해 보였다. 때로는 인간의 생사여탈권을 쥐고 있는 돈. 쓰임에 따라서는 행복도 되고 불행도 되는 두 얼굴이 돈. 그 두 가지 느낌이 함께 어우러지고 있었다.

'마창룡…….'

점점 더 풍성해지는 돈꽃을 보며 길모는 마 의원의 안녕을 빌었다. 물론, 당연히 반어법이었다.

*　　　*　　　*

헤르프메의 낮은 건물에 아침 해가 떠올랐다. 길모는 거기서 아침을 열었다.

"홍 부장!"

발소리와 함께 노은철이 회의실에 들어섰다. 그는 커피 두 잔을 내려놓았다.

"뉴스 나와?"

장호, 윤표를 거느리고 앉은 길모가 물었다. 따뜻한 모닝 커피향을 음미하면서…….

"직접 보라고."

은철이 구석에 매달린 텔레비전을 틀었다. 길모의 시선이 벽을 향해 집중되었다.

―뉴스 속보입니다. 제국전산 비자금 사건에 오르내리던 현역 국회의원의 동생이 운영하는 식당에서 거액의 돈꽃이 피어 검찰에서 수사에 나섰습니다. 현장에 나가 있는 기자 연결합니다.

화면 속에서 앵커의 목소리가 긴박하게 흘러나왔다.

―화성 현장에 나와 있는 이승후 기자입니다. 보시다시피 제 뒤로 보이는 건물이 제국건설 비자금 사건 뇌물수수 명함 첫머리에 나온 마창룡 의원의 친동생이 운영하는 식당입니다. 오늘 새벽, 이 연못에 수억 원으로 추정되는 돈이 떠다녀 주민들이 경찰에 신고를 했습니다.

화면에 연못이 잡혔다. 곳곳에 떠 있는 5만 원짜리들. 그걸 잠자리채로 뜨고 있는 경찰의 모습이 길모의 눈에 쏙 들어왔다.

―현재까지 건져낸 돈만 자그마치 4억여 원에 가깝습니다. 검찰은 이 돈의 출처를 식당에서 물속에 은닉한 것으로 판단하고 잠수부를 동원해…….

이번에는 화면에 잠수부가 비쳤다. 쇠사슬을 따라 내려가는 잠수부들. 마창룡의 두 얼굴이 무너지는 건 시간문제로 보였다.

"더 볼 거야?"

은철이 물었다.

"아니, 꺼도 돼."

길모는 은철의 바람에 호응했다.

"마창룡… 지금쯤 혼이 쏙 빠졌을 거야. 이렇게 되면 현장에 갈 수도 없고, 스스로 가겠노라고 호언한 검찰조사도 빠질 수 없지. 보통 사람 같으면 해외로 튀기라도 하겠지만 의원 나리 체면에 그럴 수도 없고……."

은철의 입가에 미소가 번져 갔다.

"금고 안에 돈 일부를 남겨놓았는데 잘한 거지?"

길모가 물었다.

"당연히. 만약 다 털었다면 빈 금고가 올라올 테고, 그럼 검찰 수사가 더 커질 수도 있으니……."

"다행이군."

"마창룡… 이번 일로 정치생명은 끝이야."

"그래야지. 저런 인간이 정치권의 리더라는 건 말도 안 돼."

"궁금한 게 있어."

"말해."

"마창룡의 금고, 아니, 그의 운명… 관상으로 읽은 거야?"

"대충은……."

"금고가 동생의 식당 물속에 있다는 것까지?"

"쏘리, 거기까지 보이지는 않아."

"그럼 대단하다. 진짜……."

"뭐가?"

"그 집념 말이야. 물속에 금고가 있는 건 어떻게 생각했지? 또 그 금고를 건져 낸다는 생각은 또 어떻게 했고?"

"말도 마. 금고나 돈보다 스티로폼 치우는 게 더 문제였거든."

길모가 손사래를 쳤다.

"스티로폼?"

"그런 거 있어."

"그럼 밖에 있는 두 친구가 고생 좀 했겠네?"

"맞아. 저 녀석들은 형 잘못 만난 죄로 늘 노가다지, 뭐."

"세상에서 제일 보람된 노가다?"

"이야, 그거 말 되네? 역시 많이 배운 사람은 표현도 다르구만."

"그런 소리 말랬지? 홍 부장이 이렇게 고생해서 기부금을 들일 때마다 난 입으로 먹고사는 내 능력에 대해 염증을 느낀다고."

"그럼 나랑 직업 바꿀까?"

"관상 보는 능력도 넘겨줄 건가?"

"그건 호영에게 물어봐야겠는걸?"

"그럼 물어보기 전에 김밥이나 먹으러 가지?"

"웬 김밥? 우린 그만 가서 한잠 붙일래."

가볍게 사양했다. 밤을 새운 긴장이 아직도 다 풀리지 않은 길모네. 가는 길에 뜨끈한 국물로 속을 달랠 생각이었다.

"한 번만 봐줘. 식사가 이미 오고 있거든."

"응?"

"게다가 도 원장님도 와 계시고."

"원장님까지?"

길모는 눈을 동그랗게 떴지만 은철의 손은 이미 문을 가리키고 있었다.

간이 식당에 들어선 길모는 걸음을 멈추고 말았다. 거기 도명재가 있었다. 장호도 불려오고 윤표도 함께였다. 하지만 그래서 놀란 건 아니었다. 길모의 마음에 풍덩 뛰어든 두 쌍둥이 초등학생 소녀들 때문이었다.

"홍 부장님, 절 받으세요!"

똑같은 옷을 차려입은 소녀는 길모가 들어서기 무섭게 큰 절을 올렸다. 소녀의 뒤에는 40대 초반의 남자가 눈물을 훔치고 있었다.

영문을 모르는 길모는 은철을 돌아보았다. 뭔지 모르지만 은철의 수작(?)이 틀림없었다.

"홍 부장이 보내준 후원금으로 새 삶은 찾은 오광모 사장님. 어릴 때 수술이 잘못되어 고관절이 썩어가는 병에 걸려서 사업도 망하고 집도 쫓겨날 판이었다지. 그래서 이 꼬맹이들이 눈물로 쓴 편지를 보내왔는데 마침 홍 부장이 후원금을 보내주고 좋은 의사선생님까지 소개해 주는 바람에 수술에 성공해 건강을 되찾으셨어. 망한 사업도 우리가 일부 지원해서 거의 정상으로 돌아왔고……."

은철은 천연덕스럽게 말을 이어갔다.

"그런데 오늘이 오 사장님 생일이라네. 쌍둥이들이 말하길 아빠에게 새 삶을 주신 분들에게 케이크와 김밥을 바치고 싶다고 떼를 쓰길래… 하지만 홍 부장이 좀 바빠? 그래서 어려울지도 모른다고 했는데 하늘이 도운 건지 이렇게 딱 맞았으니……."

새 삶을 찾은 아빠의 생일.

그 새 삶을 안겨준 사람들에 대한 보답…….

길모는 쌍둥이를 바라보았다. 어젯밤 연못에 쏟아지던 별들이 그녀들의 눈 안에 있었다. 뺨에 물든 복숭아꽃이 너무 잘 어울릴 정도도 맑고 순수한 아이들… 그 손에 김밥 바구니가 들려 있었다. 목에 자물통이 걸렸대도 거절하지 못할 일이었다.

"죄송합니다. 애들이 며칠 동안 연습했지만 솔직히 입에 안 맞을지도 모릅니다. 하지만 애들이 워낙 열심히 하는 걸 보니 제가 말릴 수도 없고……."

오 사장의 목소리는 촉촉했다.

"장호야, 너 뭐하냐? 저렇게 예쁜 애들이 김밥 싸왔으면 빨리 받아서 세팅하지 않고. 내가 하리?"

길모, 괜한 장호에게 면박을 주었다.

김밥은 이내 세팅이 되었다. 아니, 세팅이고 말 것도 없었다. 그 옆으로 케이크도 놓여졌다.

"길모야……."

도 원장, 자기 옆에 앉은 길모의 어깨에 따뜻한 손을 짚었다.

"예… 원장님!"

"고맙다. 그리고 자랑스럽다."

"별말씀을……."

"아니야. 노 변호사에게 얘기 많이 듣고 있다. 네가 기부도 많이 하지만 유력한 손님들 마음을 사서 지원금도 많이 내게 한다는 거……."

"……."

"네가 진짜 실업가다. 여기 와서 보니 나는 너무 근시안이었어. 이제 너한테 배워야겠다."

"원장님, 진짜 왜 이러세요."

"자자, 그럼 우리 모두 쌍둥이와 오 사장님의 미래를 위해!"

시큰해지는 길모의 콧등은 은철 덕분에 감출 수 있었다. 건배는 간단한 음료. 거기에 우물거리는 김밥. 맛은 없었다. 하지만 맛없다는 생각은 하나도 들지 않았다.

"아, 하세요!"

쌍둥이들은 차례로 오가며 김밥을 넣어주었다. 길모에게도, 은철에게도, 도명재에게도. 나아가 장호와 윤표에게도. 김밥은 그저 그랬지만 감동은 넘치고도 남았다.

"아, 진짜 지상 최고의 김밥이었어요."

오토바이에 오른 윤표는 아직도 상기된 모습이었다.

[변태 자식…….]

그 옆에서 장호가 수화를 그렸다.

"질투하냐?"

둘이 이러는 데는 이유가 있었다. 쌍둥이들이 윤표에게만 뽀뽀를 작렬한 것이다.

"윤표, 진짜 수고했다."

길모는 윤표를 높이 사주었다. 그가 없었다면 이렇게 빨리 끝낼 수 없는 일이었다.

"아니에요. 노 변호사님이 나하고 성표 이름도 VIP 특별회원 명단에 올렸다잖아요? 이거 가문의 영광이라고요."

윤표는 행복해 보였다.

"그럼 가서 쉬어라.

"형도 푹 쉬세요. 그리고 장호 너도!"

바르릉!

윤표의 오토바이는 시원하게 바람을 가르며 나갔다.

[짜식이, 지가 언제부터 길모 형이랑 친했다고… VIP 올린 것도 다 형이 한 건데…….]

장호는 괜한 입맛을 다셔댔다.

"시동이나 거시죠. 우리도 가서 쉬어야지."

[그런데 형.]

운전석에 올라앉은 장호가 길모를 돌아보았다.

"왜?"

[쌍둥이 말이에요, 쌍둥이들은 관상도 똑같나요?]

"글쎄, 자세히 보지는 않았지만 느낌은 좀 다르던데… 그러니 다르지 않을까?"

[쳇, 내가 보기엔 똑같던데 뭘 그래요? 얼굴이 똑같으면 관상도 똑같지.]

"그건 중요하지 않으니까 뉴스나 틀어봐라. 뭐 더 진행된 거 있나 보게."

[알았어요.]

장호가 버튼을 눌렀다.

—속보입니다. 화성 마창룡 의원의 동생이 경영하는 연못에서 발견된 거액은 식당에 교모하게 장치된 금고 열 개 중의 하나에서 흘러나온 것으로 밝혀졌습니다. 이에 대해 마창룡 의원은 오전으로 약속된 검찰 출두를 미루고 대책을 숙의 중인 것으로 알려지고 있습니다. 한편 검찰은 마 의원과 동생을 출국 금지시키고 금고에서 나온 30억여 원의 출처에 대해 수사팀을 보강하는 한편…….

마창룡…….

'한마디로 조때따!'

길모는 속어를 입에 물고 흐뭇하게 눈을 감았다.

제4장

사주의 신(神) vs 관상왕(王)

　푸아아!

　길모가 샤워를 마치고 나왔을 때였다. 자기 차례를 기다리던 장호는 벌써 소파에 뻗은 채 코를 골고 있었다. 길모는 담요를 가져다 장호를 덮어주었다.

　길모는 장호만큼 피곤하지 않았다. 운전을 장호가 한 탓이다. 덕분에 길모는 짬짬이 눈을 붙일 수 있었다.

　테이블을 보니 신문이 보였다. 길모가 오려둔 비자금 관련 국회의원들 사진도 보였다. 머리를 말리며 그들을 바라보았다.

　정치!

　참 좋은 이름이다.

　그러나 이제는 추잡한 단어로 전락했다. 길모는 정치를 잘 모른다. 하지만 정치인들에 대한 평은 잘 알고 있다.

나이트클럽 웨이터로 일할 때였다. 나이트클럽 손님들은 대게 서민들이다. 주머니 얇은 직장인이나 친구들과 만난 아줌마들, 혹은 연말연시에 기분 한 번 내려는 사람들……

그들은 말한다.

"정치인들 엿 먹으라고 그래."

다음으로 룸싸롱이나 텐프로다. 여기 손님들은 대개 서민이 아니다. 물론 삶의 희노애락은 거기서 거기지만 그래도 한두 푼에 목숨 걸 사람들은 아니었다.

그들도 말한다.

"정치가 나라 망치고 있어."

서민과 중산층 이상의 상류층들, 두 집단이 싸잡아 정치를 불신한다. 그러니 두말해서 무엇할까?

길모는 오려둔 14명의 의원 나리들의 사진을 바라보았다. 같은 사진이건만 오늘따라 관상들이 어두워 보인다. 아마 실제도 그럴 것이다.

마창룡!

주제넘게 오버하고 나섰다. 결백을 증명하기 위해 스스로 검찰에 출두하겠다? 13명 나리들은 뒤에서 질시의 눈총을 보냈을 게 뻔하다.

'쑈 제대로 하는군.'

이구동성으로 그런 말을 삼켰을 것이다.

동시에 그들은 재빨리 계산기를 두드렸다. 이 일은 자신들에게 도움이 되는가?

Yes!

이 또한 공통으로 뽑아낸 견적일 것이다. 오버하고 있지만 마창룡이 검찰에 나가 명함 뒤에 적힌 뇌물 액수는 사실 무근이란 걸 밝힌다? 그렇게 되면 그 여파가 13명 의원들에게도 미친다. 그들도 무죄라는 등식이 살짝 보편화되는 것이다.

그런데!

그 인간이 기대감을 짓밟았다. 아니, 이건 짓밟은 정도가 아니었다. 오히려 화약고에 다이너마이트를 쏟아 부은 격이 아닌가?

방송은 새벽부터 속보와 특보로 연못을 조명하고 있었다. 수면 위에 둥둥 떠다니는 수도 없는 5만 원권들. 그걸 바라보는 국민들의 심정이 어떨지는 똑똑한 그 양반들도 잘 알고 있었다. 수면의 지폐만큼 표가 떨어져 나가고 있는 것이다.

더구나 연못에서 건져진 돈만 4억여 원. 시간이 지날수록 액수는 불어났다. 물밑에 감춰놓았던 10개의 특별한 수중 금고. 그 안에서 빠짐없이 나온 3억여 원의 거금들… 그건 마창룡이 거짓말의 신을 데리고 온다고 해도 해결될 일이 아니었다.

'진짜 궁금하군.'

길모가 혼자 웃었다. 마창룡은 어떻게 둘러댈까? 절대 사실대로 말하지는 않을 것이다. 뻔한 일도 둘러대는 걸 보면 국회의원들의 유전자는 지구의 것이 아니었다. 저 먼 안드로메다, 그보다도 먼 미지의 별에서 뚝 떨어진 황당무계 돌연변이라고 보는 게 옳았다.

보통 사람이라면 명백한 증거 앞에 꼼짝도 못 하고 은팔찌를 찰 게 뻔하기 때문이었다.

정치가…….

그 혐오스러운 단어를 곱씹다 보니 많은 생각들이 스쳐 갔다.

첫째가 천 회장이었다. 그는 분명 마창룡을 후원하고 있었다. 마창룡은 정치권에 파워를 가진 사람. 그렇다면 천 회장이 관계를 맺은 사람은 마창룡만이 아닐 것이다.

거기서 심장이 쫄깃해졌다.

천 회장!

길모에게는 각별한 사람이지만, 동시에 각별하게 경계해야 할 사람이기도 했다.

두 번째로 떠오른 사람은 공 부장이었다.

그는 나름 집요하게 대권 관상을 원했다. 그러나 그게 어찌 그 사람만의 바람이었을까? 모상길이 말했듯 많은 관상가들은 대권주자를 예언하다가 부침을 맞이했다. 관상뿐만 아니라 고승, 역학자, 심지어는 무당들까지.

병원에 있는 윤천득까지 거기에 더하니 쫄깃함은 짜릿함으로 변했다.

길모는 보았다. 13명 의원들의 관상…….

대운은 없었다. 그건 확실했다. 이들 13명, 그러니까 마창룡까지 더해 14명의 의원들은 여기까지가 전성이었다.

'대권…….'

정치가들이 이르는 마지막 관문.

오직 그 하나를 위해 천변만화의 카멜레온이 되는 것도 마다하지 않는 사람들…….

용안!

대권상의 하나를 떠올렸다.

콧마루가 높고 눈썹 근처의 이마가 마치 용과 같은 상. 이게 바로 용안이다. 마의상법을 보면 코가 높아서 우러러볼 만하면 관직이 영화롭게 되고 코에서 광택이 나면 집안에 부귀가 들 것이라고 나온다. 이때 눈은 흑백이 분명하고 내쏘는 듯하면서도 인자하면 금상첨화다.

코끝인 준두 또한 둥글고 맑은 홍색을 띠고 산근이 이마까지 수려하게 이어져야 더욱 길하다. 이런 사람을 보면 눈썹 위에 용이 든 것처럼 꿈틀거린다. 만물을 제압하는 것이다.

기타 두텁고 풍성한 귀, 네모 느낌의 큰 입, 넓은 이마 등도 대권의 한 요소로 꼽을 수 있다.

14명 중에서 일부는 대권 근처까지 이르렀다. 내심 대권을 꿈꾸는 사람은 절반에 달했다. 마창룡의 속내도 그랬을 것이다. 하지만 마창룡은 주름이 없었다. 그게 결정적이었다.

부르르!

상념에 잠겨 있을 때 핸드폰의 진동이 울렸다.

'공 부장?'

문자를 보낸 주인공은 공 부장이었다.

―아직 안 자면 잠깐 볼 수 있을까요? 집 앞 커피숍입니다.

"……?"

길모는 문자를 다시 확인했다. 그래도 틀림은 없었다.

공 부장!

기분이 좋지 않았다. 어쩐지 거머리처럼 끈적한 느낌이었다. 이미 집까지 알아내서 찾아온 사람. 그냥 무시한다고 될 일도 아닌 것 같았다. 마침 잠도 오지 않을 때라 길모는 커피숍으로 내려갔다.

"안 오실 줄 알았습니다."

공 부장은 혼자였다. 괜한 말이 아닌지 커피도 이미 한 잔 시 킨 후였다.

"집은 또 어떻게 아셨습니까?"

길모가 묻자,

"차는 뭘 드시겠습니까?"

하고 변죽을 울리는 공 부장.

"제가 가져오죠."

길모는 카운터로 가서 아이스 카페모카를 시켰다.

"에너지가 넘치시는군요. 아침부터 아이스라……."

"에너지는 공 부장님이 넘치는 거 아닌가요? 아침부터 찾아 오시고."

"아, 죄송합니다. 실은 오늘이 월요일이잖습니까? 카날리아 가 어제 쉬었으니 오전에 시간이 될 것 같아서……."

"우린 월요일에도 잡니다. 텐프로 하다 보면 피로가 쌓이거 든요."

"그거야 보통 웨이터들 일일 테고……."

공 부장은 가볍게 딴죽을 걸어왔다.

"용건이 있으신가요?"

길모, 커피를 한 모금 넘기며 물었다.

"뉴스 보셨나요?"

공 부장은 여전히 의도된 헛다리를 짚는다.

"잘 안 봅니다."

"그 제국전산 비자금 사건 있잖습니까? 밤사이에 재미난 사건이 터졌습니다."

"그래요?"

길모는 심드렁하게 대답했다. 이럴 때는 공 부장이 말한 보통 웨이터의 반응을 보이는 게 좋았다.

"지금 정치권이 벌집 쑤신 꼴입니다. 14인방 중의 하나인 마창룡 의원의 동생 식당에서 수십억 원이 발견되었거든요."

"그렇군요."

"혹시… 모르십니까?"

공 부장, 지금까지와 달리 길모를 똑바로 바라보며 물었다.

"뭘 말입니까?"

길모가 넘어갈 리 없다.

"아닙니다."

"공 부장님!"

"아, 저는 홍 부장님 관상혜안이 신에 필적할 만하니 혹시 그런 천기도 다 알고 있나 싶어서……."

"괜한 말씀이나 하실 거라면 가겠습니다."

"아, 아닙니다."

공 부장은 손사래를 치며 길모를 눌러 앉혔다.

"괜찮으시면 제 관상 좀 봐주겠습니까? 뭐 변한 거 없는지……."

공 부장이 얼굴을 들었다.

"아무 데서나 아무의 관상이나 보지는 않습니다. 그럴 능력도 없고요."

"압니다. 하지만 내게는 중요한 일이라서요."

'중요?'

그 말에 길모가 고개를 들었다. 공 부장의 얼굴이 길모 눈에
들어왔다.

'응?'

명궁이 좋았다. 간문도 좋았다. 거기 어려 있던 처제와의 염
문이 싹 사라진 것이다.

"정리하셨군요?"

"예……."

"……."

"부끄럽지만 이제야… 실은 집사람이 목석같은 사람이라 결
혼 초부터 부부 관계를 잘 하지 않았습니다. 그런데 처제가 그
걸 알더군요. 하루는 와이프가 동창회에 갔는데… 술에 취한 처
제가 제 방에 들어왔습니다. 우리 형부 불쌍하다고. 취한 처제
가 안겼을 때 오만가지 생각을 했습니다. 하지만 오랫동안 여자
와 자보지 못한 나는 본능에 지고 말았습니다. 처제도 제게 연
민을 가지고 있었던 탓에 정리를 못 하고……."

"늦게나마 다행이군요."

"다른 것도 보이죠?"

공 부장은 이마를 가지런히 세웠다.

"……!"

한 번 더 상을 읽은 길모가 미간을 찡그렸다. 이번 것은 나빴
다. 원한을 가진 것이다. 다행스러운 건 그 한이 조금씩 희미해

지고 있다는 것, 그러니까 마음을 내려놓은 모양이었다. 그것도 불과 이틀 전에.

'원한의 타깃은 나?'

길모, 자신도 모르게 척추를 바로 세웠다. 잘나가는 언론사의 데스크에 속하는 부장 기자. 잘하면 국장도 되고 사장도 될 수 있는 사람. 그런 그의 아킬레스건을 찾아낸 사람 홍길모…….

"아킬레스건 때문에 내 뒤통수를 노리셨군요.'

"예!"

공 부장은 순순히 대답했다.

"솔직히 그랬습니다. 그러니까…….'

"엊그제까지!"

말줄임표 뒤의 말은 길모가 대신했다. 공 부장은 피식 웃더니 말을 이어갔다.

"역시 대단하시군요. 사실 그보다 더 큰 약점을 찾아내 홍 부장님을 백기 투항시키려는 생각도 했습니다. 더불어 돈 몇백이면 모든 걸 해결해 주는 사람들에게 처리를 맡길까 궁리하기도 했고요."

"이제 보니 장한평에서 만난 게 우연이 아니었군요?'

"맞습니다. 구린 걸 찾고 있었어요."

"그런데 왜 생각을 바꾸셨지요?'

"아이러니하게도 우리 처제 때문이었죠.'

"무슨 말씀을 하는 건지…….'

공 부장의 목소리는 어느새 애잔하게 변해 있었다.

"가랑비에 옷 젖는다고… 와이프 모르는 일이 오래되다 보니

죄의식도 없었던 일입니다. 그사이에 처제가 나이를 훌쩍 먹었
는데 그것조차 잊고 살았습니다. 아니, 의식적으로 모른 척했겠
지요. 제게는 나쁜 일이 아니었으니까요."

　"……."

　"일단 홍 부장님을 공박하려면 처제부터 정리해야 하지 않습
니까? 그래서 인심 쓰는 척 해외 취업을 권했지요. 말이 해외 취
업이지 관계 정리하고 내 눈앞에서 사라져라, 라는 말 아닙니
까?"

　"……."

　"그런데 처제가 그래요. 너무 고맙다고. 자기도 처음엔 몰랐
는데 나이 먹으면서 언니도 사정이 있다는 걸 알고 이해하게 되
었대요. 하지만 그동안 지은 죄가 너무 많아 말도 할 수 없고 차
라리 자살할까 자살 사이트도 많이 기웃거렸는데 새로운 동기
를 부여해 주었다며……."

　"……."

　"이틀 전에 처제가 군말 없이 캐나다로 떠났습니다. 그 표정
이 얼마나 홀가분해 보이던지. 그때 문득 제 마음이 편안해지는
걸 느꼈습니다. 아내에게는 여전한 죄인이지만 죄의 반이 덜어
지는 느낌이랄까요? 그건 처제도 마찬가지라고 하더군요."

　"……."

　"그때 깨달았습니다. 홍 부장님은 내가 넘볼 사람이 아니구
나 하는 걸……."

　"……."

　"어젯밤에 처제가 전화를 했더군요. 이제 자기는 한국에 돌

아가지 않을 거니까 언니랑 잘 살라고. 우리 두 사람, 어차피 속
궁합은 안 맞지만 그래도 서로 이혼할 마음은 없으니 운명으로
알고 살라고……."

공 부장은 잠시 말을 멈췄다. 목소리가 떨고 있었다.

"짐작하겠지만 며칠 간 홍 부장님 뒤를 캐고 있었습니다."

공 부장이 UBS와 함께 사진 몇 장을 내놓았다.

"……!"

사진을 본 길모의 숨이 확 멈췄다. 그건 장한평 컨테이너 야
적장 사진이었다. 놀랍게도 길모가 담을 넘는 장면도 있고, 자
루를 수습하는 장호 장면도 있었다.

"이, 이걸?"

"계속 보세요."

공 부장은 나지막이 말을 이었다. 길모는 떨리는 손으로 사진
을 넘겼다. 이번에는 마성룡 집 근처에서 찍은 장면이 나왔다.
몇 장을 더 넘기자 헤르프메 건물도 있었다. 쌍둥이 소녀와 그
아버지, 그리고 은철과 함께 걸어 나오는 장면들…….

"당신……."

길모가 격하게 고개를 들었다. 장한평과 연못가에서 느끼던
이상한 느낌들. 역시 그냥 느낌이 아니었다.

"컨테이너까지는 적개심의 발로였습니다. 하지만 그 뒤로는
기자의 호기심이었습니다. 홍길모… 뭐하는 사람인가?"

"……."

"결론은 그겁니다. 나는 당신에 대해 아무것도 본 것이 없다
는 것. 당신의 일은 신만이 아는 게 좋겠다는 것…….”

"공 부장님……."

"반성 많이 했습니다. 뭐 눈에는 뭐만 보인다고 나는 당신의 구린 점을 찾으려고 혈안이 되었었어요. 술집 웨이터 주제에 관상 좀 본다고 보이는 게 없냐? 그런 치졸한 마음으로 말이죠. 하지만 나는 알았습니다. 연꽃이 왜 흙탕물에서 피어도 그토록 고귀하고 숭고한지를……."

"……."

"염치없습니다만 관상을 한 번 더 부탁드려도 될까요?"

공 부장이 물었다. 길모는 대답하지 않았다.

"우리 와이프입니다."

공 부장은 사진 한 장을 더 꺼내놓았다.

"솔직히 얼굴 볼 면목도 없는 사람입니다만, 나중에 그녀가 알아 이혼을 요구하면 해주겠지만 그동안이라도 속죄의 마음으로 살려고요. 해서 와이프가 바라는 게 뭔지… 홍 부장님이라면 그것도 알 것 같아서요."

길모는 와이프 사진을 바라보다 말없이 집어 들었다.

'인중의 상처 흔적… 더불어 날개가 없는 귀…….'

부부관계가 좋지 않은 이유가 나왔다. 여자는 자궁에 장애를 가지고 있었다. 귀를 보니 임신하기도 쉬운 상이 아니었다. 그렇기에 공 부장과의 섹스에 큰 관심이 없었던 것이다.

하지만 그녀의 상에는 아들이 하나 있을 운이었다. 그게 실현되지 않자 마음을 붙이지 못하고 있는 것 같았다.

임신하기는 어려운데 아들은 하나 있을 상.

"사모님과 상의해서 귀여운 양자를 들이세요. 그럼 부부 사이도 더 좋아질 겁니다."

"그러면 집 사람이 좋아할까요?"

"예. 사모님 관상이 그렇습니다."

"고맙습니다. 정말 고맙습니다."

공 부장은 거푸 고개를 조아렸다.

공 부장은 이어 길모가 보는 가운데 암행 사진을 찢고 UBS에 라이터를 들이댔다. 그러더니 뜻밖의 제안을 해왔다.

"혹시 사주에 대해 어떻게 생각하십니까?"

"사주?"

"이건 사심 없는 말입니다만, 한 번 겨뤄보실 생각은 없으십니까?"

공 부장의 목소리는 아까보다 더 진지해지고 있었다.

"무슨 의미에서 그런 말씀을 하시는지?"

"제가 주목하는 역학자가 있습니다. 지금 아주 잘나가는 사람이지요. 10여 년 전부터 인연을 맺어 우리 신문에 오늘의 운세도 연재하시는 분입니다. 그분 역시 제 미래에 대해 홍 부장님과 유사한 점괘를 주셨었고요."

"……."

"제가 슬쩍 홍 부장님에 대해 언질을 했더니 펄쩍 뛰더군요. 예나 지금이나 관상쟁이들은 다 말장난질이라고……."

"말장난이라?"

"어차피 부장님도 마케팅에 관상을 이용하지 않습니까? 이분과의 매치에서 이기면 저절로 더 많은 홍보가 가능해질 겁니다."

더 많은 홍보!

그건 솔깃한 제안이었다. 아직 갈 길이 먼 길모. 그리고 보면 공 부장의 제안은 매력적이었다. 과거 TPT그룹의 송 회장을 어떻게 섭외했던가? 운 좋게 성공해서 사우디아라비아 왕자까지 맞이하는 쾌거를 이루었지만 그렇다고 해서 모든 VIP들을 그런 각개격파로 상대할 수는 없었다.

"기사화해 주시겠다는 겁니까?"

"예, 원하시면 그건 제가 책임지죠. 하지만 그러지 않아도 소문은 퍼져 갈 겁니다."

"특별한 이유가 있나요?"

"우선은 제게 길을 제시해 준 것… 담보로 비겼다지만 고마운 마음이 더 큽니다. 사실 제가 볼 때 실력은 어느 쪽이 우월한지 가늠이 안 갑니다만 부장님이 이겼으면 하는 바람입니다. 그 양반은 사주의 신이라는 닉네임에 걸맞지만 인간미가 없거든요."

"저를 응원하신다?"

"혹 지더라도 기사는 최대한 긍정적으로 써드리겠습니다."

"저를 돕겠다면서 내용을 들어보면 도발적이로군요. 저를 하수 취급하는 것도 같고."

"그런 뜻은 아니지만……."

"그 사람이 그렇게 대단한가요?"

"연중 예약만 받는데 아직 단 한 번도 빗나간 적이 없다고 들었습니다. 말로는 무당 출신이라 접신도 가능하고 비공식이지만 청와대에도 여러 번 드나들었다고……."

'접신?

길모를 자극하는 말들이 쏟아져 나왔다.

그중에서도 주목할 만한 사실은 그의 신적인 능력이었다.

그는 한 전직 장관의 출장길에 두 번 죽었다 살아날 것이라는 사주를 짚어내 화제가 되었었다고 한다.

실제로 그 장관은 두 번 죽었다 살아났다. 한 번은 비행기 안에서 심장마비로, 또 한 번은 순방국에서 괴한이 총탄을 날려 복부를 맞았다. 비서관을 통해 미리 그 이야기를 들었던 장관. 반신반의했지만 나름 대비를 한 탓에 목숨을 구했다. 특히, 그의 백미는 엽전 점. 그 신기가 작렬하면 누구도 감탄하지 않을 수 없다고 한다.

또 하나의 신화는 모 재계 회장의 늦둥이 아이에 대한 남녀 구분. 아들이냐 딸이냐, 그 흔한 질문에 그는 제3의 대답을 내놓았다고 한다.

"당신 아이가 아니오!"

임신 시기나 출산, 모든 게 완벽했던 회장의 아이. 그러나 유전자 검사를 받아보니 운전기사의 아들이었단다.

신묘막측!

사주로 짚어낸 신묘막측이 거기 있었다. 길모가 반응하지 않을 수 없었다.

"대체 그 사람이 누구입니까?"

"들어보셨는지 모르지만 청담동 신 보살이라고……."

공 부장이 대답했다.

'청담동 신 보살?

길모 기억에서 한 사람이 걸어 나왔다.

청담동 신 보살……

공 부장은 물론이거니와 전에 악덕 계주 양 실장의 숍에서 보았던 그… 흰 옷에 희멀건 낯빛이었던 그 사람……

"한 번 만나보시겠습니까?"

공 부장은 길모를 똑 바로 바라보며 거푸 물었다.

청담동 신 보살……

접신이 가능한 사주의 신……

길모의 피가 끓기 시작했다.

*   *   *

사주!

관상에는 그런 말이 나온다.

사주불여관상!

사주가 아무리 뛰어나도 관상만은 못하다는 뜻이다.

사주〈관상〈심상!

즉, 사주는 관상의 하수. 물론 개개인의 능력에 따라 다를 수 있다. 이 말은 단지 통상적인 개념에 속할 뿐이다.

점괘 중 과연 어떤 것이 가장 적중력이 높을까?

역학! 별점! 풍수!

육임점(六壬占)!

무당! 손금! 사주! 관상!

성명학! 타로카드! 토정비결!

별자리 운세! 거리의 새점!

많기도 하다. 우리는 살아가면서 크고 작은 점과 접하게 된다. 동양에서 점에 대해 가장 오래된 경전은 주역. 그러나 주역이 난해하다 보니 다른 운명 해독술이 나왔다. 고려의 별점이 그렇고 조선조부터 주류를 이룬 사주가 그렇다.

운명 중에서도 가장 흔하게 접하는 게 궁합이다. 그 다음으로 이사운, 취업운, 진학운, 승진운, 사업운 등을 궁금해한다.

나는 과연 무엇을 하면 잘될 것인가?

나는 과연 어떤 사람을 만나면 행복하게 살 것인가?

나는 과연 어떤 운명을 가지고 태어난 것인가?

이 세 가지 의문에서 가지를 친 궁금증은 점괘를 찾아다니게 만들었다. 어제 오늘의 일도 아니다. 먼 옛날부터 지속되어 온 것이다.

길모 역시 궁금했다.

그동안 관상가들과는 크고 작은 겨루기를 해왔다. 백 거사, 백홍우가 그랬고 중국의 관상 명인 소천락이 그랬다.

하지만!

이번 상대는 다른 점성학 내지는 운명학을 공부한 사람이다. 그것도 신(神)의 칭호까지 가진 사람……

두 가지 생각이 길모의 머리를 휘저었다.

이 새로운 도전. 이기면 길모는 명실공히 대한민국 운명학의 저명인사가 될 수 있었다. 그러나 지면, 치명타가 될 수도 있었다. 조금 먹고 조금 싸려 한다면, 길모는 이 기회를 거부하는 게 옳았다. 잠시 생각하던 길모는 천천히 입을 열었다.

"받아들입니다!"

그리고 다시 천천히 뒷말을 이었다.

"그 도전을!"

그 도전!

길모는 강조했다. 마케팅에 연결할 생각은 없었다. 그러나 길모가 도전하는 게 아니었다. 사주의 신이 도전을 하는 절차를 원했다. 길모는 관상왕. 그게 누구든 왕은 굽힐 수 없었다. 그렇기에 이 빅 매치의 형식에 선을 그어버린 것이다.

"도전… 이라고 했습니까?"

공 부장, 언론사 짬밥 내공이 쌓일 만큼 쌓인 사람. 그는 단박에 그 단어의 뜻을 알아들었다.

"예!"

"허어, 도전이라⋯⋯."

"그게 아니면 그만두겠습니다."

"아닙니다. 성사시키죠."

"⋯⋯."

"시간은 언제가 좋겠습니까?"

"저쪽이 원하는 대로."

"장소는요?"

"그 또한 저쪽이 원하는 대로."

길모는 왕의 위엄으로 대답했다.

─푸하하핫!

공 부장의 전화기에서 낭랑한 웃음소리가 넘어왔다. 몇 마디 나눈 후에 공 부장은 전화를 끊었다.

"오늘 하자는군요."

오늘!

전격적이었다.

"어디서요?"

"홍 부장님의 카날리아로 오겠답니다. 괜찮겠습니까?"

공 부방이 길모를 바라보았다.

"자신만만한 모양이군요. 전격 수락에다 내 홈으로 오겠다니……"

"내일부터 동남아를 거쳐 미국 LA로 긴 출장을 간다는군요. 그렇잖아도 홍 부장님에 대해 들은 적이 있다며 한 번 매치를 갖는 것도 재미나겠다는군요."

"시간은요?"

"6시를 말하는군요. 빡빡하면 한두 시간 늦출 수도 있다고……"

"6시 콜 하죠!"

길모도 쿨하게 응수했다.

"역시 내공이 엄청난 분들이라 그런지 매치도 쿨하게 이루어지는군요. 두 분의 태도에 놀랐습니다."

"그럼 저녁에 뵙죠?"

"그럴까요? 아, 실은 저도 헤르프메에 가입했습니다. 능력은 별로지만 힘닿는 데까지 도울 생각입니다!"

공 부장은 그 말과 함께 일어섰다.

그의 자가용이 멀어지는 동안 길모는 가볍게 손을 들어주었다. 낮게 날아온 바람이 길모의 두 볼을 휘돌고 사라졌다. 볼이 상쾌해진 길모. 찝찝한 액운이라도 후련하게 씻겨나간 듯 기분이 좋았다. 선량하게 변한 사람의 모습을 보는 것, 그보다 행복한 일이 또 어디에 있을까?

나아가 새로운 도전.

엽전 점!

길모는 그게 궁금했다. 쌀이나 실로 점을 치는 경우는 들은 적이 있었다. 그런데 엽전 점이라니? 더구나 그걸 보면 다들 뻑 간다니?

길모의 피는 어느새 뜨겁게 끓고 있었다.

[에? 사주 전문가와 대결한다고요?]

길모의 이야기를 들은 장호, 두 눈이 동그랗게 변했다. 워낙 느닷없는 일이기 때문이었다.

[누군… 데요?]

"겁나냐?"

[그건 아니지만…….]

"청담동 신 보살이라는데, 한 번 본 적이 있어."

[형이랑요?]

"그래. 전에 왜 악덕 계주 있었지? 그 여자 자문역이었던 모양이더라고."

[그 사람도 형을 알아요?]

"뭐 그런 것 같던데?"

[사주팔자… 그거 잘 맞히는 사람은 귀신같다던데…….]

"그럼 관상은?"

[물론 형 관상이야 신에 필적하지만요.]

"결론은 걱정이다?"

[그렇잖아요? 신문 기사화되는 공식 대결이라면…….]

"그렇다고 내가 사주에 쫄아서 꽁무니 사릴 수는 없지 않냐? 언젠가는 소문도 나게 될 테고."

[게다가 오늘이라면서요?]

"그쪽에다 결정권을 줬더니 그렇게 정하자는 걸 어쩌냐? 원래 진짜 고수는 늘 스탠바이 상태잖냐?"

[형, 마창룡 의원이 나와요.]

고개를 돌리던 장호가 바삐 수화를 그렸다. 기자들이 인산인해를 이룬 마창룡의 사택 앞. 마창룡이 보좌관과 지지자들의 보호를 받으며 대문을 나오고 있었다.

─친동생 집에서 나온 30여억 원에 대해 어떻게 생각하십니까?

─금고의 소유는 어떻게 되는 겁니까?

─수중 금고에 대해 국민들이 분노하고 있습니다. 한마디 해주시죠.

기자들은 지지자들과 몸으로 부대끼며 밀려들었다.

─마창룡은 결백합니다. 이건 모함입니다.

─수중 금고에 대해 모른다는 겁니까?

─검찰에서 성실하게 조사에 임하겠습니다.

—마창룡!

—마창룡!

마창룡이 기자들과 몸싸움을 할 때 차 앞에 도열해 있던 지지자들이 연호를 시작했다.

—30여억 원의 출처에 대해 한마디만 해주세요!

—검찰에서 밝힌다니까요.

마창룡의 표정은 하나도 변하지 않았다. 하지만, 길모는 보았다. 그의 명궁이 시들어가는 걸. 주름 하나 없는 이마에 또렷하게 드러나는 그의 흉액. 그건 엊그제 본 관상과도 또 달랐다. 내리막을 제대로 타고 있는 것이다.

그러나!

아쉽게도 형옥의 상은 보이지 않았다. 내리막이지만 아직 지하실까지 떨어지지는 않을 모양이었다.

—수중 금고로 유명해진 마창룡 의원 자택 앞입니다. 지금 보시다시피 마 의원의 지지자들과 취재기자들로 골목은 인산인해를 이루고 있습니다. 마창룡 의원은 자세한 사항에 대해 언급을 피하면서 원론적인 이야기만 되풀이하고 있습니다. 이제 공은 검찰로 넘어가게 되었습니다.

여기자의 멘트를 끝으로 길모는 화면을 꺼버렸다.

[왜요? 더 보지…….]

"봐서 뭐하게?"

[저 뻔뻔한 거 안 보여요? 아, 진짜 이 나라 검찰은 뭐 하는지 몰라.]

"저 정도는 되어야 대한민국 의원나리가 되지."

[금고가 발견되어도 오리발이라니… 어휴!]

"장호야!"

길모, 씩씩거리는 장호에게 부드럽게 말을 건넸다.

[뭐요?]

"마음에 안 들겠지만 이제부터 마창룡 응원해라. 저 인간이 자포자기하고 입 제대로 열면 우리도 다칠 수 있어. 물론 절대 그럴 리는 없겠지만."

[우리가 왜요?]

"금고에서 돈 꺼내왔잖아? 검찰들이 그런 건 또 귀신처럼 물고 늘어져요."

[그, 그건 그렇죠.]

"그러니 마창룡이 적당히 둘러대고 저 인간 정치 인기 막 내리는 것으로 만족하자. 혹시 또 아냐? 거기 남겨둔 3억도 우리 품으로 올지……."

길모는 사실 기대는 곳이 있었다. 마창룡의 상에서 읽어낸 그의 기세…….

'도 아니면 모…….'

그의 재물은 그런 운이었다. 새기 시작하면 와장창 바닥을 볼 운. 더구나 반석 위에 올라선 정치 입지에 엄청난 타격을 받았을 테니 길모에게 남은 호박이 굴러 들어올 가능성도 충분했다.

[아, 아무튼 3억은 너무했어요. 한 1억씩만 남겨둘걸. 아니, 한 천만 원…….]

장호는 아직도 아까운 모양이었다.

"그만하고 출근 준비나 해라. 잘하면 오늘 또 다른 데서 3억

거둬들일 수 있을 거다."

[3억요? 오늘 또 누구 털어요?]

"이 부장님 건져 내야지."

[아, 이 부장님…….]

장호가 무릎을 치며 반응했다. 그 일은 장호도 이미 알고 있었다.

[하지만 그건 우리가 갖는 게 아니잖아요? 헤르프메에 갈 것도 아니고…….]

"그냥 선행(善行)이라고 생각하자. 그냥 두면 이 부장님, 막장 인생으로 추락할 수도 있다."

[아, 이 부장님… 내가 그럴 줄 알았어요.]

"그런 말도 하지 말고."

[얌체처럼 구니까 그렇죠. 맨날 설레발만 치고…….]

"그래도 3대 천황이다. 잠깐 눈이 가려서 그렇지 능력은 좋아."

[어휴, 3억…….]

한숨을 쉬는 장호에게 길모가 통장을 던져 주었다.

[뭐예요?]

"이달치 네 배당금 저금한 거."

[으악, 그래요?]

역시 돈이 좋다. 장호는 툴툴거리던 것도 잊고 통장을 넘겼다.

[우워워, 1,000만원이나 넣었어요?]

"너도 그 정도는 되는 사람이다. 그러니 기죽지 말고 어깨에

힘 팍!'

　[형…….]

　"아, 또 그놈의 눈물… 넌 그거 극복 못 하면 독립하기 어렵다."

　[아, 씨. 고마우니까 그렇죠.]

　장호는 끝내 눈시울을 훔치고 말았다.

　"그만하고 가서 시동이나 걸어라."

　[알았어요.]

　장호는 한달음에 달려 나갔다.

　[형…….]

　도로로 나온 후에 장호가 수화를 그렸다.

　"왜?"

　[배당금 말이에요…….]

　"왜? 불만 있냐?"

　[아, 아뇨. 불만은 무슨 불만요.]

　"그럼 뭐?"

　[그거 보태서 천 회장님 빚부터 갚아요. 배당은 그다음에 해줘도…….]

　"걱정 되냐?"

　[걱정은 아니지만 아무래도 빚이 있으면…….]

　"그럼 옥 지점장님 찾아가서 융자 좀 내가지고 확 퉁쳐 버릴까?"

　[그래요, 그거 좋겠네요.]

　"그래봤자 채무자 이름만 바뀌는 건데?"

[그렇긴 하지만 옥 지점장님 쪽은 은행이잖아요, 은행!]

"이자는 더 비쌀걸?"

[에?]

"이번 일 때문에 그러지?"

[예. 다들 형을 힘들게 하니까……]

"노노, 다들 나를 돕고 있는 거야."

[예? 돕는다고요?]

"생각해 봐라. 만약 내가 처음부터 옥 지점장님을 통해 융자 끼고 건물을 샀다면 반 상무와 마창룡 의원을 만날 수 있었겠냐? 그랬으면 우리, 기부 많이 못 했다."

[응? 그건 그러네요?]

"그러니까 너무 한 면만 보지 말자. 천 회장님이 나를 이용하려 한다면 내게도 기회가 될 수 있는 일이니까."

[알았어요. 오늘은 사주 전문가와의 대결에만 올인하세요!]

장호가 엄지를 우뚝 세워주었다. 탄탄하게 선 엄지 속에서 길모에 대한 깊은 신뢰가 배어나왔다.

*   *   *

저녁 6시!

카날리아에 불이 켜졌다.

길모는 1번 룸에 있었다. 왕의 위엄을 간직한 채.

유복동향 유난동당!

그 문구를 바라보며 마음을 다잡았다. 평정심이 필요했다. 상대가 누구든 길모는 그저 관상을 읽을 뿐이었다.

[형!]

노크와 함께 장호가 문을 열었다. 발소리와 함께 기다리던 사람들이 나타났다.

공 부장, 그리고 신 보살!

신 보살은 그때 보았던 것처럼 흰 옷이었다. 아래위가 다 흰 사람. 거기에 흰 고무신을 깔맞춤한 덕분에 흡사 산신령이라도 왕림한 것처럼 보였다.

"영광입니다. 제가 청담동 신 보살입니다."

신 보살이 먼저 인사를 해왔다.

"홍길모라고 합니다."

길모도 자리에서 일어나 신 보살을 맞았다. 둘을 바라보는 장호의 얼굴에는 긴장감이 역력했다. 관상왕의 1번 룸. 그 영역에 거침없이 몸을 들인 사주 전문가. 그에게서는 순백의 정적이 흘러나오고 있었다.

"두 분께서 저를 믿고 대상자를 맡긴다고 했었지요?"

예!

길모와 신 보살이 조용하게 대답했다.

"겨루는 분도 두 분이니 대상자도 두 분으로 모셨습니다. 나아가 이 두 분은 관상이나 사주에 어떤 선입견도 가지고 있지 않습니다."

"……."

"웨이터 씨, 모셔주시겠습니까?"

공 부장이 장호에게 말했다. 문 앞에 서있던 장호가 룸 문을 열었다.

한 사람이 보였다. 40대의 남자였다. 그 어깨 뒤로 또 사람이 등장했다. 역시 40대의 남자였다. 장호는 눈을 의심했다. 두 사람이 똑같이 생겼기 때문이었다.

[형……]

장호는 식은땀을 머금은 채 길모를 돌아보았다.

"……?"

길모의 시선 역시 두 대상자에게 박혀 있었다. 두 사람은… 쌍둥이였다.

쌍둥이!

마치 복사기를 돌린 듯 헤어스타일에 넥타이까지 똑같은 두 사람.

쌍둥이는 최근에도 본 적이 있었다.

헤르프메 재단에서 만난 어린 쌍둥이……

그때 장호가 물었었다.

쌍둥이는 관상도 같을까?

똑같은 얼굴, 똑같은 이목구비……

쌍둥이들은 보통 보기에 똑같다. 하지만 잘 보면 눈과 귀는 다르다. 이로 인해 30대 이후의 삶에 변화가 생긴다. 필연이다.

길모는 숨을 멎은 채 신 보살의 반응을 챙겼다. 그는 여전히 무표정했다. 그저 하얀 미소만 은은하게 머금고 있을 뿐.

"두 분이 운명을 풀어내실 대상자입니다!"

텅 빈 정적을 공 부장의 목소리가 깨주었다.

"이의가 있으십니까?"

공 부장의 시선이 길모를 지나 신 보살에게 머물렀다. 신 보살은, 예의 보일 듯 말 듯한 미소뿐이었다.

"그럼 대상자는 결정된 것으로 하겠습니다."

공 부장이 선언하자 쌍둥이가 똑같이 목례를 해왔다. 이어 한 명이 먼저 입을 열었다.

"이런 자리에 초대해 주셔서 영광입니다. 공 부장님께 말씀은 많이 들었고요, 신묘한 자리 같으니 술은 저희가 사겠습니다."

"아뇨!"

조용하던 신 보살의 입이 열렸다.

"어차피 명예를 건 배틀인데 술은 지는 쪽이 내는 게 맞을 것 같습니다."

그의 눈빛이 길모에게 건너왔다. 무언의 압박이었다.

"그게 좋겠군요."

길모가 그의 눈빛을 받아냈다.

술값!

아무래도 좋았다. 지금은 그저 '판'에 열중할 때였다.

"장호야! 메뉴판 드리거라."

명을 받은 장호가 금장의 메뉴판을 내밀었다. 길모는 눈짓을 통해 신 보살을 가리켰다. 그에 대한 예우였다.

"술은 크게 상관없으니 수고하실 대상자 분들에게 보여주세요."

신 보살이 장호에게 말했다. 장호는 다시 길모의 명을 기다렸다. 길모가 고개를 끄덕이자 메뉴판은 쌍둥이에게로 건너갔다.

세팅은 오래 걸리지 않았다.

모두 다섯 명. 그들 누구도 양주에 관심이 있는 사람은 없었다. 세팅이 끝나자 길모는 장호를 내보냈다. 아무도 들이지 말라는 엄명과 함께.

[혜수 누나도 와 있어요. 파이팅하래요!]

장호는 수화를 남기고 퇴장했다.

"그럼 시작할까요?"

공 부장이 판을 재촉했다.

노래방 기기 앞에 앉은 쌍둥이.

그 앞쪽 테이블에 좌우로 포진한 길모와 신 보살, 그리고 소파의 맨 끝에 자리한 공 부장…….

"홍 부장님이 옵션을 정하시죠. 저는 상관이 없습니다만……."

옵션!

그건 구간을 의미하고 있었다. 엑기스만 겨루면 되는 것이지, 쌍둥이의 일생을 두고 에너지를 허비할 필요는 없었다.

"그러시면 두 분께서 원하는 걸 말씀하시죠. 관심사라든가 아니면 고민이나 바람 같은 거……."

길모가 쌍둥이를 바라보았다.

"뭐, 우리가 원하는 건 딱 한 가지입니다!"

쌍둥이는 또다시 동시에 입을 열었다.

"그게 뭐죠?"

이번에는 공 부장이 끼어들었다.

"오늘, 우리는 중대한 결정을 앞두고 있습니다. 아마 두어 시간 이내로 결정 날 것으로 봅니다만… 그 결정이 어떻게, 왜, 누구의 손을 들어줄지 알고 싶습니다."

두어 시간……

공 부장은 묘수를 데려왔다. 두어 시간이라면 이 자리에서 결판이 날 일이었다. 내일이 아니고 모레도 아니다. 두어 시간 후에 일어날 이들의 운명을 맞춰야 하는 것이다.

길모는 신 보살을 바라보았다.

어떠신가요?

눈으로 물었다. 신 보살은 여전히 미소를 머금은 채 동의를 표했다. 하얀 미소는 어쩐지 정나미가 떨어지기도 했다.

"괜찮으시면 일단 건배 정도는 하고 시작할까요? 어떻게 보면 굉장한 날인데."

공 부장이 양주병을 들었다.

잔은 신 보살이 먼저 잡았다. 길모는 맨 나중에 잔을 받았다. 주인으로서 손님들에 대한 예의였다.

"자, 그럼 세기의 대결을 위하여!"

공 부장이 건배사를 읊었다.

"그리고 보니 메이웨더와 파퀴아오의 세기의 대결이 생각나는군요. 어쩐지 그 대결보다 더 긴장이 됩니다. 우리들이 직접 관련되어 그런 건지……."

쌍둥이는 다시 똑같은 어조와 어투로 말했다. 말처럼 긴장하는 표정도 엿보였다. 뭔지 모르지만 그들에게도 중대한 일이 있는 게 분명했다.

"자, 그럼 이제부터 제가 배틀을 주관하겠습니다. 일단 두 분은 필요한 게 있으면 요청해 주십시오."

공 부장이 길모와 신 보살을 바라보았다.

"나는 정확한 사주만 있으면 됩니다. 그리고… 어떨지 모르
지만 접신 과정이 필요하고요."

'접신?'

길모는 혼자 침을 넘겼다.

접신… 뭘까? 설마, 그에게도 호영이와 비슷한 혼의 존재가
있기라도 한 걸까?

"홍 부장님은요?"

"저는 없습니다. 두 분 얼굴만 있으면 되니까요."

길모는 부드럽게 대답했다.

"그럼 두 분, 사주를 드리시죠."

공 부장이 권하자 쌍둥이 중의 하나가 종이를 내밀었다.

"준비가 되었으면 카메라를 들여도 되겠습니까?"

"예!"

대답은 네 사람의 입에서 나왔다. 길모와 신 보살, 그리고 쌍
둥이 형제. 쌍둥이 형제와도 입을 맞춘 모양이었다.

"사진은 기사에 한 컷만 쓸 것이며 대상자로 오신 두 분의 것
은 공개하지 않습니다. 이 약속을 어기면 어떤 책임도 달게 지
겠다는 각서입니다."

공 부장은 세 장의 각서를 내밀고서야 카메라맨을 불러들였
다.

"결과가 나오면 앞의 봉투에 자필 기재를 해주시기 바랍니
다. 적어야 할 사항은……."

쌍둥이에게 현재 닥친 일!

그로 인한 결과!

그 이유!

공 부장, 세 번째는 각자의 주관에 따라 말하지 적지 않아도 된다는 토를 달아주었다.

"그럼 시작하시죠!"

이어 공 부장의 대전 신호가 떨어졌다.

사주의 신!

관상왕!

그러나 둘은 아무도 움직이지 않았다.

신 보살은 오랫동안 빈 곳을 보고 있었다. 사주를 집어 들지 않은 것이다. 길모를 제외한 네 명의 눈빛이 의아하게 변했다. 하지만 어느 누구도 입을 벌리지 못했다. 행여 방해가 될까 봐, 속된 말로 부정이 탈까 봐 염려되는 모양이었다.

길모는 개의치 않았다.

'그는 그의 방식대로, 나는 내 방식대로.'

길모는 쌍둥이의 얼굴에 시선을 꽂았다.

이들의 운명에는 어떤 사연이 내려앉았을까?

좋은 일일까?

나쁜 일일까?

무얼 하는 사람들인지, 어떤 지위인지 아무것도 모르는 상태에서 시작……

삼정! 사독! 오악과 육요!

나아가 열두 가지 운명이 담긴 12궁!

길모는 왼편의 쌍둥이부터 공략을 시작했다. 둘은 남자, 그렇다면 첫 공략 포인트는 눈. 남자의 상은 눈이 우선이라는 말은 이제 귀에 못이 박힐 정도였다.

하지만!

길모는 그걸 뒤집어 버렸다. 대개 명궁으로 시작하는 길을 버리고 복덕궁부터 시작한 것. 말하자면 거꾸로 치고 올라오는 길을 택했다.

이유?

거기에는 스티브 잡스가 있었다. 그의 스승으로 꼽히는 요가난다가 있었다. 그건 바로 혜수의 팁이었다.

"신통력 싸움이네요?"

출근하는 길, 길모는 혜수에게 전화를 걸었었다. 그녀는 이 세기의 대결을 궁금해했다. 하지만 끼워줄 수 없었다. 그건 신보살에 대한 예의였다.

신통력(神通力) 싸움.

그냥 들을 때는 '뭐야?' 싶었는데 한문을 떡 끼워놓으니 느낌이 달랐다. 신과 통하는 싸움. 이만큼 적절하게 빗대기도 쉬운 일은 아닌 것 같았다.

그런데 웬 스티브 잡스냐고?

그 또한 처음에는 이질적이었다. 그는 스마트폰을 우리 생활에 상용화시킨 사람. 현대 문명의 이기를 대표하는 스마트폰이 그 반대편에 있는 관상이나 사주와 무슨 상관이란 말인가? 그걸 혜수는 이렇게 표현해 주었다.

스마트폰도 접신 기기.

무슨 말인고 하니 이렇다. 스마트폰 역시 하나의 세계와 다른 세계를 연결해 준다는 것. 듣고 보니 그럴 듯했다. 터치 한 번으로 지구 반대편의 사람과 접(接)하는 신통력이 아닌가? 그게 신의 능력이 아니면 무엇일까? 스마트폰이 없다면, 그 어떤 점쟁이가 이런 능력을 보여줄 수 있을까?

그건 불가능한 일. 그렇기에 스마트폰은 정신적인 능력을 기기로 바꾸어놓았다고 해도 과언이 아니었다.

그 스티브 잡스가 좋아한 사람이 바로 인도의 도사로 불리는 요가난다였다. 그에게 빠진 잡스는 청년 시절부터 그의 자서전을 탐독했다고 한다. 그의 아이패드에 다운로드된 유일한 책도 바로 요가난다의 자서전이었다니 말해 무엇 할까?

요기는 정신적 접신 능력이 뛰어났다. 그는 요가를 통해 정신 세계와 소통하고 사후 세계까지 상세하게 설명하고 있었다. 어느 정도냐 하면, 업에 따라 환생하는 날과 시간이 정해지고 육신을 떠난 후에 이르는 혼의 세상 영계(靈界)도 묘사한다.

그는 그의 스승이 사망한 이후, 혼으로 나타나 생전처럼 대화를 주고받았던 내용까지도 기술하고 있다. 이 엄청난 접신 능력을 잡스는 스마트폰으로 구체화시켰다. 그 또한 위대한 신통력이 아닌가?

운명을 들여다본다는 것!

결국 신통력으로 표현될 수 있다. 용하다는 것도 마찬가지다. 신이 인간에게 내린 운명을, 마치 스마트폰으로 검색하듯 속속들이 알아낼 수 있다면⋯ 그게 바로 신통력인 것이다.

과학적 입장에서 보자면 신통력이란 미신. 즉 완전 반대선상의 것인 셈. 말하자면 거꾸로 뒤집어 보는 역발상을 한 셈이다. 길모는 잡스의 자세가 마음에 들었다. 그렇기에 거꾸로 접근하면 좀 더 신통력에 가깝지 않을까 기대하고 있었다.

복덕궁!

관록궁!

천이궁!

질액궁!

노복궁과 나머지 여섯 궁이 하나씩 짚어나갔다. 그런 다음에야 길모는 순차적으로 상을 짚어나갔다.

쌍둥이에게는 어떤 일이 닥쳤을까? 그들의 바람은 무엇일까? 고민하는 동안 그 답들은 하나하나의 퍼즐조각이 되어 길모의 머리로 들어왔다.

퍼즐!

어느 정도 맞춰야만 그림이 짐작되는 그 퍼즐의 조각이었다.

'호영……'

길모는 입안에서 그 이름을 부르고 있었다. 하남성 그 토굴에서 그가 이룬 관상의 궁극. 그리하여 길모의 눈을 통해 세상을 호령한 그 절대 관상법.

길모는 평정심 속에서 새로운 도전을 즐겼다. 마치 호영이 토굴 안에서 한계를 즐겼을 듯이.

그리고 마침내 길모는 두 쌍둥이의 길을 볼 수 있었다. 그들이 놓인 운명의 길, 이어 잠시 후에 나눠질 그들의 숙명의 길……

　　　　　*　　　　　*　　　　　*

　신 보살은 이제 사주를 보고 있었다.

　쌍둥이, 그러므로 사주는 같았다. 한날한시에 태어난 것이다. 사주는 보통 12간지를 기준으로 삼는다. 하긴 그건 사주만의 일이 아니었다.

　동양의 숙명론은 보통 12를 기준으로 가진 게 많았다. 12 동물로 상징되는 띠가 그렇다.

　자축인묘진사오미신유술해(子丑寅卯辰巳午未申酉戌亥).

　뿐인가? 1년은 12달로 나뉘었고 하루의 밤낮도 12시간으로 구분되고 있다.

　쌍둥이의 상형은 거북이형. 사주에도 그렇게 나올까? 사주에는 거북이 띠가 없지 않은가?

　길모는 진심으로 궁금했다. 사주는 과연 이 쌍둥이들의 운명을 어떻게 짚어낼 것인가? 관상이 아닌 사주이기에 더욱 그랬다.

　잠시 후에 신 보살이 소리 없이 일어섰다. 힐금 보니 눈동자에 초점이 없었다. 마치 무아지경에 빠지기라도 한 듯.

　"훠어이!"

　그는 문 쪽의 공간에서 휘파람 소리를 내더니 날렵하게 세 바퀴를 돌았다. 이어 놀라운 일이 벌어졌다. 그가 손을 내밀자 옆자리에 놓였던 하얀 무복이 저절로 그에게 날아간 것이다. 어느새, 그는 흰 옷 위에 흰 도포를 걸친 모습으로 변했다.

　"훠어!"

다음으로 춤이 이어졌다. 느린 춤, 그러나 손목이 자아내는 절제만큼은 압도적이었다. 끊어지는가 하면 회전이 붙고, 이어지나 싶으면 멈추면서 사람의 마음을 들었다 놓았다 반복해 나갔다.

"후워어!"

휘파람 같은 소리를 끝으로 신 보살이 춤을 멈췄다. 그러자, 난데없이 허공에서 엽전 두 개가 쏟아졌다. 엽전은 쌍둥이 앞에 떨어졌다.

다르라라락!

테이블 위에서 회전하던 동전은 거의 동시에 멈췄다. 쌍둥이들의 중간, 정확히 중간이었다.

"……?"

신 보살을 제외한 사람들은 모두 엽전을 주목했다. 오래된 상평통보… 닳고 닳아 글자까지도 희미해진 옛날 돈…….

"신이 내게 사주 저 너머의 사주를 주셨도다!"

신 보살의 목소리는 아까의 그것이 아니었다. 마치 운명의 관장자인 양 변조된 목소리. 동시에 오만과 독선이 가득 서린 정나미 떨어지는 그것이었다.

신 보살은 흰 도포를 벗었다. 그런 다음 대충 접어 원래의 자리에 던져 놓고 자리로 돌아왔다.

"그대는?"

여전히 가시지 않은 오만의 음성이 길모의 귀를 자극했다. 자신감이 격하게 넘치는 도발이었다.

"나도 이미!"

길모는 담담하게 대답했다.

"그럼 각자 적어내 주시죠!"

두 격돌을 관장하던 공 부장이 결과를 재촉했다.

길모, 펜을 들었다.

신 보살도 펜을 들었다.

쌍둥이들은 단 한순간도 두 사람에게서 눈을 떼지 못하고 있었다.

*　　*　　*

길모는 쌍둥이의 운명을 적은 종이를 엎었다.

신 보살도 종이를 엎었다.

이제 남은 건 답의 공개뿐이었다.

"끝났습니까?"

공 부장이 물었다.

"예!"

길모는 대답했지만 신 보살은 답하지 않았다.

"신 보살님은?"

공 부장의 시선이 신 보살에게로 향했다.

"그 전에 짚고 넘어갈 일이 좀 있습니다."

신 보살, 엎은 종이에 손을 얹고 차가운 미소를 지었다.

"말씀하시죠?"

"공 부장님 말고 여기 홍 부장에게!"

신 보살의 손이 길모를 가리켰다.

"……."

길모는 반응하지 않았다.

"오늘 이 자리를 한마디로 표현하면 뭐가 될까요?"

신 보살의 얼음장 같은 목소리, 시선은 허공에 둔 채 소리만 길모에게 향해왔다.

"글쎄요."

"나는 당랑거철(螳螂拒轍)이라 생각되오만!"

당랑거철!

사마귀가 제 주제를 모르고 수레바퀴를 막아섰다. 한마디로 하룻강아지 범 무서운 줄 모른다는 뜻 아닌가?

"그렇다면 나도 한 말씀 올려야겠군요. 제가 이 대결에 응한 건 추지대엽입니다."

추지대엽!

서예에서 나온 성어였다. 작은 것에 얽매이지 않고 대범하게 놀리는 붓놀림. 말 그대로 이런저런 형식에 얽매이지 않겠다는 뜻이었다.

"추지대엽이라? 그것은 상수가 하수에게 쓰는 말이 아닌가?"

신 보살, 발끈한 건지 슬슬 길모를 하대하기 시작했다.

"맞습니다."

"오만한… 내 그렇기에 당랑거철이라고 훈육했건만."

"무슨 말씀이신지 자세히 말해주시면?"

길모는 차분하게 받아쳤다. 여기는 관상왕의 1번 룸. 사주의 신이 아니라 진짜 신이 강림했다고 해도 꿀리고 싶은 마음이 없었다. 더구나 공을 넘겨 버렸다. 신 보살, 그가 혹여 '도전' 이라는 말에 발끈한 거라면 그는 스스로 치욕을 감수해야만 할 판국이었다.

"내 역술의 발전을 위해 이 제안을 받아들였을 뿐, 애당초 자네 같은 사람과 동석에서 동등한 대우를 받는 것조차 치욕이라네. 하물며 내가 도전하는 형식이라니?"

길모의 짐작이 맞았다. 그는 공 부장이 전한 '도전'이라는 단어가 불쾌했던 모양이었다.

"미안하지만 나는 그 표현이 적절하다고 생각합니다만……."

"그대의 쥐꼬리만 한 상법을 가지고 말인가?"

"서미(鼠尾)인지 호미(虎尾)인지 대보셨습니까?"

"그대 딴에는 관상의 대가를 이루었다고 자처하는 모양인데 그렇다면 모상길을 아는가?"

'모상길?'

길모의 눈썹이 살짝 올라갔다. 기묘했다. 여기서 모상길이 나오다니…….

"눈치를 보니 아는 모양이군. 하긴 상법 좀 주워들었다면 그 양반 이름을 모를 리야 없겠지. 그럼 그 양반이 왜 관상을 접었는지도 아는가?"

"……?"

"바로 나 때문일세. 나하고의 겨루기에서 패했거든!"

"……!"

올라가 길모의 눈썹이 소리 없이 떨었다. 그야말로 난생 처음 듣는 소리였다.

"내가 20살에 겨우 사주에 눈을 떴을 때의 일이지. 아마 그대는 기저귀를 차고 있었을 걸세. 그때 한 장관을 두고 내기가 붙었네. 세간 사람들이 다 아는 얘기지만……."

신 보살의 눈은 여전히 허공에 있었다. 그야말로 길모는 안중에도 없다는 표시였다.

"그 양반은 그 장관에게 큰 액운이 닥칠 거라고 했었고 나는 그 액운이 뭔지 세세히 일러주었네. 그건 여기 공 부장도 아는 사실이고."

"……."

공 부장은 고개를 끄덕여 인지하고 있음을 표현했다. 하긴, 길모도 이미 아는 얘기였다.

"그러던 차에 공 부장의 말을 들으니 옛날 생각이 났었네. 거침없던 나의 20살 시절… 그러나 나는 그대들 관상쟁이처럼 공명심에 들뜬 나이가 아니었네."

신 보살은 거기서 물을 집어 들었다.

꿀꺽꿀꺽!

물 넘어가는 소리가 룸 안을 울렸다.

"그리고 보면 그대가 내 입장을 잘 표현해 주었군. 추지대엽이라? 그야말로 내가 그대에게 쓸 말이 아닌가? 공명심에 들떠 나이에 상관없이 나대는 가련한 관상쟁이들 같으니……."

"고언 고맙습니다. 이런저런 결례가 있었다면 해량을 바랍니다. 하지만 아직 결과는 나오기 전이니 그런 말을 하기는 이르지 않을까요?"

길모는 느긋하게 응수했다.

"그렇지. 답을 까면 간단하겠지."

신 보살은 허공을 향해 웃더니 바로 뒷말을 이었다.

"하지만 그럴 수 없네. 웬 줄 아나?"

"……?"

"바로 그 순간, 자네가 내 명예 위에 한 발을 올려놓게 되기 때문이지. 신성 관상가, 사주의 신과 겨루다."

"……."

"미리 말했지만 나는 그대를 훈육하러 온 것이지 겨루러 온 것이 아닐세. 그러니 한 가지는 명백히 해두어야겠네. 이 종이를 까기 전에 그대가 나와 이런 배틀을 치를 내공이 있는지를 증명하는 것!"

증명!

신 보살이 카드를 꺼내 들었다. 그가 보기엔 중량감 미달인 길모. 이렇게 함으로써 스스로를 높이는 교활한 전략을 쓴 것이다.

그런데 기이한 일이 일어났다. 신 보살이 쏘아보자 엽전이 미친 듯이 진동을 하는 게 아닌가? 심지어는 거의 높이뛰기를 하듯 펄떡거리기까지 했다.

'우!'

쌍둥이들의 입에서 공포감이 새어 나왔다. 귀신 붙은 엽전? 아니면 신의 일부가 접신한 동전? 장내는 바로 신 보살의 페이스로 넘어갔다.

"어떻게 생각합니까? 공 부장!"

신 보살의 목소리는 마치 목을 죄이는 듯 들렸다.

"그건… 사전에 없던 말이라……."

난감한 공 부장, 일단 물타기 작전이 나왔다.

"그렇다면 공 부장은 나를 두 번 능멸하는 셈이라오. 도전하라는 말투로 한 번, 그리고 지금 또 한 번……."

"저는 보살님께서 아무 말 없길래 수락으로 알고……."

"결과가 나오기 전이라면 역학의 모든 것은 그저 과정에 지나지 않는다오."

신 보살은 물러서지 않았다.

"제가 양보를 하지요. 뭘 원하는지 말씀해 보십시오."

지켜보던 길모가 잡음을 막아버렸다. 상대는 어차피 실력으로 눌러야 말이 없을 인간이었다.

"내 상을 보시게. 다 보라면 시간도 오래 걸리고 억지로 보일 수도 있으니 부부궁 정도면 족하네. 참고로 이건 모상길에게도 써먹은 거네만 그 늙은이는 맞추지 못했네."

모상길!

그리고 부부궁!

"원하는 대로 해드리지요."

길모는 그의 조건을 받아들였다.

그런데, 왜 부부궁일까? 사주팔자를 보는 사람이니 여자 손님이 많을 터. 부인이 한 다스라도 되는 걸까? 그것도 아니면 그 반대로 목석이라 여자가 아예 없는 걸까?

"아무래도 기다리는 사람이 있으니 시간을 정하세. 10분이면 되겠나?"

천천히, 신 보살의 눈빛이 길모에게 건너왔다.

"10초면 충분합니다!"

"……!"

길모가 잘라 말하자 신 보살의 눈에도 살짝 경련이 스쳐 갔다. 딱 10초였다.

"써드릴까요? 말로 해드릴까요? 나도 참고로 하는 말이지만 말로 하면 당신의 프라이버시에 금이 갈 수도 있습니다."

길모의 눈빛이 매섭게 신 보살을 바라보았다. 신 보살의 안면 근육이 꿈틀거리는 게 보였다.

"하고 싶은 대로 하게!"

신 보살은 허세를 떨었다. 허세였다. 그 눈동자가 파르르 떨고 있었으므로.

"그러고 싶지만 인격 보호 차원에서 적어드리겠습니다."

길모는 그 말과 함께 세 글자의 한문을 적었다. 그런 다음, 신 보살의 코앞에 들이밀었다.

"……!"

신 보살, 흔들리던 안면근육에 지진이 일기 시작했다. 지진은 입과 눈으로도 올라갔다. 이내 거세게 돋은 실핏줄은 그가 얼마나 놀랐는지를 대변해 주었다. 말하자면, 그의 눈… 테이블에서 펄떡거리던 엽전만큼이나 동요하고 있었던 것이다.

"이제 답을 공개해도 되겠는지요?"

"……."

"되겠는지요?"

길모는 느긋하게, 거푸 물었다. 신 보살은 떨리는 목젖으로 간신히 입을 열었다.

"그… 러지."

"그럼 잠깐만 말미를 주시지요. 아까 보살님께서는 접신 과정을 가졌으니 나 또한 한 가지 과정이 필요합니다."

"……."

신 보살은 침묵으로 동의를 했다.

"두 분은 이미 쟁송을 경험한 적이 있지요?"

길모, 쌍둥이를 향해 송곳 질문을 던졌다.

"……?"

느닷없는 질문을 받은 쌍둥이는 눈만 멀뚱거렸다. 그들 형제 간의 쟁송… 있었다. 그러나 이미 꽤 시간이 지난 일이었다.

"그때는 몫이 그리 크지 않았군요. 대략 10억쯤 되는 벤처급 회사……."

길모는 담담한 시선을 보냈다.

"……!"

쌍둥이, 정확한 금액이 언급되자 서로를 돌아보았다.

"파부균분(破釜均分), 제 답은 이 한 성어로 하겠습니다."

길모는 종이를 엎었다.

破釜均分!

정말 딱 한 단어의 한자만 써 있을 뿐이었다.

"파부균분이라면 가마솥을 부숴 똑같이 나눠가진다는 뜻 아닌가?"

신 보살이 말했다.

"보살님의 답을 까시지요."

그 말은 공 부장이 막아섰다. 길모가 답을 깠으니 남은 건 신 보살 차례였다.

"내 답은……."

신 보살의 시선이 엽전으로 향했다. 그러자 엽전이 다시 요란한 진동을 시작했다. 제자리에서 미친 듯이 흔들리던 엽전은, 둘이 하나로 겹쳤다. 그리고 천천히, 아주 천천히 동생 쪽으로 옮겨갔다. 마치 신이 그를 선택한 것처럼!

쌍둥이!

본능적으로 그게 무엇을 뜻하는지 알았다. 둘은 같은 얼굴로 엇갈리는 표정을 짓고 있었다.

"신의 뜻이 나왔으니 동생 분이 답을 여시오."

신 보살이 동생을 바라보았다. 동생은 떨리는 손으로 종이를 엎었다.

후계자 승계권.

동생의 승리.

사주는 10분 차, 그러나 그 10분이 우주의 질서를 바꾸리니!

신 보살의 사주 결과가 공개되자 형의 얼굴이 일그러졌다.

동생은 소리 없이 웃고 있다. 길모도 그렇게 웃었다.

쌍둥이.

그러나 관상은 다르다. 신 보살은 10분의 의미를 세분하여 해석한 모양이었다. 사주의 신 소리를 들으려면 10초의 차이도 짚어낼 수 있을지 모른다.

그러나 길모가 웃은 건 미세한 차이 때문이 아니었다. 관상이다. 조상으로부터 받기는 사주나 관상이나 마찬가지다. 관상에서 조부와 부모를 중시하듯 사주 역시 네 기둥에 4대의 운명을 투영하고 있다. 그에 반해 주역의 네 기둥은 길흉회인(吉凶悔吝).

연월일시.

사주의 네 기둥.

이것이 의미하는 게 바로 조부모, 부모, 본인, 그리고 자식이다. 4대가 나란히 엮인 운명의 끈인 것이다. 이로 하여 년주(年柱)인 조부모가 뿌리가 되고 월주(月柱)인 부모는 새싹, 일주(日柱)인 본인이 꽃을 피우며 시주(時柱)인 자식이 열매를 맺는 것이다.

따라서 사주는 부모와 자식을 연결하고 조상의 업보가 자손에게 투영되는 운명 공동체 시스템을 구성하고 있다.

다만 사주는 변하지 않는다. 한 번 받으면 그것으로 끝이다. 얼굴이야 성형도 가능하고 다쳐서 변하기도 하고 그 자신의 심성에 따라 곱게 되기도 하지만 사주는 불멸!

더러는 호적을 고쳐 나이를 뜯어고치기도 한다지만 그런다고 사주가 변하는 것은 아니었다.

관상은 아주 달라 쌍둥이라고 해도 생활 환경에 따라 얼굴이 변한다. 그 바탕이 비슷한 면이야 어딜 가겠냐만은 크고 작음, 찌고 마르기 등은 얼마든지 가능할 수 있다. 즉, 먹는 것에 따라, 자는 것에 따라, 하는 일에 따라서 얼굴은 다르게 형성될 여지가 컸다.

길모가 웃은 건 그 간단한 결과 때문이었다.

동생은 쾌재를 불렀다. 그런데 그 쾌재 속에는 칼이 들어 있었다. 겉으로는 웃고 있지만 자신의 뜻대로 되지 않으면 칼을 뽑겠다는 발검 심리. 그런데 그건 형도 크게 다르지 않았다. 낭패감 뒤로 칼을 갈고 있다. 이 칼은 곧 충돌할 기세였다.

"길게 끌 거 없이 당사자들이 있으니 정리를 합시다. 별로 마음에 드는 자리도 아니고……."

신 보살이 공 부장에게 판정을 재촉했다. 공 부장은 쌍둥이를 바라보았다. 그들이 당사자였으니 정답을 제시할 사람도 그들이었다.

"기왕 공개된 몸이니 신분을 밝히지요."

형이 명함을 꺼내놓았다. 동생도 그 옆에다 자기의 명함을 놓았다.

〈광토 그룹 부사장 현재강.〉

〈광토 그룹 전략실장 현재민.〉

광토 그룹. 재계 서열의 맨 앞은 아니지만 짭짤한 기업으로 정평이 난 곳. 주가는 오히려 선두 그룹보다 앞서가는 알짜 기업이었다. 그런 기업의 고위 간부들. 지위로 보아 족벌 체제를 이룬 곳이 분명해 보였다.

"현재까지는 여기 신 보살님의 답이 정답에 가깝다고 할 수 있습니다."

형은 일단 신 보살의 손을 들어주었다. 신 보살의 입꼬리가 말려 올라가는 게 보였다.

"지금 저희 아버님이 장기 투병 끝에 경영 일선에서 물러나시기 위해 고문 변호사, 창업 공신들과 후계자 논의를 하고 계십니다. 오늘이 3차 회의인데 아버님 건강이나 회사의 분위기로 보아 오늘은 반드시 우리 둘 중 하나로 결정이 날 것입니다.

우리는 그게 궁금해서 공 부장의 제안에 따랐습니다. 천기인지 대운인지 하는 게 대체 어떻게 작용하는 건지…….”

“결정을 기다려도 상관없습니다.”

신 보살, 마음의 여유가 생겼는지 선심도 쓰고 나왔다.

“뭐 사실은 분위기가 동생 쪽으로 기우는 건 맞긴 합니다. 하지만 동생이 여기 있으니 짚고 가는 건데 어차피 지분은 저나 동생이나 큰 차이가 없습니다. 저는 후계자 결정에서 제가 밀리면 소송을 제기할 생각입니다. 동생도 마찬가지고요. 그래서 제가 묻고 싶은 건… 이 결과가 우리 광토 그룹의 미래까지 포함하는 건지 궁금하군요. 물론, 다 믿지는 않겠지만요.”

형이 신 보살을 바라보았다.

“사주상으로는 당연히 그렇습니다.”

신 보살이 대답했다.

“당연히라고요?”

일그러지는 형의 얼굴.

“이걸 보십시오. 평행한 두 개의 선… 이게 0.1도 기운다면 눈에 보일까요? 보이지 않습니다만 우주의 어디선가 이 선은 반드시 평행의 종말을 맞게 됩니다. 사주도 그와 같아 미세한 차이라고 해도 결국에는 결과로 나타납니다. 두 분의 우애로 내 말을 수긍하길 바랍니다.”

“일단 결과를 보지요. 공 부장님과 약속한 게 그것이니…….”

형은 굳은 표정으로 자리에 앉았다. 그러더니 시선을 길모에게 돌렸다.

“그런데 홍 부장님의 결과는 무슨 뜻입니까? 파부균분(破釜均

分)이라는 단 한 단어… 그리고 예전에 있었던 우리의 쟁송을 상기시키다니요?"

"단어 그대로지요."

길모는 가벼운 목례로 말을 받았다.

"보아하니 실없는 소리를 할 분은 아닌 거 같은데 기다리는 동안 속뜻을 설명해 주면 좋겠군요."

이번에는 동생이 나섰다.

"미안하지만 제가 할 말은 그 안에 다 들었습니다. 그리고 그 말은 두 분이 곱씹고 해석해야 할 성질이지 내가 해석할 의미가 아닙니다."

길모가 공손히 대답했다.

"우리가 해석하라고요?"

"예."

"파부균분, 가마솥을 부숴 사이좋게 나눠가진다. 거기에 우리가 시험 삼아 투자한 10억짜리 벤처기업 쟁송권이라…….."

형이 단어에 얽힌 일을 중얼거렸다.

"제가 그 일에 얽힌 일화는 대신 말씀드리지요. 세조 때 일이었을 겁니다. 한 지방감사에게 명문 가문의 형제가 대대로 내려오는 큰 가마솥을 서로 차지하려고 소송을 걸었다지요. 형제 간에 밥그릇을 놓고 싸우는 꼴에 분노한 감사는 솥을 때려 부서 정확히 반씩 나눠주라고 했다더군요. 저 유명한 솔로몬의 판결이 우리나라에도 있었던 셈이죠."

길모는 그쯤에서 설명을 끝냈다.

순간, 이야기를 곱씹던 동생의 얼굴에 빨간 불이 들어왔다.

형의 얼굴도 크게 다르지 않았다.

"이제야 파부균분의 뜻을 캐치하신 모양이군요."

길모는 조용히 웃었다.

"그럼 홍 부장님의 점괘는?"

"파부균분입니다."

길모는 이번에도 한 단어로 답했다.

형과 동생의 머리가 빠르게 굴러가기 시작했다.

아버지의 명으로 벤처기업에 투자했던 둘. 3억짜리 벤처를 12억까지 키웠다. 둘은 서로 그걸 독차지해서 아버지에게 능력을 인정받고 싶었다.

아버지 몰래 쟁송을 했다. 그러나 결국 아버지가 알고 말았다.

돈 몇 푼에 우애를 버린 형제. 아버지는 노발대발해 아들들의 지분을 강제로 정리해 버렸다. 둘은 아무것도 얻지 못했다. 원래 이들 형제의 아버지는 우애를 중시하는 사람이었다. 기업에 있어서도 한눈을 팔지 않았다. 남들이 세계화다 뭐다 해서 다른 곳에 기웃거릴 때 오직 하나만을 밀고 나갔다. 덕분에 지금은 세계적인 기술을 보유하는 기업으로 자리를 잡았다.

그때를 떠올려 보니 지금이라고 다르지 않았다. 변한 건 단지 덩치가 큰 물건에 대한 싸움이라는 것. 더구나 아버지의 지분에 비하면 쌍둥이 각자의 지분은 새 발의 피에 속했다.

정신이 번쩍 들었다.

후계자 통보를 기다릴 때가 아니었다. 자칫하면 아버지가 전문경영인을 내세울 수도 있었고, 지분을 고모에게 넘길 수도 있었다. 그렇게 되면 도로 아미타불. 경영권은커녕 자칫 다음 인사 때 사퇴 권고를 받을 처지가 될 수도 있지 않은가? 후계자 지명이 두 차례나 미뤄진 것도 그런 맥락일 수 있었다.

파부규분!

전문경영인이 들어오면 두 형제는 닭 쫓던 개 지붕 쳐다보는 격이다. 그야 말로 깨진 가마솥이 아닌가? 깨진 쇳조각을 무엇에 쓸 것인가?

'아뿔싸!'

형제는 머릿속을 벼락처럼 스쳐 가는 생각에 정신이 번쩍 들었다.

*　　　*　　　*

쌍둥이는 길모와 신 보살을 번갈아 바라보았다.

눈에 보이는 답을 정확하게 내놓은 신 보살.

답을 스스로 이끌어내도록 한 홍 부장.

두 사람은 잠시 눈빛을 나누더니 신 보살의 답을 집어 들었다. 그리고 종이를 구겨 버렸다.

"……?"

신 보살의 얼굴이 구겨진 건 당연한 일이었다.

"이 답은 나무랄 데가 없습니다. 하지만 우리는 홍 부장님의 손을 들어주겠습니다."

쌍둥이의 말에 신 보살은 도끼눈이 되었다.

"어째서? 어째서 그렇단 말이오? 어째서 저까짓 세 치 혀에?"

신 보살은 펄쩍 뛰었다.

"신 보살님의 사주는 나무랄 데가 없습니다. 솔직히 여기 홍 부장님이 없었다면 신 보살님께 경의를 표했을지도 모릅니다. 사주풀이는 아직 듣지 못했지만 엽전 점은 신기 그 자체였습니다. 사주풀이 또한 훌륭하겠지요?"

"이르다 말이오? 말 나온 김에 설명하자면 두 분의 사주는 일취월장하는 부귀사주에 속하오. 두 분은 재관이 진용, 지장간 재, 세군데 진용으로 천하장사인 월일지 제왕의 건록이 있으니 내가 소유하고 지배하며 부양하는 종속물이외다. 천하의 재관을 가진 자는 천하의 주인이오, 일인자로서 만인 위에 군림하여 다스리며 최고의 부귀영화를 누리고 즐길 수 있습니다. 단순이 돈만 따른다면 부자에 지나지 않지만 수많은 인력을 부리며 만인을 다스리니 권위와 귀를 겸비할 수 있는 것이오. 그렇기에 이태 전에 목화수(木火水) 운에 기신이 나타나 누명을 썼겠지만 천하장사 제왕 건록의 재관용으로 위력이 높아 구속도 피하지 않았습니까? 아쉬운 건 두 분이 각기 신묘, 병진, 갑신, 갑자의 여자를 만났더라면 권위와 부의 끝까지 누릴 수 있었을 것이나 그렇지 못함이 옥에 티일 뿐이라오."

신 보살, 사주의 신답게 막힘없이 사주를 설명해 나갔다. 그 진위는 쌍둥이의 표정으로 알 수 있었다. 그들은 연신 고개를 끄덕였다. 사주가 하나도 틀림이 없다는 의미였다.

"마음을 굳게 가지시오. 머리가 둘 달린 뱀은 있을 수 없겠으나 한 머리가 양보하면 나머지 한 머리는 재계의 으뜸으로 설 수 있을 것이오. 어찌 소견 없는 관상쟁이의 말에 휘둘려 미래를 놓으려 하는 것이오?"

신 보살의 목소리에는 꾸짖음까지 실려 있었다. 그는 길모를 쏘아보더니 계속 말을 이어갔다.

"내가 동생 분의 사주에 낙점한 것은 그 시가 다음 시에 가깝기 때문이오. 자칫 몇 분이 지났으면 시가 바뀔 운이었으니 그쪽은 관이 강하고 많은 사주라 리더십에 대한 집념이나 사회적 명성에 대한 의지에 더욱 적합하리니. 다만 형 쪽에도 당연히 리더십의 의지는 강하되 그 약간의 차이로 하여 정관과 편관으로 갈라졌소이다. 정관은 윗사람에게 순종하고 절제와 겸손의 미덕을 가지고 있지만 이는 대기업의 리더십에는 어울리지 않고, 동생은 편관의 기세가 깃들어 그와 반대라 대기업의 경영에 적합하다고 보았습니다. 본시 사주에서는 편관을 관살이라 하여 관살의 기세가 강해질 때 조심할 것을 권하나 하늘이 신묘한 수를 두어 시가 몇 분 모자람이니 그 또한 조화가 되었으니 가업과 기업의 미래를 고려하면 의당 동생 분이 후계자가 됨이 옳을 것이외다. 그럼 그 몇 분이 무에 그리 대단하냐고 묻는다면 다시 말씀드리거니와 한 발의 차이로 죽은 자가 될 수도 있고 산 자가 될 수도 있는 것이니, 접신으로 들은 하늘의 뜻은 반드시 동생 분이 그 회사의 미래 지도자가 될 것을 암시했으니 의심하는 불경스러움을 거두기 바라오."

신 보살, 이제는 준엄하게 쌍둥이를 나무라고 있었다.

쌍둥이, 신 보살의 신들린 사주풀이에 흔들린 모양이었다. 그 눈빛이 나란히 길모에게 쏠려왔다.

"내 답은 오직 하나, 파부균분일 뿐입니다."

길모는 동요하지 않았다. 자신이 읽어낸 상을 바꿀 수는 없었다.

"다른 길이 없으니 좀 먹힌 걸로 밀어 붙이겠다?"

신 보살이 딴죽을 걸어왔다.

"정 그러시다면 신 보살님의 수준에 맞춰 상학 해석을 들려드리겠습니다."

길모는 정답을 적은 종이를 형 쪽으로 밀어놓았다.

"이렇게 하면 일단 서로 배틀의 결정은 끝낸 셈이로군요. 나는 이 사람에게 걸었다. 확실하게 하자는 것이겠지요?"

"……."

"신 보살님의 사주풀이는 놀랍습니다. 사주 안에서 또 하나의 사주 세계를 개척하신 듯하니 점을 공부하는 입장에서 우선 존경을 표해드립니다."

길모는 두 번의 박수를 친 후에 말을 이어갔다.

"그러나 제 견해는 아주 다릅니다."

길모의 눈빛이 신 보살에게 건너갔다. 그는 부릅뜬 눈을 결코 움직이지 않았다. 길모의 눈을 꿰뚫기라도 할 듯한 안광이었다.

"이 두 분의 아버지는 쌍둥이 중에서 형을 선택할 겁니다. 그러나 누구든 그 선택을 기다려서는 안 됩니다. 회사가 깨진 가마솥 신세가 될 테니까요."

"어째서?"

신 보살이 재촉해 왔다.

"이분들의 상을 종합하여 부친의 상을 읽었습니다. 지금 이분들의 운명을 쥐고 있는 것은 부친이시니 그게 더 정확할 것 같아서입니다. 그리고 그 결과는 그분의 관상에서 얻었습니다."

"푸하하핫!"

신 보살이 흰 옷을 펄럭이며 웃었다.

"부친의 상을 봐? 이 친구, 관상이 아니라 허풍이 도를 이루었군. 사주야 시를 적어오면 그만이라지만 한 번도 보지도 않은 부친의 상을 들이대다니? 그게 가능한 일이란 말인가?"

"어째서 가능하지 않다고 생각하는 건지요?"

길모는 조곤조곤 물었다. 이미 감정의 평정심을 상실한 신 보살. 함께 목소리를 높이는 건 자충수에 다름 아니었다.

"대저 점을 사기로 치는 인간들의 뻔한 수법 아닌가? 아무것이나 끌어와 공포감을 조장하고 그리하여 자신의 생각을 멋대로 주절거려 사람을 혼란에 빠뜨리는……."

"신 보살님은 분명 사주 안의 자신만의 사주 세계를 이루었습니다. 그런데 어째서 관상은 그런 궁극이 나올 수 없다고 생각하는 건지요?"

"그, 그건?"

"사주와 마찬가지로 관상 역시 혼자 우뚝 떨어진 것이 아닙니다. 한 사람의 얼굴은 그 사람의 뼈를 보면 알 수 있듯이 어떤 사람의 얼굴을 보면 그 부친과 모친을 그려낼 수 있습니다. 사주의 도를 이루었다는 분이 다른 분야의 도는 부정하는 건가요?"

"……."

"두 분의 부친은 거북이 상입니다. 목이 짧은 듯 길겠지요. 거북이가 목을 빼면 학처럼 기니까요. 나아가 이가 고르게 났을 겁니다. 아마 재작년부터 수년 간 질환을 앓게 되겠지만 본시 장수의 상이라 떨치고 일어날 것입니다. 또한 키가 훌쩍 크고 이목구비가 반듯하지요. 코는 아마도 붕어머리 모양일 듯합니다만……."

길모는 거기까지 말하고 쌍둥이를 바라보았다. 여기서 길모의 말을 공인해 줄 사람은 두 사람뿐. 그러니 일단 그들의 판단을 기다리는 게 옳았다.

"맞습니다. 우리 아버지… 재작년부터 뇌혈관에 이상이 왔고 이가 참 끝내주시지요. 키도 옛날 분에 비해서는 큰 편입니다."

확인은 형이 해주었다.

"전체 얼굴 생김새는 온순하고 눈빛도 거북이를 닮아 호기심이 가득하겠지요. 말씨 또한 느리고 순합니다. 그런 분은 필경마음이 어질어 싸움을 싫어합니다. 고집은 세지만 친화력 또한 강하지요. 그래서 아래 윗사람들이 잘 따르니 상학에서를 그를 일러 청수지상이라고 합니다."

"아이고, 어쩜 우리 아버지를 보시기라도 한듯……."

이번에는 형제가 입을 모아 감탄을 자아냈다.

"제가 보건대 두 분 형제분은 세 개의 칼을 지니고 있습니다. 그중에서 동생 분이 두 개를 지녔군요. 형님께서 먼저 하나를 버릴 수 있을까요?"

길모가 형을 바라보았다.

"……."

"형님 분은 본시 그 칼을 왜 품으셨습니까? 동생을 지켜주기 위해서가 아닙니까?"

"……?"

이번에는 동생의 시선이 길모에게 날아왔다. 하지만 길모, 신경 쓰지 않고 그 동생을 위해 일성을 날렸다.

"동생 분은 그걸 모르고 있지요. 그래서 형님 분의 칼 하나에 맞서려니 부족한 듯하여 두 개의 칼을 준비했지 않습니까? 다시 말씀드리지만 두 분이 세 개의 칼을 뽑는 순간 가마솥은 깨지게 되어 있습니다. 그러니 현명하게 생각하기 바랍니다."

"형님이 나를 지켜주기 위해 칼을 지녔다니 무슨 뜻입니까?"

동생이 물었다.

"고개를 드세요!"

길모의 음성, 조용했지만 힘이 가득했다. 동생은 충실한 신하처럼 반듯하게 고개 각을 잡았다.

"서른여덟… 당신은 형님보다 4년 늦게 이사가 되었습니다. 마음이 조급했군요. 해외 진출을 하려고 무리수를 두어 회사에 큰 손실을 끼쳤지요? 그런데 아버지의 질책은 없었습니다. 바로 형님이 자신의 과오로 돌려 부친의 질책을 받았기 때문입니다."

"……?"

"그리고 재재작년… 당신은 형님을 뛰어넘기 위해 외국기업과 무리한 M&A에 나섰지만 그쪽 기업이 허당이었을 것 같군요. 그때의 운이 바닥이라 당신은 뭐든 공수표만 날렸을 테니까요. 그때 사방에서 날아온 칼을 막아낸 게 바로 형님의 칼입니다. 당신을 지키기 위해 뽑아 든 거죠."

"그, 그럴 리가?"

"마지막으로 작년… 당신은 몇 번의 실패 끝에 다시 실세급 임원진으로 복귀할 수 있었군요. 유년운기부위를 보니 운이 절정에 달하는 시기였습니다. 단, 형제운 덕분에 말이죠."

"그럼 그것도 형이?"

동생이 형을 돌아보았다.

"제가 보건대 두 분은 아직 회사의 경영을 맡을 운이 아닙니다. 지금 나서면 두 분의 손으로 가마솥을 깨는 형국이 될 것입니다. 오늘의 운은 동생 분이 강해 보이지만 형님에게는 좋은 심상이 있습니다. 따라서 결국 관상보다는 심상 쪽으로 결정될 것으로 봅니다. 그러나 결국 솥은 깨집니다. 동생 분이 깨든, 아니면 두 분의 쟁송 과정에서 소비자가 돌아서든……."

"……."

"피할 수 있는 길은 단 하나, 두 분이 스스로 가마솥의 받침대가 되는 길뿐입니다. 그렇게 하면 6년 후에 다시 기회가 올 것입니다. 세 개의 칼을 다 내려놓고 진짜 우애와 실력으로 겨룬다면 말이죠."

"……."

"부친께서 두 분 중의 한 사람에게 회사를 넘긴다면 바로 그때입니다. 오늘은 절대 아닙니다."

길모는 칼 같은 마무리를 끝냈다.

"말도 안 되는……."

신 보살은 고개를 저었다. 이미 한 번 부정한 사람. 그렇다면 결과를 볼 때까지 숙이지 않을 것 같았다.

"형……."

그 사이에 동생의 눈이 형에게 향했다.

"진짜 형이 그런 거야?"

"……."

"말해 봐. 이거 아주 중요한 일이잖아?"

"얌마, 난 네 형이야. 괜히 깝죽거리는 꼴은 못 보지만 남들에게 책잡히는 꼴은 못 봐."

"형……."

"됐어. 나라도 널 옹호해야지 같이 밟으리?"

"아, 진짜……."

"이럴 때가 아니다. 아버지께 전화 드리자. 우리는 회사 욕심 없이 백의종군할 테니까 아버지께서 편하게 결정하시라고……."

"알았어. 나는 괜히 형이 나 뭉개고 회사 독차지하려는 줄 알았다고."

"기 이사 때문이지?"

"그 인간… 지방으로 보내야겠어."

"전화는 네가 해라. 아무래도 그래야 아버지가 흐뭇하시지 않겠냐?"

"알았어."

동생이 전화기를 꺼내 들었다.

"이, 이봐요. 전화를 하더라도 결과를 본 후에 해야……."

신 보살이 끼어들었다.

"나참, 아니, 사람 사는 게 중요하지 점괘 누가 맞나가 중요합니까? 점에 대해 자세히는 모르지만 다들 그렇게 말하지 않나요? 긍정적인 마음으로 흉이나 액을 넘어서는 게 중요하다고. 바로 그것 때문에 점을 보는 거고요."

"……."

신 보살, 직격탄을 맞고는 끙 하는 신음과 함께 입을 다물었다.

"아버지, 저 재민입니다."

동생은 그 자리에서 통화를 계속했다.

룸 안의 시선은 정적을 유지했다. 그가 통화를 끝낼 때까지.

"홍 부장님, 진짜 이거시군요."

통화를 마친 동생, 길모를 향해 힘차게 엄지를 세워 보였다.

"무슨 일입니까?"

공 부장이 물었다.

"방금 제가 아버지와 통화를 했지 않습니까? 지금 막 결정을 내리셨는데 일단 형님으로 낙점을 하셨다고 합니다. 하지만 통보 과정에서 제가 조금이라도 반발해서 모양새가 어그러지면 바로 차선책인 전문경영인 체제로 갈 생각이었다고 합니다."

"……!"

신 보살의 눈동자가 무한히 팽창했다.

선고!

선고가 떨어진 것이다.

"그럼 이 대결은 홍 부장님이 이긴 것으로 기억해도 되겠습니까?"

공 부장이 물었다.

"그럼요. 우리도 진심으로 감사를 드립니다. 물론, 결과가 이렇게 되었다지만 성심으로 사주를 봐주신 신 보살님에게도!"

쌍둥이는 길모와 신 보살을 향해 묵례를 올렸다. 그런 다음 흔쾌한 마음으로 어깨동무를 한 채 룸을 나갔다. 기다리는 아버지에게 향하는 모양이었다.

"이건 사기요, 정당한 겨루기가 될 수 없소!"

신 보살, 공 부장을 향해 불만의 화살을 날렸다.

"죄송하지만 모든 과정은 녹화가 되고 있습니다. 홍 부장이 속임수를 썼다면 영상을 돌려보면 됩니다만……."

"그런 뜻이 아니외다. 대상자 선정이 마뜩치 않았다는 것 아닙니까?"

"혹시 그게 보살님이 졌기 때문에 그러시는 거라면……."

"이런, 사람 의견을 쫌팽이 취급하다니!"

신 보살은 테이블을 치며 일어섰다.

"신 보살님!"

그를 길모의 목소리가 막아섰다. 신 보살은 날선 눈매로 돌아보았다.

"3일 후에 먼 곳에서 수술 운이 있으시군요. 맞죠?"

"……?"

"그날은 썩 좋지 않으니 하루 미뤘다가 하시기 바랍니다."

"건방진, 네깟 게 뭘 안다고?"

"길은 다르지만 함께 타인의 운명을 보는 사람으로서 드리는 우정입니다. 명궁을 따라 내려온 어두운 기세가 질액궁을 넘고 있으니 딱 3일입니다. 그날 그 기세가 입술까지 내려올 테니 조심하셔야 합니다."

"닥쳐!"

신 보살은 냉담한 시선을 남기고 나가 버렸다.

탁!

문 소리와 함께 공 부장이 엄지를 세워주었다. 카메라 기사도
그랬다.

관상왕과 사주 신의 한판 승부가 끝나는 순간이었다.

"이건 제가 재주껏 기사로 내고 저희 종편에도 소스를 줘서
방송토록 하겠습니다. 기대하세요."

공 부장은 약속을 잊지 않았다.

공 부장이 떠나자 혜수가 다가왔다.

"오빠……."

"걱정했냐?"

"아뇨!"

혜수는 가만히 길모 어깨에 기대왔다. 승부의 결과 따위는 묻
지 않았다. 혜수의 마음속에는 이미 답이 들어 있었다. 길모의
실력을 의심하지 않았던 것.

하지만 길모는 관상 실력으로 이긴 게 아니었다.

신 보살의 사주와 접신 능력. 대단했다. 실제로 그가 짚어낸
것 중에는 틀린 게 하나도 없었다. 그래도 그는 길모를 넘어설
수 없었다.

사주불여관상!

그것 때문이 아니었다. 이유는 단 하나, 길모는 인간을 보았

고 신 보살은 운명을 보았다. 주역에도 나오는 말이지만 점을 치는 사람의 소망을 이루는 걸 길이라 한다. 실패를 알려주는 건 흉이다. 길과 흉 사이에 회와 인이 있다.

회는 흉이 예상되지만 중간에 뉘우치면 길이 될 수 있음이고, 인은 길할 수 있지만 처신을 잘못하면 흉이 됨을 말한다. 즉 점치는 사람의 처신과 결정에 따라 운명이 달라진다는 것이다.

길모는 관상을 믿었다. 나아가 그 위에 존재한다는 심상을 믿었다. 근소하게 앞서는 동생의 관상. 그러나 심성만은 형이 동생을 압도하고 있었다. 그렇기에 이 승리는 심상에서 온 것이라고 보는 게 옳았다. 관상만 보았다면 질 수도 있는 대결이었다.

[그래서요? 형이 기선을 잡은 한 단어가 뭐예요?]

1번 룸 안에서 장호가 재촉을 해왔다. 처음 신 보살이 딴죽을 걸었던 실력 인증 해프닝을 묻는 것이다.

"사방지!"

길모는 있는 그대로 대답해 주었다.

[사방지면 호모? 아니지… 호모가 아니라 레즈비언?]

"둘 다!"

옆에 있던 혜수가 잘라 말했다.

[으악, 둘 다면? 한 몸에 자웅동체? 징그러버라!]

장호는 거품을 물고 넘어가 버렸다.

제5장
거미줄 인연

사방지!

사실 처음 청담동에서 보았을 때부터 조금 이상했던 일이었
다. 잠깐 본 얼굴이지만 느낌이 생소했다. 여장 남자 같은, 남장
여자 같은 느낌을 받았던 길모.

처음에는 신비감을 살리려는 화장술인 줄 알았다. 하지만 가
까이서 보니 아니었다. 그의 얼굴에는 남녀가 나란하게 자리 잡
고 있었다. 특히 코와 입술이 그랬다.

사방지!

어쩌면 치명적인 비밀이었을 일. 그러나 굳이 그 말을 직설적
으로 전한 건 배려 때문이었다. 그가 문을 나설 때 한 말, 수
술…….

'내 말을 듣지 않겠지.'

길모는 그의 결과를 읽고 있었다. 그는 3일 후 수술을 강행한다. 외국이라니 어쩌면 태국으로 갈지도 몰랐다.

실패!

그가 만날 결과였다. 그 실패의 정도에 따라 그의 운명도 결정될 것이다. 하지만 한 가지 분명한 건 그 실패와 함께 사주의 신으로 불리던 그의 운도 슬슬 기울 거라는 것.

그래도 엽전 점은 가히 인상적이었다. 더구나 저절로 입혀지던 도포… 길모, 비록 그의 인성은 마음에 들지 않았지만 실력만은 인정했다. 그것에 비록 어떤 술수가 입혀져 있었다고 해도.

혜수와 장호에게 간단히 설명을 마친 길모는 모상길에게 전화를 걸었다. 신 보살이 헛소리를 하는 건 아닌지 염려가 되었기 때문이었다.

─신 보살이라면 청담동 신명수?

모상길, 전화 받는 목소리가 흔들렸다.

"방금 저희 룸에 다녀갔습니다."

─겨뤘나?

"……."

─겨뤘군.

"……."

─자네가 이겼군?

"예. 결과적으로는……."

─그가 내 얘기를 하던가?

"예. 그렇잖아도 혹 허튼소리를 하고 다니는가 싶어서……."

―맞네!

"예?"

―그가 내 얘기를 했다면 겨루기였겠지. 그가 파릇한 20대에 내가 진 것 말네. 물론 그가 속임수를 쓰기는 했지만……

"속임수라면?"

―가끔은 점도 사전 정보 싸움일 때가 있다네. 자네처럼 완전한 일가를 이룬 실력이 아니라면……

"……"

―어쨌든 나는 승복했네. 그게 먼저 숙명학을 배운 선배의 자세이기도 했고. 우연치 않게 그 즈음에 배씨 성을 가진 또 한 명의 젊은 신성 관상가를 만났다네. 그 광기를 보니 내 시대는 끝난 거 같더군. 어차피 그놈의 관상, 볼 만큼 봤기도 했고……

모상길의 목소리는 흔쾌했다. 지저분하게 승부에 딴죽을 걸며 미련을 살리던 신 보살과는 그릇이 달랐다.

"죄송합니다. 괜한 걸 물어서……"

―천만에. 나도 그 친구가 언젠가는 홍 부장을 만날 걸로 생각했었는데 생각보다 빨랐군. 그 또한 자네 명성이 높아졌다는 얘길세.

"과찬이십니다."

―아니야. 그 친구는 계산법이 탁월해서 손해다 싶으면 발걸음하지 않거든.

"네."

―축하하네. 또 하나의 산을 넘었군.

"그런데 한 가지 궁금한 게… 혹시 신 보살이 쓰는 엽전 점에 대해 아시는 게 있으신지?"

─흰 도포가 날아오고 하늘에서 엽전이 떨어지는 거 말인가?

"예……."

─그거 다 사기라네.

"예?"

─그 친구, 지금은 더 교묘해졌겠지. 그거 말일세, 옷에다 미리 투명하고 가는 낚싯줄 같은 걸 연결해 두고 당기는 걸세. 엽전도 마찬가지고. 좋게 보자면 일종의 마술이라고나 할까? 예전의 나는 너무 오만했고, 그 오만 때문에 그 잡술에 마음이 흔들렸다네. 뭐 이제 와서 보면 변명에 불과하지만…….

"아!"

길모, 뒤통수를 맞은 듯 신음이 새어 나왔다. 마술이라면 충분히 가능성이 있는 일이었다.

─그 친구는 일단 사람을 홀리고 현란한 사주풀이로 사람을 녹이지. 뭐, 그쪽으로는 일가견이 있는 친구이긴 하네만 자네에겐 통할 리가 없지.

"네……."

─설령 기회가 오더라도 가까이 하지는 마시게나. 그 친구… 남녀 불문하고 침방에 끌어들이는 악취미가 있으니까.

"조언 고맙습니다."

길모는 전화를 끊었다. 이제야 몇 가지 의문들이 투명하게 풀렸다. 마술이라니? 길모의 머릿속에서 투명 낚싯줄이 긴 울림소리를 냈다.

팅!

                    *   *   *

　직원들이 하나둘 출근하기 시작했다. 오늘도 서 부장이 먼저
고 그다음이 이 부장이었다. 다음으로 나온 보조들도 활기차게
영업 준비를 했다. 그들은 방금 전에 일어난 일대 격전을 까맣
게 모르고 있었다.

　"부장님!"

　아가씨들을 따라 숙희가 들어섰다. 장례가 수습되어 인사차
나온 모양이었다.

　[괜찮아?]

　장호가 수화로 안부를 물었다.

　"장호 씨 덕분에!"

　[내가 뭐…….]

　"일하러 나온 거야?"

　길모의 시선이 숙희에게 향했다.

　"놀면 머리에 잡생각만 가득해서요."

　숙희가 쓸쓸히 웃었다. 정식 결혼은 아니라지만 그래도 남편
을 잃은 몸. 마음에 상처가 깊을 것은 보지 않아도 알 일이었다.

　"그래도 며칠 더 쉬는 게 좋지 않겠어?"

　"실은 그래서 겸사겸사 부장님께 상의 좀 드리려고요."

　"상의?"

　"잠깐 시간 좀 내주실래요?"

　그 얘기가 끝나기 전에 장호는 계단을 내려갔다. 유흥가 밥을

먹다보면 눈치부터 발달하기 때문이었다.

"어디 조용한 데로 갈까?"

"아뇨. 여기도 좋은데요, 뭐. 잠깐만요."

숙희는 커피전문점에서 커피 두 잔을 뽑아왔다.

"여러모로 고마워요. 덕분에 큰일 치러낸 거 같아요."

"내가 뭐 한 게 있나? 직원들이 물심양면으로 십시일반해서 그렇지."

"무슨 말씀이세요. 부장님 봉투 보고 놀랐어요. 전 잘해야 100만 원쯤 들었을 줄 알았는데……."

숙희 얼굴에 애잔함이 스쳐 갔다.

유흥계!

소속감도 없고 동료애도 많지 않은 게 보통이다. 더구나 정식 결혼해서 살던 남편도 아니었다. 그러니 길모와 직속 부장, 아가씨나 두엇 다녀가면 다행이라고 생각하던 숙희였다. 그런데, 그 조화하며 아가씨들의 총출동… 덕분에 숙희는 시가의 무시를 받지 않을 수 있었다.

"너 모델이었니?"

상위 1% 아가씨들을 본 시가의 반응이었다. 하나같이 조각 같은 몸매를 지닌 아가씨들. 그녀들을 템프로 아가씨로 한눈에 알아볼 사람은 없었다.

"가게는 계속 나올 생각이고?"

"부장님이 내쫓지 않으시면……."

숙희가 고개를 숙였다.

"내가 왜?"

"제가 완전 찬밥이잖아요? 몸매만 대충 안 빠지지 눈, 코, 잎, 전부 밋밋해서……."

"누가 그래? 너 정도면 대박이지."

"위로 안 해줘도 되요. 선아나 은서, 지영이하고 섞여 들어가면 손님들이 다 그래요. 쟤는 왜 생기다 말았냐고."

"……."

길모는 대꾸하지 않았다. 고등학교 때 들은 특목고의 전설이 떠올랐던 것이다.

길모가 다닌 중학교는 수준이 썩 높지 않았다. 반에서 1등 하던 친구가 외고에 들어갔다가 반년 만에 나와서 일반고로 옮겼다. 그때 길모는 귀를 의심했었다.

그 공부 기계…….

매번 평균 95점 이상씩을 올리며 친구들 기를 죽이던 그 기계가 외고에서 반 꼴찌를 했단다.

똑같은 이치였다.

혼자 걸어가면 주변에 섹시 아우라를 뿌릴 숙희. 그러나 더 예쁜 선아나 지영이 등과 나란히 서면 바로 루저가 되는 것이다.

"야, 대신 너는 너만의 매력이 있잖아?"

길모는 슬쩍 둘러댔다.

"마음요?"

숙희의 목소리는 어쩐지 고단하게 들렸다.

"그런 게 룸 안에서 초이스할 때 무슨 소용이 있어요? 손님들이 마음을 들여다볼 능력이 있는 것도 아니고……."

"일 등만 사는 세상이 아니잖아."

"아뇨. 저 그때마다 많이 울었어요. 저도 나름 미인이라는 소리 귀에 달고 살았잖아요? 한때는 미스 코리아 준비도 했었고……."

"……."

"그래서 말인데… 부장님이 저 좀 키워주세요."

"응?"

"저도 다 알아요. 혜수 언니하고 홍연이, 그리고 승아, 유나… 부장님 사단 애들 부장님이 아까노끼로 만들었다는 거."

"그건……."

"이제 부장님이 오너가 되니까 그 틈에 끼려고 사단에 끼워 달라는 거 아니에요. 저 열심히 할 테니까 저한테도 기회를 주세요."

"숙희야……."

"부장님 덕분에 보험금 받았잖아요. 그 사람… 가끔씩 내가 초이스 얘기하면 로또 맞아서 전신 성형시켜 준다고 했었어요."

"그랬어?"

"그러더니… 그 약속 지키려고 그런 건지 보험금 남기고 가 버렸잖아요."

숙희의 얼굴에서 눈물이 떨어졌다.

"저 고칠 거예요. 그러니 저 좀 도와주세요. 저, 어디를 고쳐야 아까노끼로 거듭날 수 있어요? 관상학적으로 좀 봐주세요."

숙희가 고개를 들었다. 반듯했다. 얼굴에는 눈물이 흥건하지만 의지는 강철처럼 반짝거렸다.

아까노끼!

별 볼 일 없는 아가씨가 각고의 노력 끝에 에이스로 거듭 나는 인생 역전. 실제로 강남에는 그런 아가씨들이 있었다. 몇 달 잠수를 탄 후에 완벽하게 변신하여 등장하는 것이다. 거기에는 물론, 성형도 포함되었다.

"숙희야……."

"도와주세요. 저는 어차피 다른 부장님 소속도 아니잖아요?"

"……."

"홍 부장님!"

"좋아, 해보자!"

"정말이죠?"

"그래. 어차피 이 바닥에 뛰어든 거, 그런 프로 의식이라도 있어야지."

"고마워요."

숙희가 길모의 품에 안겨왔다. 길모의 마음은 진심이었다. 대충 하루하루 살다보면 어떻게 되겠지? 루저들은 늘 그런 마인드를 품고 산다. 혹은 작심삼일이다. 그러니 이 아가씨의 결심을 어찌 막을 수 있을까? 기회는, 늘 노력하는 사람의 것이다.

하늘도 찬성하는 걸까? 하필 그때 김석중 원장에게서 전화가 왔다.

—홍 부장님!

"원장님, 안녕하세요?"

—죄송하지만 SOS예요.

"관상 성형이라면 파일 들어온 거에 의견 달아서 보내드렸는데……."

—그게 아니고 큰손이 왔거든요. 이 양반 잡아야 해서 관상 성형을 권했더니 한국 관상이 무슨 관상이냐고 콧방귀를 퉁퉁 뀌고 있어요.

"예?"

—바쁘시겠지만 잠깐 좀 안 될까요?

"알았습니다. 대신 저도 손님 하나 달고 갈게요."

전화를 끊은 길모는 숙희를 향해 말했다.

"준비해. 쇠뿔도 단김에 빼자고!"

"홍 부장님!"

체인징 성형외과에 들어서자 김석중 원장이 달려 나왔다. 대기실에 사람은 붐볐지만 분위기는 썩 밝지 않았다.

"여기는 저희 직원입니다. 도움 좀 받을까 하고요."

길모가 숙희를 소개했다.

"잘 오셨습니다. 그런데 지금 도움받을 사람은 저라니까요."

김석중은 서두르는 기색이 완연했다.

"무슨 일이신데 그러세요?"

길모가 물었다.

"우선 이 사진 좀 봐주세요."

김석중이 상담실에서 사진을 내밀었다. 50대 후반의 남성이었다.

"누구죠?"

"손님인데 아주 골머리를 썩게 해서요."

"골머리라고요? 의료 사고라도 난 건가요?"

"그게 아니고… 그 양반이 중국 사람입니다."

"아, 예……."

"아시다시피 우리 병원에 환자 절반 이상이 중국인들 아닙니까? 그런데 그 양반 때문에 자칫하면 중국 쪽 라인을 포기하게 생겼습니다."

"천천히 설명하시죠."

"예, 이게 느닷없는 말도 안 되는 생떼를 만나다 보니……."

김석중은 물을 한 모금 마신 후에 말을 이었다.

"그 양반이 알고 보니 중국 언론의 막후 실력자더군요. 한국에 언론사 방문차 들렀다가 간단한 시술받으러 우리 병원에 왔습니다. 이 양반이 턱을 깎았으면 하는데 체력이 좀 약해요. 그래서 턱은 그냥 두고 광대뼈나 좀 미는 게 좋겠다고 했더니 발끈하더라고요. 아마 제가 편한 수술만 하려고 하는 줄 안 모양이에요."

"네……."

"제 본의가 그게 아니기에 관상 성형 이야기를 들려주었어요. 마음에 안 들면 관상 전문가의 소견을 들은 후에 결정하자고……."

"……."

"그런데 거기서 더 발끈하지 뭡니까? 중국 관상가면 몰라도 이 작은 나라에서 누가 그런 관상을 볼 수 있겠냐며……."

"……."

"혹 떼려다 혹 붙인다고, 이 사람이 저를 사기꾼으로까지 의심하고 있는 형편입니다. 중국에 돌아가면 사이비로 몰아 기사를 쓸 눈치입니다."

"성질 급한 사람이군요."

"그래서 부득 홍 부장님의 도움을… 제 형편도 난처해졌지만, 홍 부장님 솜씨까지 보지도 않고 매도하니 화가 나잖아요."

"제가 만나 보죠. 어디 계시죠?"

"가까운 호텔에 있습니다. 관상에 관심은 많은 것 같으니 한국 관상 전문가가 왔다고 하면 올 겁니다."

"그럼 불러주세요."

"고맙습니다."

김석중은 안도의 숨과 함께 전화기의 버튼을 눌렀다.

오래지 않아 중국 남자가 도착했다. 기자 둘을 거느린 그는 사진보다 오만해 보였다.

"우리 부실장입니다. 중국어에 능통하니 통역으로 쓰시죠."

김석중이 통역을 붙여주었다.

"이 사람이 관상 대가?"

중국 남성은 길모를 보자마자 눈살부터 찌푸렸다.

"그렇습니다. 한국에서는 첫손에 꼽힙니다. 얼마 전에는 사우디아라비아 왕자님께서도 찾아보고 갈 정도였으니까요."

신문기사를 보았던 김석중. 슬쩍 중국인의 주의를 환기시켰다.

"사람 그만 웃기시죠? 보아하니 아직 불혹의 나이도 못 되는 것 같은데?"

남자는 연속 코웃음을 쳤다.

"한 가지 묻겠습니다만 당신은 내게 관상을 본 적이 있습니까?"

듣고 있던 길모가 담담하게 응수했다.

"똥인지 된장인지 먹어봐야 아나? 한국인들은 빨리빨리를 좋아한다더니 관상조차도 속성으로 배우는 모양이군. 한국 기술이 중국에 몇 년 앞선다지만 관상만은 한 100년 뒤처져 있지."

남자의 말을 통역이 길모에게 전했다.

100년!

허얼, 이 근거 없는 자신감은 어디서 나오는 걸가?

"가끔은 똥 같은 된장도 있고 된장 같은 똥도 있는 법이지요."

"에잉, 가세들. 혹시나 하고 와봤더니 역시나야."

남자는 기자들을 이끌고 돌아섰다. 그걸 보자 길모, 오기가 턱밑까지 치올랐다.

"저기요!"

"일 없네."

길모가 불러 세웠지만 중국인은 그대로 문을 열었다.

"그렇다면 당신, 소천락 대인을 아십니까?"

"소천락 대인?"

어느 새 한 발이 나간 중국인이 길모를 돌아보았다.

"내가 비공식이지만 그분과 겨뤄 이긴 사람입니다만!"

낮고도 묵직한 저음이 길모의 목에서 흘러나왔다.

"뭐라? 당신이 소천락 대인과 겨뤄 이겨?"

다시 돌아선 남자의 눈에서 냉소가 튀어나왔다.

"예!"

길모는 그 눈을 똑바로 바라보며 응수했다.

"푸하하핫!"

남자가 너털웃음을 터뜨렸다. 그건 옆에 선 두 기자도 마찬가지였다. 중국 남자의 이름은 소커창. 나중에 알았지만 소천락의 먼 친척이었다.

"이보시오, 원장 선생!"

소커창의 시선이 김석중에게 옮겨갔다.

"예······."

"당신, 진짜 구제불능이로군. 내 기왕에 한 말은 당신에게 경각심을 일깨워 주기 위한 것이었지만 이런 친구까지 내세워 본질을 호도하려 하니 더는 못 참겠소. 당신의 작태를 우리 인민을 위해서라도 중국에 널리 알릴 터이니 그리 아시오."

"소 선생님!"

"아아, 긴말 맙시다. 다른 건 몰라도 관상 가지고 장난질하는 건 참을 수 없소. 나 역시 따지고 보면 관상가 집안의 피가 흐른다 이 말이오."

소커창은 점점 더 위세를 뿜어댔다.

"소커창 선생님!"

길모가 다시 입을 열었다.

"당신은 매사 그렇게 색안경을 쓰고 봅니까? 어째서 남의 말을 이다지 믿지 않는단 말입니까?"

"믿을 가치가 있는 말이어야 믿을 것 아닌가? 그대, 멋모르고 소천락 대인의 이름을 판 모양인데 하필 내가 그 핏줄이니 이걸 어쩌나?"

소커창의 입가에 냉소가 피어올랐다.

"나는 그분의 이름을 판 적이 없습니다."

"가소로운 친구 같으니……."

"정 못 믿겠으면 찍어 먹어봅시다. 누가 된장이고 누가 똥인지!"

길모가 승부수를 날렸다.

"뭐라?"

"소천락 대인에게 연락해서 확인하면 될 것 아닙니까?"

"이자가 점점……."

소커창은 두 눈이 터져라 부릅떴다.

"왜요? 안 될 일이라도 있습니까?"

"그 어르신은 우리 중국에서도 손꼽히는 실력자의 뒤를 봐주시느라 눈코 뜰 새 없이 바쁜 사람이라네. 내 부친께서도 집안의 중대사 때에나 통화할 정도로 공사다망하신데 고작 이런 일 확인을 위해 허비할 시간일랑 없으시네."

"그러니까 한마디로 전화번호가 없으시군요?"

길모는 슬쩍 소커창을 자극했다.

"뭐라?"

"정 그러시면 내가 직접 연락해 보겠습니다."

길모가 전화기를 뽑아 들었다.

"이자가 돈 거 같습니다. 그냥 가시죠."

옆에 있던 기자들이 한마디 거들고 나섰다.

"연결되었으니 잠깐 기다리시죠. 이제는 이미 손가락에 찍어 놓은 된장이 아닙니까?"

길모는 소커창의 발목을 잡아두었다. 그런 다음 간단한 인사를 마치고 통역에게 전화를 건네주었다. 통역은 몇 마디를 나누더니 전화기를 소커창에게 내밀었다.

"바꾸어달랍니다."

통역이 소커창에게 말했다.

"무슨 수작인가?"

소커창은 길모를 바라보았다.

"대인께서 다 듣고 계실 테니 말씀을 가려하시지요."

"뭐라? 이 친구가 보자보자 하니까… 지금 누굴 농락하려 드는 것이냐? 감히 소천락 대인을 이 치졸한 사기극에 끌어들여서 욕 보여?"

발끈한 소커창이 목청을 높였다. 그러자 길모의 전화기에서 소천락의 목소리가 흘러나왔다.

─나를 아는 그대는 누구인가?

"……?"

소커창은 홀린 듯 고개를 돌렸다.

─누구냐고 묻지 않느냐?

전화기가 다시 한 번 저음을 뱉어냈다. 소커창은 그제야 전화기를 받아 들었다.

"웨… 이……?"

단 한마디를 뱉은 소커창의 얼굴이 흑빛으로 변했다. 변한 건 얼굴만이 아니었다. 그의 몸까지 사시나무처럼 떨고 있었다.

"예… 예…….."

통화를 마친 소커창은 휘청 흔들렸다.

"소 국장님!"

기자들이 소커창을 부축했다.

"물, 물 좀…….."

말을 알아들은 통역이 생수를 가져다주었다. 소커창은 한 잔
을 쉬지도 않고 마셔 버렸다. 그런 다음 어디론가 몇 통의 전화
를 걸어댔다. 그렇다고 해서 변할 건 없었다. 그의 얼굴은 더 창
백해졌을 뿐. 몇 다리를 거쳐 진위 확인을 끝낸 소커창은 시선
을 길모에게 돌렸다.

"똥이었나요? 된장이었나요?"

"……."

"말하기 곤란하면 그냥 가셔도 좋습니다. 하지만 미맹이시라
면 맛에 대해 함부로 말하지 마시기를 바랍니다."

"홍… 홍 대인!"

길모가 후끈한 카리스마를 뿜어내자 소커창의 입이 간신히
열렸다.

"결례를 용서하시오. 믿을 수 없는 일이기에 확인을 거치느
라 늦었지만 소천락 대인께서… 당신에게 정중히 사과하라고
하셨소. 당신과 겨뤄서 패한 게 사실이라고…….."

"……!"

소커창의 말을 들은 두 기자들이 휘청거렸다.

"괜찮습니다. 중국은 넓은 땅이니 그 안에서 일어나는 일을
다 알 수야 없겠지요."

길모는 소커창의 사과를 받아들였다.

"다시 한 번 사과드립니다."

소커창, 늘어뜨린 고개를 함부로 들지 않았다. 그에게 있어 소천락이 얼마나 존경스러운 사람인지 엿볼 수 있는 일이었다.

이렇게 해서 길모는 소커창의 관상을 정식으로 봐주게 되었다. 소커창은 세수부터 하고 왔다. 그것도 자그마치 8번이나 씻었다고 한다. 8은 중국인이 좋아하는 숫자였다.

"소천락 대인께서 인정하는 관상 대가에게 티 묻은 얼굴을 보일 수는 없지요."

그는 착한 미소를 머금었다. 아까와는 완전히 다른 표정이었다.

소커창!

당 57세.

관상은 썩 좋지 않았다.

눈을 지난 길모의 시선이 광대뼈에 머물렀다. 그의 광대뼈는 불뚝 솟아 있었다. 기력이 강한 상이다. 그러나 젊을 때의 일이다. 지금은 살이 빠지면서 광대뼈가 그대로 드러날 정도로 살집이 부족했다. 재산이 슬슬 새어 나가고 있다는 증거였다. 재물궁을 보니 과연 그랬다. 아직 위기까지는 아니지만 조금 더 있으면 빈천한 생활을 할 가능성이 농후했다.

그 아래 법령을 보니 그 또한 징조가 있었다. 법령선의 끝이 입으로 향하고 있었다. 아직 입까지 연결되지는 않았지만 흉상에 다름 아니었다.

'그렇다면 입도?'

이건 일부러 확인하지 않아도 되었다. 양쪽 입 끝이 아래쪽으로 무너진 것이다. 이런 입술을 가지면 고집이 강하고 복이 흘러내린다. 자칫하면 쟁송이나 다툼에 휘말리고 부부간 이혼을 할 수도 있었다.

마지막으로 턱을 보았다. 길모는 고개를 저었다. 이 사람은 턱을 건드리면 안 될 상이었다. 만약 건드리면 그 위에 올라앉은 흉상의 징조들이 바로 발현되어 운을 망칠 도화선이 되는 것이다.

"소 선생님!"

상을 읽어낸 길모가 마침내 입을 열었다.

"예!"

소커창은 얌전하게 대답했다.

"부인께서 이혼하자고 하고 계시죠?"

길모의 말을 통역이 옮겨주었다.

"……."

소커창은 대답하지 않았다.

"최근 들어 여기저기 재산이 새고 있고요."

"예, 과연 그렇습니다."

"누군가 쟁송을 거론하는 사람도 있지요?"

"……!"

"턱을 깎으면 그 모든 일이 한 번에 일어나게 됩니다. 그래도 깎으시겠습니까?"

"그, 그런……."

소커창의 입에서 신음이 새어 나왔다.

"선생의 운은 지금 백척간두 위에 서 있습니다. 위태롭게나마 그걸 지탱하는 게 턱입니다. 이런저런 스트레스와 고민으로 몸도 마음도 약해졌지요?"

통역이 길모의 말을 옮기자 소커창은 고개를 끄덕거렸다.

"그런 사람은 절대 턱뼈를 깎아내면 안 됩니다. 턱뼈를 깎아 턱을 더 작고 가늘게 만들면 말년을 불행하게 살게 될 겁니다."

"아!"

"그러니 김 원장님께 감사하는 게 좋을 거 같습니다."

통역이 번역을 전하자 소커창은 공손히 일어나 김석중에게 묵례를 올렸다.

"그럼 저는 얼굴을 건드리면 안 되는 겁니까?"

소커창이 물었다.

"법령선과 입술은 김 원장님의 도움을 받는 게 좋을 거 같습니다. 그렇게 되면 흉액의 기세가 줄어 슬기롭게 위기를 헤쳐 갈 수 있을 것으로 봅니다."

"정말입니까?"

"그럼요."

길모가 웃었다. 그러자 소커창도 따라 웃었다. 두 개의 웃음이 만나면서 이날의 해프닝은 끝났다. 다행스럽게도 전화위복이 된 것이다.

길모는 숙희를 부탁하고 체인징을 나섰다. 소커창은 문 앞까지 따라 나와 길모를 배웅해 주었다.

＊　　　＊　　　＊

"어서 오십시오!"

카날리아에 도착한 길모는 다시 분주해졌다. 오늘도 룸은 발 디딜 틈도 없었다. 덕분에 불시에 찾아온 손님 다섯 팀을 돌려 보내야 했다. 그럴 때가 가장 속이 상했다.

돈 때문은 아니었다. 하지만 룸이 없으니 도리가 없는 것이 다. 업소의 특성상 맛집처럼 번호표를 주고 기다리라고 하는 것 도 어려운 일이었다.

'1층이 완공되면……'

길모는 1층의 별실 관상룸을 떠올렸다. 건물을 신축하는 것 도 아니지만 공사 기일은 꽤 걸렸다. 휴일과 낮에만 작업을 진 행하기 때문에 더 그랬다.

"홍 부장!"

세 번째 손님을 1번 룸에 모셨을 때 이 부장이 다가왔다.

"형님!"

"그 인간 말이야… 답장이 왔어."

"그래요?"

"두어 번은 바쁘다고 막 끊어버리더니 홍 부장 관상 얘기로 떡밥을 놨더니 물더라고."

"다행이네요."

"일찍은 못 오고 업무처리 끝나는 자정 이후에나 온다던데 괜찮겠어?"

"손님 모시는데 시간이 문제가 되나요?"

길모가 웃었다.

"진짜 잘되는 거지? 나 낮에 한잠도 못 잤어."

"그런 거 같네요. 눈이 토끼눈이잖아요."

"어휴, 내가 미쳤지……."

"잘될 겁니다. 피곤하면 짬짬이 좀 쉬세요."

"알았어. 그 인간 오면 내 룸에 넣고 연락할게."

"예!"

길모는 기꺼이 대답했다.

이 부장, 긴장한 모습이 역력했다. 하긴 돈이 무려 3억이었다. 어찌 두 다리 펴고 잘 것인가?

자정이 갓 지났을 무렵, 뉴스 속보가 나왔다. 검찰 수사를 받던 마창룡의 귀가 소식이었다. 긴 조사에 피곤했던지 마창룡의 얼굴에는 생기가 없었다.

마창룡은 검사들의 예봉을 잘도 피했다. 수중 금고의 돈은 변호사 시절에 번 돈과, 동생과 합작으로 시작한 식당에서 벌어들인 돈을 보관한 것이라고 둘러댄 것이다. 그에 앞서 우애가 돈독한 동생은 수중 금고는 처음부터 자기 의견이었다며 음독자살까지 시도했다. 물론, 일찍 발견(?)되어 병원으로 실려 갔고 생명에는 아무 지장도 없었다.

─검사들에게 내 결백함을 다 밝혔습니다. 돈을 엉뚱한 방법으로 보관해 사회적 물의를 일으킨 점, 깊이 반성하며 동생과 상의해서 금고의 돈 일체를 기부하기로 결심했습니다.

마창룡의 승부수.

그러나 본심이 의심되는, 어쩔 수 없는 상황에 나온 이미지 사수용 선언에 불과했다.

[완전 속 보이는데요?]

복도 끝의 노트북을 넘겨보던 장호가 수화를 그렸다.

"그래도 좋은 일에 쓰겠다니 다행이잖냐?"

[어휴, 저거 우리가 다 쓸어왔어야 하는 건데!]

"그렇게 아까우면 마창룡이 다시 올 때를 기다려라. 만약, 그가 온다면 저 남은 돈은 우리 차지가 될 수 있을 테니까."

[예?]

길모는 어리둥절하는 장호를 두고 강 부장의 룸으로 들어갔다.

그 안에서 귀빈들의 관상을 봐주며 생각했다.

올까?

길모의 머리에는 마창룡이 있었다. 도 아니면 모의 길에 들어선 마창룡. 검찰의 예봉은 운 좋게 비껴갔다. 현역 중진 의원이라는 아이템이 위력을 발휘한 것이다.

국회의원들!

상당수는 마창룡과 동병상련이다. 그러니 그를 홀로 수렁에 넣기 어렵다. 그러다가 마창룡이 억하심정을 먹고 정치권의 비리를 공개라도 하는 날에는 쓰나미를 덮어쓸 판이었다. 그러니 그들 또한 마창룡에게 손을 내밀었을 일.

부르르!

한참 인재상에 대해 열을 올릴 때 길모의 전화가 진동을 울렸다. 받지 않았다. 손님들과 대화를 할 때는 하늘이 무너져도 손님이 우선이었다.

부르르르!

진동이 거푸 들어왔다. 그래도 무시하자 이번에는 승만이 들어와 길모에게 메모를 건네주었다.

―장호가 빨리 좀 나와 보시라는데요?

장호가?

"그럼 즐거운 시간 되십시오."

차분히 인재상을 마무리한 길모가 자리를 털고 일어섰다. 복도로 나오니 장호가 문 앞에서 조바심을 내고 있었다.

"왜 그래? 똥마려운 강아지처럼?"

[형!]

"이 부장 님 손님 왔냐?"

[그, 그게 아니고… 빨리 나가 봐요.]

"얘가 왜 이렇게 누렇게 떠서 난리야? 뭐 마창룡이라도 왔냐?"

[네!]

장호, 기다렸다는 듯이 수화를 그려댔다.

마창룡이 왔다고?

나이쓰!

길모는 내심 쾌재를 불렀다.

제6장

빛나는 뒤처리

마창룡!

그는 초라한 자가용 안에 있었다. 모자도 눌러썼다. 그냥 봐
서는 누군지 알 수 없는 변장이었다.

"오셨습니까?"

길모는 모른 척 인사부터 올렸다.

"급하게 오느라 예약을 못 했네."

"예……."

"룸 있나?"

"만들어 보겠습니다."

길모는 장호를 내려보냈다. 부장들에게 확인한 결과 서 부장
의 12번 룸의 손님이 일어서고 있었다. 길모는 그 룸을 비웠다.

"초이스 하시겠습니까?"

룸에 따라 들어서며 물어보는 길모.

"필요 없고 홍 부장이나 거기 좀 앉으시게."

"그러시면 한잔하고 계시십시오. 제가 다른 손님께 양해를 구하고 바로 오겠습니다."

길모는 최고급 꼬냑을 세팅해 주었다. 얼핏 보니 마창룡은 술 생각이 없었다. 하지만 그렇다고 서 부장의 귀한 룸을 꽁으로 쓸 수는 없었다. 더구나 하나도 존경스럽지 않은 의원 나리가 아닌가?

복도로 나온 길모는 일부러 시간을 끌었다.

마창룡!

시간을 계산해 보니 검찰청에서 나와 바로 달려온 길이다. 30분 정도 차이가 나는데 그건 아마 보좌관들과 뭔가를 숙의했을 터.

그렇다면 왜 왔을까?

그는 독이 오를 대로 올랐다. 뒤통수를 맞은 것이다. 그것도 치명타였다.

길모는 그의 속내가 짐작이 되었다.

대한민국의 리더들. 특히 찌질한 리더들은 사고가 나면 대다수 이런 조치부터 취한다.

"누가 그랬는지 알아 봐."

사고(思考) 한 번 저렴하다.

사고의 원인은 관심 없다. '누구'가 중요한 것이다. 그런 다음 반드시 보복 조치를 취한다. 법보다 앞서 감정으로 처단하는 것이다.

'그렇다면……'

애태우기!

길모는 느긋했다. 이 또한 협상의 우위를 차지하는 전략에 속했다.

정확히 10분 지나서야 길모는 12번 룸의 문을 열었다.

'3분의 1······.'

문을 열면서 길모는 생각했다. 마창룡이 꼬냑의 3분의 1을 비웠을 거라고. 그 예측은 정확했다. 술 생각이 없었지만 룸 안에 혼자 남은 몸. 온갖 잡념이 들끓었을 것이다. 그래서 한 잔을 마셨다. 한 잔이 또 한 잔을 불렀다.

길모는 말없이, 묵례를 올렸다.

"앉게."

마창룡, 볼은 벌겋게 상기되어 있지만 시선은 흐트러지지 않았다. 정치판에서 굴러먹은 관록이 고스란히 발휘되고 있는 것이다.

"이번에는 어떤 일로······."

길모는 처음처럼 시치미를 잡아뗐다.

"뉴스 못 봤나?"

마창룡이 매운 눈빛으로 물었다.

"죄송합니다. 저희 직업이 워낙 밤낮이 뒤바뀌고 밤에는 손님들 때문에 정신이 없다 보니······."

"다행이군."

"의원님이 관련된 거라면 가신 후에라도 챙겨 보겠습니다."

"그럴 필요는 없고 관상 좀 부탁하네."

"관상이라면⋯⋯."

마창룡은 사진 세 장을 꺼내놓았다.

"뉴스 보면 알겠지만 어떤 놈이 내 뒤통수를 쳤네. 자네 말대로 구속의 위기는 면했지만 내상이 꽤 크다네."

"그, 그런 일이⋯⋯."

"성실하게 돈 모은 것도 죄가 되는 게 정치판이라네. 이 나라 국민들은 정치인들이 이슬만 먹고 살기를 바라지. 해서 성실하게 모든 돈을 은행에 넣지 못하고 개인 금고에 넣어두었는데 그게 문제가 되었네."

"⋯⋯."

"그래서 기왕 희사하는 김에 남은 돈도 기부하기로 작정을 했네."

"네⋯⋯."

"하지만!"

마창룡의 목소리에 불끈 힘이 들어갔다.

"제보 따위나 하면서 뒤통수를 친 놈만은 그냥 둘 수 없네. 다만 지금 형편이 이렇다 보니 검찰이나 경찰의 힘을 빌릴 수도 없어서 자네를 찾아왔다네."

"⋯⋯."

"자네라면 알겠지? 내 금고에 대해 알고 있는 측근들 사진을 가져왔으니 짚어주시게. 둘은 내 보좌관이고 하나는 동생의 조리사네. 차후에 이 일이 잠잠해지면 내 반드시 자네를 챙겨주겠네."

위엄!

야성의 늑대의 위엄이 뿜어져 나왔다. 하지만 그는 모르고 있었다. 지금 그가 제시하는 이 일이 늑대의 발톱과 이빨마저 다 걸어야 하는 일임을.

"의원님!"

마창룡과는 달리, 길모는 바쁠 게 없었다.

"부탁하네. 소는 잃었지만 외양간은 고쳐야 하네."

길모는 그제야 사진을 집어 들었다.

"물론… 이 세 사람 안에 의원님이 찾는 사람이 있습니다."

"그, 그래?"

마창룡이 전격적인 반응을 보였다.

"하지만 그냥 묻어두지 않으면 의원님에게 더 큰 횡액이 내릴 수 있습니다."

길모는 슬쩍 돌아갔다. 바짝 달아오른 마창룡의 감정에 불을 붙이는 것이다.

"횡액? 지금 이것보다 더 큰 횡액이 어디 있겠나?"

"……."

"말해주게. 모든 것은 다 내가 책임지겠네."

"의원님, 저는 의원님의 미래를 위해서……."

"내가 책임진다고 하지 않는가?"

마창룡이 폭주하고 있었다. 눈앞에 뒤통수를 친 범인이 있다. 이미 뒤집힌 눈알을 어찌 거두랴?

길모는 회심의 미소를 감추며 인간의 본성을 생각했다.

열 받으면 못 먹어도 고!

이게 인간이다. 실제 고스톱 판에서도 그렇다. 죽어도 안 되는 날이 있다. 오광을 들어도 광박을 당하고, 파이브 고를 눈앞에 두고 3점짜리 고박을 쓴다. 이런 날은 쉬어야 한다. 하지만 절대 쉴 수 없다. 오기가 목을 잡아끄는 것이다.

술도 마찬가지다. 대개 어느 정도까지는 절제를 한다. 그러나 딱 한 잔이 오버하면 폭주하기 시작한다. 술이 술을 먹는다. 몸 망치고 돈 버리는 지름길이다. 다 알고 있다. 다만 제어할 수 없을 뿐이다.

마창룡이 그 짝이었다.

방금 검찰 수사를 마치고 나온 사람. 자중해야 할 시점이었다. 그런데 참을 수가 없었다. 대체 누가? 누가 감히 나를? 잘난 자존심 저 아래에서 용암처럼 부글거리는 조바심. 마창룡은 그 조바심의 포로가 된 지 오래였다.

"기부 단체는 정했습니까?"

길모, 엉뚱한 질문을 날렸다.

"기부?"

"동생 분과 상의해서 금고의 돈을 희사하기로 했다고 하셨습니다."

"아침에 결정할 걸세."

"그러시면 여기에다 하시는 게 좋을 것 같습니다."

길모가 내민 건 헤르프메 명함이었다.

"헤르프메?"

"의원님의 상(相)과 잘 맞는 단체입니다. 횡액을 비껴가는 데 도움이 될 겁니다."

"지금 하라는 건가?"

"횡액을 제공한 인물을 찾아내기 전이니… 아마 신에게 바람을 전할 때 올리는 정화수 같은 작용을 해줄 겁니다."

마창룡은 잠시 길모를 바라보았다. 그러더니 마지못해 수화기를 들었다.

"난데, 검찰에 압수된 금고의 돈들 말일세, 지금 바로 보도 자료 작성해서 언론사에 전송하도록. 수사 종결되는 즉시 헤르프메 재단에 기부하겠다고."

"……."

"누군가?"

통화를 마친 마창룡이 길모를 재촉했다.

"이 사람입니다."

길모는, 기다렸다는 듯이 첫 번째 사진을 내밀었다.

"내 보좌관이?"

마창룡의 눈알이 휘둥그레졌다. 내심 믿는 사람인 모양이었다.

"그리고 이 사람도……."

길모는 두 번째 사진도 내밀었다.

"김 사무장도?"

"그리고……."

길모는 마지막으로 마창룡 동생의 조리사 사진까지 내밀었다.

"……!"

마창룡의 시선이 길모에게 박혀왔다. 당혹과 당황이 뒤섞인 눈빛이었다.

"셋이 공모라도 했단 말인가?"

"아닙니다."

"그럼? 무슨 뜻인가?"

"이 세 분의 관상은 깨끗합니다. 용기 있고 성실하고 빈틈이 없군요. 네모난 얼굴형과 눈썹과 눈이 바짝 붙은 상, 이중 턱에 아래 위가 고루 두툼한 얼굴들이 그걸 반증하고 있습니다."

"그런데 왜?"

"이미 마 의원님 마음속에서는 이분들 중 누구 하나가 배신을 때리지 않았습니까?"

"……?"

"그러니 어느 한 분에게 보복한다고 그 마음이 가실 리 없습니다. 내치려거든 다 바꾸십시오."

"뭐라?"

"하지만 한 가지는 기억하십시오."

"……?"

"이분들 중 누구 하나라도 내치면 의원님께는 바로 형옥의 운이 닥칠 겁니다. 명궁에 살짝 내려앉은 형옥의 기세에 기름을 붓는 꼴일 테니까요."

"그, 그런?"

"소나기는 피해 가서야 합니다. 맞서면 완전히 젖게 됩니다. 아니, 어쩌면 녹아버릴지도 모르지요."

"그게 자네가 읽은 천기인가?"

"의원님도 아시는 천기입니다."

"나도 안다?"

"이분들과 함께 호젓하게 몇 달 템플스테이라도 하시죠. 그러면 소나기는 그쳐 있을 테고 이분들과의 사이는 더 돈독해져 있을 겁니다. 사람은 대개 어려움이 닥치면 누군가를 희생양으로 삼아 정당성을 확보하거나 위로받으려 하지만 의원님의 경우는 아닙니다. 하필 이마에 주름이 없어 닥친 횡액이니 이 세분을 굵직한 주름으로 삼으면 다시 승승장구할 수 있을 것으로 봅니다."

"허어!"

"부디 오늘 잠깐의 기분을 위해 미래를 망치지 마시기 바랍니다."

"……."

"계산서는 여기 있습니다."

길모는 계산서를 건네며 복도를 향해 말했다.

"장호야, 의원님 가신다. 누가 보면 좋지 않으니 오가는 사람 없을 때 모셔라."

길모는 그 말을 두고 일어섰다. 계산서는 2,500만 원이 적혀 있었다.

마 의원, 잠시 주저했지만 결국 일어났다. 그의 머릿속에 부유했을 현금에 대한 집착과 증오. 남은 돈마저 다 털어버리자 증오와 미련이 내려앉은 것이다.

그게 바로 조금 남았을 때와 완전히 비었을 때의 차이였다.

[어떻게 됐어요?]

차가 멀어지자 장호가 수화를 그려댔다.

"뭐라고?"

[어떻게 됐냐고요!]

"그건 마 의원에게 물어봐야지."

길모는 먼 도로를 바라보며 빙긋 미소를 머금었다.

[아, 진짜 그럴 거예요? 궁금해 죽겠는데…….]

"관상은 봐줬다. 하지만 결국 결정은 마 의원이 내리는 거니까."

[그러니까 그게 무슨 결정이냐고요?]

"마 의원… 금고 턴 주범을 찾고 있어. 아마 누군가가 발설을 했다고 생각하는 모양이야.

[붕신!]

"원래 도둑보다 도둑맞은 사람이 더 생각이 많은 법이다. 주변 사람들이 죄다 의심스러워지거든."

[그래서요?]

"심증이 가는 사람 세 명의 사진을 가지고 왔더라. 그중에서 누가 범인인지 좀 봐달라고……."

[붕신!]

장호의 수화가 한 번 더 비웃음을 그려댔다. 어째서 안 그럴까? 진범에게 누가 범인이냐고 묻다니? 웃음이 나올 일이었다.

"셋 다 내치든지 셋 다 품든지 택일하라고 했다. 아마 셋 다 품을 거야."

[에… 그럼 마 의원은 교도소에 안 가는 건가요?]

"아마."

[에이, 이놈의 나라는 국회의원들은 먹어도 끄떡없으니…….]

"너도 억울하면 국회의원하든가."

[형!]

"내 생각도 너랑 같다. 확 처넣어서 무기징역이라도 살게 하면 좋지. 그런데 저 인간들 동업자 의리가 보통이 아니야. 리스트에 오른 14명 있지? 그 인간들 관상 보니까 여차하면 똘똘 뭉칠 기세더라."

[으아, 그런 인간들을 믿고······.]

"그 14명은 국회의원 중에서도 나름 중진이거나 파워를 가진 자들. 더구나 고 사장은 죽어버렸으니 산 자들이 유리하지. 무슨 말인지 알지?"

[그럼 우리 리스트에 올라온 인간들 다 털어버려요. 아니면 형이 관상으로 다 토해내게 하든지.]

"좋아. 그럼 살생부에 올려두고 나중에 기회 오면 탈탈 털어주자. 하지만!"

길모는 장호를 바라보며 말꼬리를 붙였다.

"지금은 마창룡으로 만족해라."

길모는 장호의 마음을 위로해 주었다. 길모보다도 정의감이 펄펄 끓어 넘치는 나이. 그걸 위해서라면 목숨도 불사할 나이. 과거 민주화를 이루어낼 때 수도 없이 증명된 일이었다. 그 최루탄 속에 누가 뛰어들었던가? 무자비한 진압 속에 누가 선봉에 섰던가.

그때였다.

요란한 발소리와 함께 이 부장이 계단을 올라왔다.

"홍 부장, 여기 있었네?"

"형님?"

"온대, 온다고!"

이 부장은 숨이 넘어갈 듯 헐떡거리며 말했다.

"채권자 말입니까?"

"그래. 곧 도착한다고 연락이 왔어."

[어, 저기 차 들어오는데요?]

옆에 서 있던 장호가 수화를 그렸다.

"맞아. 그 인간이야."

이 부장의 목소리는 벌써부터 긴장감이 가득했다.

"잘 모시세요, 저는 내려가 있겠습니다!"

길모는 유유히 발길을 돌렸다. 텐프로에 오는 손님. 누구를 막론하고 친절히 모셔야 했다. 큰 물주가 아닌가? 더구나 이 부장의 채권자면, 잘하면 3억의 매상(?)을 풀어놓을 사람이었다.

3억!

*   *   *

사설 도박업자 겸 사채업자 전기범.

그는 수하의 심복만을 거느리고 룸에 입성했다.

"코가 삐뚤어지게 쏘겠다고?"

소파에 앉기 무섭게 등을 기대며 다리를 꼬는 전기범. 반면 그를 수행하는 수하는 말없이 앞자리에 앉았다.

"말씀만 하십시오. 바로 세팅해 드리겠습니다."

이 부장은 메뉴를 내밀었다.

"뭐가 이렇게 비싸? 뭐? 양주 한 병에 500, 1,000?"

"텐프로 아닙니까?"

"텐프로 술 마시면 로또라도 맞나?"

주문부터 시비조로 나오는 전기범.

"야, 네가 알아서 시켜라 어차피 돈은 안 받는단다."

전기범은 메뉴판을 수하 쪽으로 던져놓았다.

"이거!"

수하가 짚은 건 1,000만 원짜리 꼬냑이었다. 숫자가 마음에 든다나 뭐라나…….

"아가씨는 어떤 애들로 앉혀드릴까요?"

이 부장이 물었다.

"당신 꼴리는 대로 데려와. 다만 좀 만진다고 도끼눈 뜨는 년들 말고."

전기범의 입은 너저분했다. 돈을 빌려줄 때와는 완전 딴판이었다.

"아가씨들 팁은 주셔야 합니다."

"그거야 하는 거 봐서."

이 부장은 퉁명스러운 전기범의 말을 흘려들으며 복도로 나왔다.

"아, 진짜 수준하곤……."

이 부장은 참았던 불만을 터뜨렸다.

"존나 더티한데요?"

보조 나영운도 촉각을 곤두세웠다. 척 봐도 진상과였다. 그런

데다 모셔온 손님이다. 진상 위의 진상을 떨어도 제재하기 어렵게 되었다.

"야, 다찌방에 전화해서 A급으로 두 명 콜해라. 완전 쭉쭉빵빵하고 야시시하게 입은 애들로."

"알겠습니다."

아가씨들은 오래지 않아 도착했다. 비전은 좀 아니었지만 사이즈는 훌륭했다. 이미 특명을 받은 까닭인지 옷차림도 마음에 들었다. 몸매와 속옷이 고스란히 드러나는 실루엣. 술 한잔 먹은 수컷이라면 환장 일 초 전에 돌입할 정도였다.

"한 잔 올리겠습니다."

아가씨와 술이 세팅되자 이 부장이 바람을 잡기 시작했다.

"이게 천만 원짜리 술이라고? 야, 이 부장 당신 돈 거저먹네? 나도 이 장사나 해볼까?"

술을 받아든 전기범이 냉소를 뿜었다.

"워낙 고가의 술이잖습니까? 고율의 세금 내고, 따귀 빼고, 국물 빼면 남는 거 별로 없습니다. 사업은 전 사장님이 알짜 아니겠습니까?"

"사채? 그것도 다 옛날 말이지. 저축은행들 공격적 약진 몰라?"

"다른 것도……."

"하우스? 그거야 사회봉사지 돈이 되나? 나이 먹은 애들 오락장소 제공하는 거라고."

"……."

"그나저나 관상 대가 있다며? 시간 별로 없으니까 빨리 데려오라고."

전기범은 본론을 재촉했다.

"아따, 남자는 삼 배 아닙니까? 세월이 좀 먹는 것도 아니고……."

이 부장은 전기범의 빈 잔을 채우며 슬쩍 변죽을 울렸다.

"아가씨는 마음에 드십니까?"

"아가씨?"

술을 절반쯤 비운 전기범이 아가씨를 돌아보았다.

"몸매는 좀 되네."

"그럼요. 완전 A급들입니다."

"거기도 A급이야?"

거기!

직구였다.

"그거까지는 제가 모르지요."

"그것도 모르면서 물장사야? 아가씨 장사하려면 겉부터 속까지 다 꿰고 있어야지."

술잔을 내려놓은 전기범은 대뜸 아가씨에게 피아노 연주를 시작했다.

"어머!"

"내숭은… 야, 이 정도에 내숭 떨려면 술집에 왜 나와?"

전기범이 눈알을 부라렸다.

"아직 아가씨들이 낯이 서니까… 천천히……."

이 부장이 조심스레 끼어들었다.

"됐으니까 관상도사인지 뭔지나 데려와."

전기범은 다시 다리를 꼬았다.

"찾아주셔서 감사합니다. 홍 부장입니다."

잠시 후에 들어온 길모, 묵례와 함께 명함을 건넸다.

"애 아냐?"

전기범은 마뜩치 않은 눈치였다.

"나이는 어리지만 관상 대가들도 다 인정하는 실력입니다. 제가 말씀드렸지 않습니까? 사우디아라비아 왕자도 확 녹여 버린 실력이라고. 뿐만 아니라 저 유명한 연예기획사 에드왈과 몽몽 코스모틱의 최 회장님 등도……."

"됐고"

분위기를 띄우는 이 부장을 전기범이 막았다.

"당신이 그렇게 관상을 잘 본다고?"

전기범의 시선이 길모를 조준했다.

"흉내는 좀 냅니다."

"이 부장이 하도 입에 침이 마르길래 한 번 와본 거야. 내 관상은 어떤가?"

우물에 와서 숭늉 찾는다더니 전기범은 그보다 한 수 위였다. 닥치고 관상이나 말해라. 딱 그 꼴이 아닌가?

"우리 전 사장님… 잘 좀 봐드려."

이 부장도 한마디 거들었다.

길모는 전기범을 바라보았다. 무심한 눈이었다. 전기범은 그 시선이 어색한지 눈을 두어 번 끔벅거렸다.

"뭐가 이렇게 오래 걸려?"

채권자의 오만은 한시도 멈추지 않았다.

'번갯불에 콩을 볶아 달라? 그렇게는 못 하지.'

길모는 시선을 돌려 전기범의 수하를 바라보았다. 그런 다음 미소를 머금고 일어섰다.

"왜?"

이 부장이 놀란 표정을 하며 물었다. 전기범 역시 뜨악한 눈빛이었다. 그 시선을 즐긴 길모는 단칼에 잘라 말했다.

"죄송하지만 관상을 보지 않겠습니다."

거부.

위험한 단어가 나왔다. 하지만 길모는 그 심각성조차 잊은 듯 그대로 룸을 나가 버렸다.

"저 새끼 지금 뭐라고 씨부린 거야? 뭐 관상을 안 봐? 지금 나랑 놀자는 거야?"

때늦게 달아오른 전기범이 인상을 긁으며 말했다.

"사장님을 개밥 취급하는데요?"

조용하던 수하도 그냥 넘어가지 않았다.

"잠, 잠깐만요. 뭔가 잘못되었을 겁니다."

이 부장은 수습하느라 정신이 없었다. 이해할 수 없는 일이 일어났다. 자기를 도와주겠다며 전기범을 호출한 길모. 그런데 돕기는커녕 무성의한 한마디를 남기고 퇴장해 버리다니.

"저 새끼 데려와. 당장!"

뚜껑이 열린 전기범이 펄펄 뛰기 시작했다.

"잠, 잠깐만요!"

이 부장은 거의 헐떡이다시피 하며 복도로 나왔다. 길모는,

거기 있었다. 아무 일도 없는 듯 룸 바로 앞의 복도에.

"홍 부장……."

이 부장의 목소리는 떨고 있었다.

"방방 뛰고 있나요?"

다 보고 있는 듯 빙그레 웃으며 묻고 있는 길모.

"누구 망하는 꼴 보려고 그래? 관상 봐준다면서 그렇게 말하면 어쩌라고? 설령 안 좋더라도 뻐꾸기나 좀 날리면 될 걸 가지고."

"지금 타이밍 보고 있는 겁니다."

"타이밍? 무슨 타이밍?"

"뻐꾸기 날릴 타이밍요."

길모가 다시 웃었다. 영문을 모르는 이 부장은 속이 까맣게 타들어갔다. 3억 채권자. 그렇잖아도 간을 잘라라 신장을 떼라 협박이 오가는 중이었다. 장기를 내놓으라는 거야 협박인 줄 알지만 저 성격에 온갖 행패를 부릴 건 자명한 일. 그렇게 되면 이 부장의 유일한 돈줄인 카날리아마저도 떠나야 할 형편이었다.

"대체 왜 그러는 거야?"

이 부장은 애원하듯 물었다.

"걱정 마세요. 발동 좀 걸어둔 것뿐이니까."

"발동이라고?"

"보시다시피 관상에 별 관심이 없잖아요. 저런 인간에게 처음부터 관상을 설파하면 온갖 핑계와 이유를 대며 이건 어떠냐, 저건 어떠냐 하며 인증 태클만 걸어댈 겁니다. 그래서 미리 사전정지 작업 좀 한 것뿐입니다."

"그러니까… 작전이라는 거야?"

"임기응변이죠, 뭐. 제가 그러고 나오니까 관상에 대해 호감을 갖는 거 같지 않습니까?"

"어휴, 지금 누구 심장 쫄깃하게 쓸려 나가는 꼴 보려고 그래? 저러다 가버리면 나 내일 아침에 병원에서 발견돼. 신장에 콩팥에, 간에 안구까지 쏙 뽑힌 채……."

이 부장, 당혹의 끝에 도달하고 있었다. 그렇기에 신장과 콩팥조차 구분하지 못하는 것이다. 게다가 안구는 왜? 안구는 죽은 사람이 아니면 적출할 수 없다. 그건 이 부장이 길모에게 풀던 썰에도 자주 등장하던 상식이었다.

"이제 들어갈까요?"

길모가 문을 가리켰다. 한없이 자극된 오기. 그 오기에 쐐기를 박아줄 타이밍이었다.

"오, 잘난 관상 대가께서 오셨군."

전기범, 여전히 비아냥으로 길모를 맞이했다. 그렇거나 말거나 길모는 가벼운 묵례로 손님에 대한 예를 갖추었다.

"홍 부장이라고? 당신이 그렇게 관상을 잘 보나?"

"말씀드렸다시피 흉내나 내는 정도입니다."

길모는 담담하게 말을 받았다.

"그런데!"

뒷말이 확 올라가는 동시에 테이블을 내려치는 전기범. 그 바람에 아가씨들 입에서 비명이 터져 나왔다.

"깍!"

"쉬잇!"

길모는 태연하게 손가락으로 입술을 가리키며 아가씨들을 안심시켰다.

"바쁜 사람 불러놓고 감히 가지고 놀아?"

전기범의 눈에서 번개가 번쩍거렸다. 생각보다 훨씬 더 열 받은 모양이었다.

"결례가 되었다면 죄송합니다."

"얼렁뚱땅 넘어가겠다?"

"그런 뜻은 아닙니다만……."

"어이, 당신. 뭘 모르나본데 나 여기 오시고 싶어 오신 분 아닙니다요. 제가요 하는 일이 많아서 몸이 열 개라도 모자라거든요. 그런데 저기 저 이 부장인지 삼 부장인지 당신 가게에서 일하는 양반이 나한테 채무가 좀 있어요. 아직 젊은 사람이 먹고 살려고 발버둥치는 게 딱한데다 빚 제대로 못 갚는 죄로 술이나 한잔 쏘면서 안주 삼아 관상 봐드리겠다길래 겨우 시간을 냈는데 뭐? 관상을 못 봐?"

"……."

안주 삼아!

길모, 하마터면 헐 하고 탄식을 쏟을 뻔했다.

"어이, 당신이 여기 오너라며? 솔직히 저 친구 빚이면 당신도 도의적 책임 있는 거 아니야? 우리 이 부장 말이 당신 입금 맞춰주느라 돈 땡기는 거라고 했거든."

"그럴 수도 있겠지요."

길모는 잠시 오너의 여유를 보였다.

"됐고, 대체 얼마나 관상을 잘 보길래 건방을 떠는지 확인이나 해보자고."

전기범은 따가운 시선을 길모에게 겨누며 뒷말을 이어갔다.

"대신 헛소리나 해대면 오늘 밤 영업은 물 건너간 줄 알아. 내가 좀 취한 데다 기분까지 더러워져서 꼬장 좀 제대로 부릴 거 같으니까."

"접수하죠!"

길모는 기꺼이 응수했다.

"허, 이 친구 봐라?"

"대신 저도 옵션 하나 걸어도 되겠습니까? 그래야 공평할 거 같은데요?"

길모의 입꼬리를 살짝 말아 올렸다.

"옵션?"

어이없다는 반응을 보이는 전기범. 그렇기에 다음 말도 어렵지 않게 튀어나왔다.

"어디 너 꼴리는 대로 해봐라."

전기범은 아가씨를 거칠게 당겨 품에 넣었다.

"보아하니 관상 같은 건 믿지 않으시는군요?"

"당연하지. 내가 믿는 건 오직 이것뿐이야."

전기범은 현금을 꺼내 흔들었다.

쩐신교(錢信敎) 광신도.

흔히 뒷골목이나 밤의 업종에 관련된 사람들이 많이 신봉하는 종교였다. 다른 말로 바꾸면 내가 믿는 것은 오직 나뿐이다

라는 말이기도 했다.

'상판대로……'

길모는 빙긋 웃음을 삼켰다.

전기범의 관상 중에서 첫 째로 시선을 끌었던 상. 그건 바로 인중이었다. 그는 인중이 길었다. 긴 인중. 남의 말을 안 듣는 상이었다. 거기에 호응하듯 눈썹도 일자. 일자 눈썹이 무엇인 가? 한마디로 겁대가리 상실파라는 이야기.

'실은 나도 당신의 징그런 상판을 뜯어볼 생각은 별로 없어.'

길모는 전기범의 얼굴에 눈높이를 맞추었다. 하지만 그 시선을 거둘 때마다 길모가 건져온 건 수하의 관상이었다.

'길이 없으면 길을 낸다. 하지만 그 길을 낼 자리에 구더기가 득실거린다면……'

길모는 소리 없이 뒷말을 이었다.

'돌아가면 될 일!'

룸을 나가는 순간, 길모는 이미 마음을 정하고 있었다. 똥이 더러워서 피하지 무서워서 피하랴. 목적은 3억을 퉁 치는 것이 므로 누구의 관상을 보든지 상관없는 일.

사실 그 싹은 처음에 운전기사의 얼굴을 보는 순간 고개를 내밀었다.

간접 공략!

두 수하의 관상에는 길이 있었다. 오히려 쉬웠다. 그러니 따지고 보면 길모 입장에서는 수고를 더는 일에 다름 아니었다.

맞은편 수하의 이름은 오상철.

당 34세.

우선적으로 기본 체크인 눈을 보았다. 삼각 눈이다. 자기 억제를 잘하지 못하는 상. 전체적으로는 올빼미 상이었다. 올빼미로 길상이 되려면 오상이 고르게 좋아야 한다. 하지만 오상철의 얼굴은 모나고 굴곡이 심했다. 본시 올빼미 상은 타관 객지를 떠돌며 자수성가를 할 운명이다. 따라서 고생 좀 한 사람이었다. 하지만 전기범의 수족 노릇을 하다 보니 점차 악상이 되었다. 워낙에 모진 일이 아닌가?

'이런저런 상 스캔은 이쯤하고……'

길모는 다시 전기범을 보는 척하며 수하의 재복궁을 읽었다. 길모가 원하는 것들이 그 안에서 출렁거렸다. 눈을 뭉치다 보면 지푸라기나 흙도 좀 묻는 법.

'이제 슬슬 간접 사냥에 나서볼까?'

길모는 감았던 눈을 바로 떴다

*   *   *

"두 분은 인연을 맺은 지 6년째로군요."

길모, 전기범이 아니라 오상철을 바라보며 천천히 운을 뗐다. 술을 마시던 오상철이 길모를 바라보았다. 어쭈? 하는 눈빛이었다.

"사장님은 이 사람을 만날 때 4천만 원을 주셨군요. 마이낑이었나 보죠?"

마이낑, 길모식으로 치면 선금을 말하고 있는 것이다. 그쯤에서 전기범의 시선도 길모에게 고정되기 시작했다.

"돈 받는 능력이 탁월하군요. 오자마자 전 사장님께 1억 7천을 벌어줬습니다."

길모의 시선은 여전히 오상철에게 있었다.

"두 번째는……."

거기까지 말한 길모가 전기범에게 시선을 돌렸다.

"아무래도 돈 얘기는 단둘이 하는 게 좋지 않을까요?"

"왜? 사람이 많으면 점괘가 안 나오나?"

전기범의 입에는 여전히 냉소가 가득했다.

"원래 돈이라는 게 집중해야 하는 거 아닙니까? 중요한 거니까."

"상철아, 나가서 칼 좀 갈고 있어라."

전기범이 오상철을 바라보았다. 오상철은 절도 있게 일어나더니 그대로 룸을 나갔다.

"너희도 나가 있어."

전기범, 이번에는 파트너 아가씨의 히프를 소리가 나도록 때렸다.

"이 부장님도 잠깐 나가계시죠."

마지막 정리는 길모의 몫이었다.

"나, 나도?"

이 부장은 당혹스러운 표정을 지었다. 3억은 이 부장의 채무. 그러니 모든 과정을 지켜보고 싶은 마음이 굴뚝같았다.

"오래 걸리지 않을 겁니다."

길모가 한 번 더 말하자 이 부장 역시 발길을 돌렸다.

탁!

문소리가 나면서 룸 안에는 짧은 적막이 흘렀다.

"자신 없으면 지금이 타이밍이야. 싹싹 빌면 체면은 세워주고 가지."

전기범은 다시 오만을 작렬시켰다.

"두 번째부터 가겠습니다. 2억을 벌어주었죠? 아니, 정확히 말하면 2억 4천입니다."

"무슨 소리야?"

담배를 문 전기범이 연기를 뿜어냈다.

"당신의 채권을 수금해 왔겠죠. 2억짜리 말입니다. 5년 전에……."

"2억짜리 골칫덩이 채권을 받아온 적이 있었지. 중소기업 사장 놈이 급전을 땡겨 쓰고는 헛소리를 하지 않겠어. 응?"

징그런 미소를 흘리던 전기범이 고개를 들었다. 액수의 차이를 깨달은 것이다.

"지금 뭐라고 했나? 2억이 아니고 2억 4천?"

"예!"

길모는 짧게 대답했다. 떡밥을 문 전기범. 이제부터는 요리만 하면 될 일이었다.

"내가 사채를 놓고 있으니 대충 질러보겠다?"

"그런가요?"

"아니면? 5년 전… 2억짜리 채권은 있어도 2억 4천짜리 채권은 없었거든."

"양심적이시군요."

길모는 박수를 두 번, 아주 천천히 쳐주었다. 그건 전기범의 신경 자극용이었다.

"뭐라?"

"원래 채권에는 이자가 붙는 법 아닙니까?"

"그건 내 마음이야!"

전기범이 발끈하며 응수했다.

"물론 돈 준 놈 마음이죠. 하지만 채무자와 채권자 사이에는 온도 차이가 있을 수 있지요."

"온도 차이?"

"배달 사고 말입니다."

"……?"

"돈을 받은 사람이 누구였습니까? 오상철 아닌가요?"

길모는 넌지시 암시를 던졌다. 말귀를 알아들은 전기범. 그제야 눈알에 핏발이 서기 시작했다.

"오상철이 나 몰래 4천을 땡겨 먹었다?"

"세 번째로 갑니다."

길모는 전기범을 무시하며 말을 이어나갔다. 미늘에 걸린 전기범의 눈빛. 그걸 더 흔들어야 했다.

"어디 보자… 세 번째 역시 5년여 전. 무지하게 따끈한 여름이었군요. 사장님 재물궁에 8천만 원이 들어오는데… 오상철 재물궁에도 2천만 원이 들어갔습니다. 기억나십니까?"

"……."

"아, 당신은 채권이 너무 많지요. 게다가 이제 슬슬 기억력이 감퇴될 시기이기도 하니 생각나지 않을 수도 있습니다. 하지만!"

길모는 하지만을 강조하며 전기범을 쏘아보았다.

"이건 기억하고 있을 겁니다. 네 번째… 추운 겨울. 사장님 금고에서 2억 5천이 새어 나갔습니다. 그리고… 그 돈 일부는 오상철 씨 재물궁에 채워졌지요."

"홍 부장!"

잔뜩 고조된 전기범이 칼칼한 목소리를 토했다.

"듣고 있습니다."

"지금 무슨 헛소리를 하는 거야?"

"헛소리일까요?"

길모는 엷은 미소로 응수했다.

"아니면? 지금 하고 있는 말… 우리 오 팀장이 내 뒤통수를 치고 있다는 말 아닌가?"

"뒤통수가 아니고 돈 이야기를 하고 있는 겁니다."

"돈?"

"그 많은 사람들이 눈을 부릅뜨고 집행하는 정부 예산도 새는 돈이 있지요. 하물며 사채업은 예외겠습니까? 새는 곳을 막으면 사장님이 돈 버는 일 아닙니까?"

"네가 우리 오 팀장을 잘 모르는 모양인데 자칫하면 오늘 밤 네 목이 날아갈 수도 있어."

"그냥 두면 사장님 금고가 날아갈 수도 있지요."

"……!"

"마음에 안 들면 그만할 수도 있습니다. 사실 사장님 관상은 일자 눈썹에 긴 인중이라 무대뽀에다 남의 말을 듣지 않는 사람이지요. 안 그렇습니까?"

"그런 말은 좀 들었지."

"지금은 어떻습니까?"

"……."

전기범, 대답하지 못했다. 이미 호기심이 발끈 일어난 상태. 더구나 오상철에 대한 길모의 관상은 칼날처럼 날카로웠고, 그 자신과 얽힌 일이었다.

"심부재언(心不在焉)이오 시이불견(視而不見)하니 청이불문(聽而不聞)이라!"

길모는 슬쩍 한문을 끼워 넣으며 무게감을 더하기 시작했다.

"……?"

"마음이 없으면 봐도 안 보이고 들어도 안 들린다는 뜻입니다. 하지만 마음이 움직이면 다르지요."

"다르다?"

전기범의 눈동자가 흔들리기 시작했다.

"사실 사장님은 호랑이를 키우셨습니다."

"호랑이라……."

"오상철 씨… 아직 대호가 아니지만 조금 더 크면 사장님을 물 겁니다. 아니, 사장님이 쌓아둔 그 자리를 다 차지하려 하겠지요."

"상철이가 나를 배신한다?"

"믿는 사람이군요?"

"당연하지. 나도 사람 보는 눈은 있거든."

"주인의 돈을 뒤로 챙겨도 말입니까?"

"나야 내 돈만 받으면 그만이야. 상철이가 거기에 보태 받아

서 애들 챙기는 것까지 관여할 필요는 없어. 아니지. 오히려 고
마운 일인가?'

'고맙다고?'

"자넨 좁은 곳에서 굽실거리다 보니 뭘 모르나본데 상철이
부하가 곧 내 부하야. 상철이가 안 챙기면 내 부담이 될 일."

전기범이 오싹하게 웃었다. 이제 보니 얼굴보다 배포가 큰 인
간이었다.

'좋아. 바로 항복하면 나도 좀 심심했을 일.'

길모는 그냥 웃어넘겼다. 그러면서 슬쩍 긴장감을 당기는 길
모.

"그렇다면 한 가지만 말씀드리지요. 오늘 밤, 오상철 씨는 왜
사장님을 따라온 겁니까? 사장님의 지시입니까? 아니면 그의
뜻이었나요?"

"그런 게 중요한가?"

"내가 맞춰드리죠. 오상철 씨는 자의로 따라왔습니다. 그렇
죠?"

"……?"

"왜 그랬을까요? 사실 오상철 씨는 할 일이 많은 사람 같은
데……"

길모는 팔짱을 낀 채 느긋하게 벽에 기댔다.

"무슨 뜻인가?"

"일 년하고도 두 달 전, 식겁한 적이 있지요?"

길모가 운을 떼자 전기범은 필름을 과거로 감았다. 일 년하고
도 두 달 전, 변두리에서 비닐하우스에 설치한 '하우스'가 뽀록

나 곤혹을 치렀던 날이었다.

"조금 더 가봅시다. 그로부터 넉 달 후… 비슷한 위기를 겪습니다. 아닌가요?"

'네 달 후?'

그 또한 간이 쫄깃해지는 상황이었다. 이번에는 오피스텔에 설치한 하우스 정보가 새어 나갔던 것.

"이제 현재와 가까워집니다. 두 달하고도 4일 전이군요. 그때는 오상철 씨의 활약으로 위기에서 벗어났지요?"

"······!"

전기범의 눈동자가 움직이지 않았다. 날짜까지 정확하게 짚어대는 천기누설의 관상. 한 번도 아니었다. 대충 대충하는 추론도 아니었다.

"그때 재물궁이 좀 빠졌군요. 5억도 넘는 것 같습니다만······."

"······."

"아닙니까?"

슬슬 흔들리기 시작하는 전기범의 눈동자. 길모는 그 끈을 바짝 조여 나갔다.

"빙빙 돌리지 말고 본론만 얘기하지?"

"그렇잖아도 그럴 생각이었습니다."

길모는 두어 발 물러서서 말꼬리를 붙였다.

"그때 오상철은 당신을 어르고 뺨친 겁니다. 물론 당신은 그 사람 덕분에 더 큰 화를 면했다고 생각했겠지만······."

"핵심만!"

"간단한 것까지 해석을 원합니까? 전 사장님 세대라면 쉽게 알 수 있는 각본 아닙니까? 여친에게 잘 보이기 위해 친구에게 깡패 역할을 시킨다. 그런 다음 짠하고 등장해 친구 놈 몇 대 쥐어박고 정의의 기사처럼 보인다. 하지만 알고 보면……."

"짜고 친 각본이다?"

"세상이 다 그렇고 그런 거 아닙니까?"

"또 있나?"

"진행 중인 게 하나 있죠. 이번에 뒤통수 맞으면 타격이 크겠군요."

"말해 봐."

전기범의 시선이 길모에게 쏠렸다. 후끈 상기된 얼굴에서 길모는 성공을 확신했다. 원래 중이 고기 맛을 보면 절간에 빈대도 남지 않는다지 않은가? 관상을 개무시하던 전기범. 그러나 영상을 보는 듯 맞춰대는 길모 앞에서 더 이상 관상에 대한 불신은 남아 있지 않았다.

"죄송하지만 무료 맛보기 관상은 거기까지입니다."

길모, 슬쩍 전기범을 자극했다.

"뭐라?"

"사장님 신앙이 돈이라고요? 사실 나도 별로 다르지 않습니다. 물장사 아닙니까?"

텅!

열 받은 전기범이 지갑에서 500만 원 수표를 꺼내놓았다.

"하핫!"

수표를 집어든 길모, 슬쩍 바라본 후에 그대로 내려두고 발길을 돌렸다.

　"멈춰!"

　전기범이 신경질적인 말을 날렸다.

　"500만 원에 걸맞는 관상가를 물색해 드리겠습니다."

　두어 발 문 쪽으로 다가선 길모가 돌아보았다.

　"이러면 되겠나?"

　전기범은 1,000만원 수표를 한 장 꺼냈다.

　"죄송합니다. 큰돈 만지신다기에 큰 돈 좀 벌게 해드리려 초대한 건데 제가 잘못 봤나 봅니다."

　텅!

　길모의 말이 끝나기도 전에 전기범이 다시 테이블을 후려쳤다.

　이 부장은 복도에서 그 소리를 들었다. 애간장이 다 녹는 것 같았다. 그렇다고 들여다볼 수도 없는 일. 이래저래 피가 마를 지경이었다.

　"그럼 얼마?"

　전기범에 길모에게 물었다.

　"그런 건 관상가 입으로 말하지 않습니다. 그러면 천기가 막히니까요. 다만……."

　"다만?"

　"판돈이 커야 몫도 많아지는 것 아닌가요? 수십억이 생길 판인데……."

　네가 잘 알잖아?

길모는 딱 그런 눈빛으로 전기범을 바라보았다.

"그럼 이렇게 하지."

"……."

"아는지 모르겠지만 내가 여기 이 부장에게 채권이 3억 2천이야. 그걸 걸지."

3억 2천!

결국 길모가 기다리던 딜이 나왔다.

"그럼 증서를 하나 써주시겠습니까? 워낙 관상을 보고 난 후에 다른 소리하는 분들이 있어서."

"나 전기범이야. 한입 가지고 두말하지 않아."

"그러시겠지요. 하지만 돈은 두말을 합니다!"

길모는 넌지시 받아쳤다.

"써주지. 하지만 말이야, 허튼 말장난으로 수작을 부린 거라면 역시 너를 기다리는 건 칼춤일 거야. 오상철이의 칼춤은 좀 맵거든."

"그 칼춤이 사장님을 겨누지 않기나 바라십시오."

길모는 종이를 내주었다. 전기범은 대충 휘갈긴 후에 손바닥으로 날인을 대신하더니 뒷면에 물을 부어 벽에다 붙였다.

"관상 보자고!"

전기범이 길모를 쏘아보았다.

"모레 굉장한 돈 판이 열릴 겁니다. 그렇죠?"

"……."

"사장님 얼굴에도 오상철 얼굴에도 똑같이 쓰여 있습니다. 하지만 사실은 오상철의 기색이 더 흥분되어 있지요."

"……."

"모레 판은 취소하십시오. 아니면 사장님은 쪽박 차게 됩니다."

"아까 수십억이라고 하던데 정확히 얼마짜리 판으로 보이나?"

침묵하던 전기범이 물었다.

"세 줄기의 거액… 사장님 관상은 50억이라고 말하고 있습니다만……."

"……!"

길모는 보았다. 전기범의 눈에 출렁이는 걸.

"그 50억은 오상철의 금고로 들어갑니다."

"뭐라?"

"그리고 사장님과 적이 되겠지요."

"말도 안 되는……."

"오상철의 앞 이마… 들쑥날쑥 어지럽지요. 언제든 등 뒤에서 칼을 가는 상입니다. 아마 사장님에게 올 때도 함께 일하던 사람과 배신을 때리고 합류했을 겁니다."

'젠장!'

그 말은 전기범의 폐부를 깊이 찔렀다. 돈으로 끌어온 오상철. 당시 그는 모시던 형님을 경찰에 고발하고 전기범에게 합류했었다.

"둘 중 하나로군. 너를 믿을 것이냐, 아니면 상철이를 믿을 것이냐?"

"사장님 입장에서는 그렇겠군요."

"나는 오상철을 믿겠다. 네 관상이 기가 막힌 건 사실이지만 저놈은 나를 배신할 놈이 아니야."

"그 확인은 간단합니다."

길모는 빙그레 미소를 머금은 채 전기범을 바라보았다.

"간단하다고?"

"예!"

길모는 아무 일도 아닌 듯 말했다.

확인!

길모는 그 방법을 말해주었다.

"으음……."

전기범은 잠시 생각에 잠기더니 자리를 털고 일어섰다.

"끝났으니까 다들 들어가."

복도로 나간 전기범이 말했다. 아가씨들과 이 부장, 그리고 오상철이 룸으로 들어왔다.

"홍 부장……."

안에서 일어난 일이 궁금한 건 이 부장이 먼저였다. 하지만 오상철도 무심하지는 않았다.

"무슨 얘기를 한 건가?"

오상철이 차갑게 물었다.

"뭐 그저 간단한 운세 좀 짚어주었을 뿐입니다."

길모는 빙그레 웃었다. 전기범이 확인하고 올 때까지는 입을 다물고 있을 생각이었다.

"저, 저건……."

벽에 붙은 증서를 본 이 부장의 목소리가 떨렸다.

"쉬잇!"

길모는 이 부장에게 조용하라는 신호를 보냈다.

3억 2천!

그게 벽에 매달려 있었다. 하지만 아직은 길모의 것이 아니었다.

한편 밖으로 나온 전기범은 자기 차의 조수석에 올랐다. 간식을 먹던 부하가 놀라 돌아보았다. 물론 그 간식은 장호가 가져다준 것이었다. 전기범은 묵직한 소리로 몇 마디 질문을 던졌다. 부하는 들고 있던 간식을 떨어뜨렸다.

차가 흔들렸다. 부하가 사시나무처럼 떨고 있기 때문이었다.

"너는 용서하겠다. 오상철에게는 절대 내색하지 말도록."

전기범은 음산한 다짐을 남겨두고 차에서 내렸다.

딸각!

그는 하늘을 보며 담배를 물었다. 라이터 열리는 소리가 정다웠다. 전기범은 이 라이터를 아낀다. 그가 첫발을 디딘 곳에서 도박판 꽁지가 준 선물이었다. 갑자기 들이닥친 경찰을 몸으로 막아 시간을 벌어준 공이었다.

'그때도 밀고자는 넘버 쓰리였던가?'

전기범은 연기를 뿜었다.

하우스!

전기범의 진짜 직업이었다. 여기저기 사채도 놓았다. 본업은 아니었다. 이자보다는 새로운 호구들을 개척하기 위해서였다. 공돈을 노리는 인간은 많았다. 하지만 무한정 털 수 있는 게 아니었다. 더구나 호구에도 레벨이 있었다. 예컨대 주부들 같은 호구는 최대한 1억 이상을 벗겨먹으면 탈이 났다.

그렇기 때문에 다양한 먹잇감이 필요했다. 그래야 군데군데 선수를 끼워놓고 재력에 따른 설계가 용이했던 것이다.

여러 판을 벌이다 보니 단속을 완전히 피할 수는 없었다. 군데군데 정보망을 깔아두지만 그래도 구멍이 났다.

'후우!'

연기가 한 번 더 밀려나왔다.

지금 전기범은 역할을 네 개로 나누고 있었다. 우선 하우스방 운영자. 그는 전기범의 방울친구로 믿을 만했다. 한때 국가대표급 선수이기도 했던 그는 오른손이 날아갔다. 탄을 쓰다 재야의 초고수에게 걸린 것이다. 설계한 돈 전부를 게워내고 손목까지 상납했다. 그러니 그는 전기범 밑이 아니면 갈 곳도 없었다. 신뢰도가 높으므로 넘버 투.

두 번째는 설계팀.

이 팀은 8촌 친척뻘인 동생이 맡고 있다. 크고 작은 방석을 깔아주고 호구를 물색하는 역할이다. 사냥감이 나오면 슬쩍 판을 만들어준다. 그리고 그 안에 적절한 선수를 투입한다. 물론, 지금까지 큰 대과 없이 잘하고 있다. 중요성은 높지만 서열로 치면 넘버 포다.

마지막이 바로 오상철이 맡고 있는 관리팀이었다. 말하자면 하우스 보안과 사후 관리를 맡는다. 노름판에서 꽁지 돈을 쓴 사람에 대한 수금도 오상철의 몫이었다. 전기범의 팀에서 가장 중요하다고 할 수 있었다. 사람이란 화장실 갈 때와 나올 때가 다르기 때문이었다.

하우스에서 제대로 털리는 사람은 눈알이 뒤집힌다. 그럴 때면 앞뒤 가리지 않고 꽁지 돈을 빌려 쓴다. 하지만 막상 차용증을 들이밀면 생각이 달라진다. 어쩐지 생돈을 뺏기는 것 같기 때문이었다.

그렇기에 관리팀에는 오상철 같은 사람이 필요했다. 이른 바 팔색조. 때로는 능글맞고 또 때로는 친절하게 굴면서 사람의 수준에 맞춰 오만 가지 변화로 돈을 받아내는…….

전기범이 넘버 쓰리 오상철의 뻥땅에 대해 터치하지 않는 것도 그런 이유였다. 이자 따위가 무슨 상관이 있는가? 그 돈은 이미 전기범이 챙긴 것. 받아내는 대로 이자에 다름 아니었다.

하우스에 넘치는 현금…….

그렇다 보니 조금씩 새는 건 정한 이치였다. 때로는 박카스파는 미시도 빤스값 한다고 몇 장 집어가고, 털린 놈들도 개평이라며 한주먹씩 집어갔다. 또 때로는 택시값을 쥐어주기도 한다.

'혁명이라?'

전기범은 입안에 들어온 연기를 단숨에 삼켰다. 폐포를 따라 내려가는 연기가 시원했다.

'하긴 그럴 때도 되었나?'

6년!

길모가 짚어준 시간이 새삼 길어 보였다.

지금은 옛날과 달랐다. 전기범이 일을 배울 때에는 10년 미만은 명함도 내밀지 못했다. 하지만 세월이 변했다. 요즘 아이

들은 의리도 없다. 이익이 되지 않으면 위고 아래고 없는 것이
다.

'하는 수 없지.'

전기범, 마침내 결단을 내렸다. 그는 담배를 살짝 떨군 후에
질끈 비볐다. 그런 다음 전화기를 꺼냈다. 통화를 마친 전기범
이 돌아선 자리에는 아작 난 꽁초가 흔적으로 남아 있었다.

룸으로 돌아온 전기범은 일단 술부터 마셨다. 거푸 두 잔이었
다.

"얘도 한잔해야지?"

그런 다음 파트너 아가씨의 가슴골에 한 잔을 부었다. 술이
배를 타고 내려가자 아가씨는 부르르 몸을 털었다.

길모는 전기범의 행동을 주목했다. 길모가 던진 증거를 확인
하고 돌아온 그. 어떤 결정을 어떻게 내릴 것인가?

"여기는 다음에 소독해 주지!"

또 한 잔을 들고 아가씨의 허벅지에 부으려던 전기범, 아가씨
가 울상이 되자 손을 멈추고 술잔을 내려놓았다.

"아가씨들은 퇴장!"

전기범은 100만 원 수표 한 장을 뽑아 아가씨 가슴에 우겨넣
었다.

'다르다……'

길모는 미간을 찡그렸다. 미묘하지만 그의 행동이 달라져 있
었다. 그때였다. 전기범의 전화기가 벼락처럼 울렸다.

"내 손님이 왔을 거야. 이 부장이 좀 데려오도록."

아무 말없이 전화를 받은 전기범이 말했다.

복도로 나온 이 부장은 고개를 갸웃거렸다.

—일이 잘 안 돼요?

가까이 다가온 장호가 문자를 찍어 내밀었다.

"너 할 일이나 잘해라, 응?"

이 부장은 장호를 무시하고 계단을 올라갔다.

잠시 후에 룸에 들어선 건 건장한 청년 셋이었다. 청년들은 전기범에게 허리를 꺾은 후에 오상철에게는 가벼운 묵례를 올렸다.

"시작하자."

전기범의 입이 열리기 무섭게 한 청년이 나이프를 꺼내놓았다.

"히익!"

놀란 이 부장이 주춤 물러섰다. 하지만 더는 물러서지 못했다. 청년 하나가 그를 잡아 세운 까닭이었다.

"우리 말이야, 싸나이답게 쇼부를 보자고."

싸나이에 힘을 준 전기범이 나이프를 허공에 던졌다가 받아들었다.

"어이, 오상철이!"

전기범의 시선이 오상철에게 건너갔다.

"예, 사장님!"

"저기 저 관상쟁이 말이야, 저 친구가 그러네. 오 팀장이 내 뒤통수를 제대로 후릴 거라고!"

길모의 눈에 아뜩함이 스쳐 갔다. 자칫하면 길모가 뒤통수를 맞을 차례였다.

"미친놈이군요."

오상철이 길모를 보며 냉소를 뿜었다.

"내 생각도 그래. 오 팀장도 알다시피 내가 또 한 성질 하잖아? 워낙에 배신으로 점철되는 이쪽 바닥을 많이 겪은 경험도 있고."

"잘 알고 있습니다."

"내가 저 웨이터랑 딜을 했거든. 제대로 맞추면 저기 저 증서를 주고 아니면 칼침을 놓겠다고."

"제가 놓겠습니다."

오상철이 묵례를 하며 나섰다.

"아, 잠깐만!"

전기범은 오상철을 제지하며 길모를 돌아보았다.

"홍 부장… 할 말이 있겠지?"

"……."

길모는 입을 열지 않았다.

"흐음, 그래도 남자로군. 한 말에 책임을 지겠다?"

"……."

"그럼 이 부장도 동참해 줘야겠어. 뭐 어차피 돈 못 갚으면 신체 일부 넘겨준다고 약속까지 했으니 칼침 정도는 예고편으로 맞을 수도 있지?"

"사… 사장님!"

질색을 한 이 부장, 다다닥 이빨 부딪치는 소리가 들렸다.

"대!"

전기범, 오싹한 위용을 뿜으며 명령을 내렸다.

이 부장 손이 먼저 테이블에 올려지고 그 위에 길모 손이 포개졌다.

"사장님……."

이 부장은 울고 있었다. 어느새 콧물까지 넘치고 넘쳐 목소리가 제대로 나오지 않을 정도였다.

"오 팀장도 대. 맨 아래에!"

나이프를 만지던 전기범, 이번에는 오상철을 바라보았다.

"……?"

"여기 관상쟁이께서 세 치 혀에 물이 올라 멋대로 나불거리는데 오 팀장이 얼마나 나에게 충성을 다하는지 우리 방식으로 보여주자고."

그러면서 몰래 눈짓을 던지는 전기범. 그제야 오상철의 얼굴에서 작은 긴장이 사라졌다.

맨 아래!

그리고 우리 방식!

그 두 마디가 오상철을 속으로 웃게 만들었다.

답은 나이프에 있었다. 지금 전기범이 쥐고 있는 나이프는 칼날 높이가 조절되는 칼로 하우스에서 장난질치는 인간들이나 떠돌이 타짜들에게 겁을 줄 때 주로 사용했다.

'1단…….'

오상철은 나이프의 은밀한 장치를 보았다. 1단이라면 맨 위에 놓인 손만 찌르겠다는 의미였다. 맨 위의 손은 길모. 그러니 전기범은 지금 관상쟁이를 징치하려는 것이었다.

그렇다면 열 번이라도 대줄 수 있었다.

척!

오상철이 느긋하게 손을 대자,

척!

이 부장의 손이 그 위에 강제로 포개졌다.

척!

마지막으로 길모의 손이 맨 위에 올려졌다.

"사장님… 제발……!"

이 부장은 낮은 절규가 길모의 귀를 흔들었다.

"그냥 약속을 지키는 거야. 마음 편하게 생각하라고. 혹시 또 아나? 저 관상쟁이가 기적을 일으켜 이 부장 손이 무사할지."

섬뜩한 미소를 흘린 전기범은 그대로 나이프를 내리찍었다.

후웅!

빈 번개처럼 허공을 훑어 내리는 칼 빛. 그 빛을 따라 눈알이 뒤집히는 이 부장.

퍽퍽퍽!

세 번!

룸 안에 칼 박히는 소리가 울려 퍼졌다. 그런 다음 잠시 동안 정적이 찾아들었다. 룸 안의 사람은 모두 일곱 명. 그중 두 사람의 눈동자가 미친 듯이 흔들리고 있었다. 바로, 이 부장과 오상철이었다.

푸슉!

순간, 정적을 뚫고 피 세 줄기가 터져 나왔다.

"어으으으……."

"으으……."

신음을 내는 사람도 둘이었다. 이 부장과 오상철…….

청년이 쥔 손목을 놓아주자 이 부장은 그 자리에 주저앉았다. 이 부장은 와들거리는 몸으로 손부터 확인했다. 손은 제자리에 있었다. 피 한 방울 없었다. 또 다른 청년 역시 길모의 손목을 제압했던 손을 놓았다. 길모의 손 역시 무사했다.

"……!"

눈알이 소리 없이 갈라진 건 오상철이었다.

오상철은 자기 눈을 의심했다.

전기범이 나이프를 찍을 때까지도 느긋하기 그지없었다. 그런데… 문제가 생겼다. 칼이 찍히는 순간, 약속이라도 한 듯 길모의 손이, 그리고 이 부장의 손이 빠진 것이다. 칼은 그대로 오상철의 손등을 찍었다.

1단!

그건 확실했다. 더 확실한 건 1단으로 고정된 칼날이 오상철을 세 번 찍었다는 사실이었다.

"왜?"

오상철은 피범벅이 된 몸으로 전기범을 바라보았다. 답은 밖에 남은 또 한 사람의 청년이 운전기사를 끌고 옴으로써 밝혀졌다.

"팀장님이 내일 모레 50억짜리 판에서 돈을 챙기고 사장님을 고발해 검찰에 딸려 보낸 후에 독립할 거라는 걸… 사장님이 알고 있었습니다."

"……."

오상철의 눈이 전기범에게 향했다. 전기범은 오상철을 그대로 내질렀다. 그가 쓰러지자 이번에는 피투성이인 손을 발로 비볐다.

"끄아악!"

오상철의 입에서 비명이 터져 나왔다.

"차에 실어라."

전기범은 눈도 까딱하지 않고 말했다. 그는 몇 걸음을 옮기더니 벽에 붙은 3억 2천짜리 증서를 떼어냈다. 그런 다음 길모에게 다가섰다.

"퉤에!"

증서에 침이 뱉어졌다.

"이건 네 거다."

그는 침 묻은 증서를 길모의 이마에 붙였다.

"관상… 덕분에 다시 보게 되었다."

길모를 인정한다는 말이었다.

"이 부장."

"예……."

이 부장, 전기범에게 어깨를 잡히자 사시나무처럼 떨었다.

"청소비는 따로 없어. 수고하라고!"

전기범은 그 말을 끝으로 룸을 나갔다. 청년들은 오상철을 끌고 그 뒤를 따랐다.

"우어어!"

이 부장은 또 한 번 무너졌다. 폭풍이 지나갔건만 공포는 쉽

사리 가시지 않았다.

[형!]

장호가 서 부장과 함께 들어왔다.

"이, 이게 뭐야? 피?"

놀란 서 부장이 소리쳤다.

"별거 아닙니다. 자기들끼리 아귀다툼이 있어서……."

길모는 물수건으로 이마의 침을 닦아냈다.

"이 부장은 왜?"

"형님……."

이 부장은 울먹이며 서 부장에게 기댔다.

"홍 부장……."

"그냥 홍역입니다. 남의 돈, 그냥은 못 먹잖아요?"

길모는 담담하게 말했다. 서 부장이 나가자 길모는 소파에서 안정을 취하는 이 부장에게 다가갔다.

"받으세요!"

길모가 내민 건 3억 2천짜리 증서였다. 이 부장에게 받을 돈을 변제한다는…….

"우워어!"

길모는 울먹이는 이 부장을 뒤로 하고 룸을 나왔다. 울고 싶을 때는 울어야 한다. 침은 더러웠지만, 차라리 전기법에게 감사했다. 이 부장에게는 이보다 좋은 교훈이 없었기 때문이었다.

[형, 이거…….]

바람이라도 쐬려고 밖으로 나오자 장호가 따라와 음료수를 건네주었다.

[혜수 누나가 주는 거예요.]

'혜수…….'

길모는 받아든 음료수를 두 손으로 감쌌다.

[어떻게 된 거예요? 비명에 피에… 한 놈은 손이 작살난 거 같던데…….]

장호가 수화를 그렸다. 길모는 주머니에서 전화를 꺼냈다. 문자가 있었다. 전기범이 거사 직전에 보내온 문자.

—너를 믿겠다. 그러니 너도 나를 믿어라.

그 한 문자 뒤에 사단이 발생했다. 세 사람을 지옥의 공포로 몰아넣은 나이프… 길모가 순순히 응한 건 문자 때문이었다. 그가 선택한 방법 때문이었다.

그는 길모와 유사한 방법으로 오상철을 처벌했다. 적을 속이기 위해 아군까지 속인 셈이다. 길모 역시 그랬지 않은가?

'전기범…….'

길모는 그를 떠올렸다.

전기범 vs 오상철!

관상으로도 오상철은 전기범의 적수가 되지 못했다.

만약 그렇지 않았다면 길모는 오상철을 선택했을 수도 있었다. 오상철이 전기범의 판을 인수한다면 그가 이 부장의 채권을 탕감해도 문제는 없었다.

하지만 그는 아직 때가 아니었다.

'5년 후라면…….'

가능했을 것이다. 전기범의 운은 그때부터 내리막이었다. 반대로 오상철은 그나마 중년 운이 괜찮은 편. 그러니 5년만 참았더라면 저절로 전기범의 판을 가질 수 있었을 일이었다.

인생이 이렇다.

때로는 저절로 이루어질 일을 두고 조바심을 내다 망치는 경우가 있다. 그게 사람이다. 그래서 사람은 관상대로만은 살 수 없는 모양이다.

제7장

국정원의 오더

이른 오후, 길모는 헤르프메 앞에서 내렸다. 이번에는 장호와 혜수가 동행했다.

"웰컴!"

은철이 나와 길모를 반겼다. 도명재도 한달음에 달려 나왔다.

"어이쿠, 우리 길모 왔구나."

그는 길모의 어깨를 쓰다듬어 주었다. 언제나처럼 푸근한 미소로……

"가게에 한 번 오신다더니 왜 안 오셨어요?"

길모가 물었다.

"갈까 했는데, 그 뭐냐… 너도 바쁠 테고 내가 워낙 양주 체질이 아니어서……."

도명재는 머쓱하게 둘러댔다. 길모를 고려해 오지 않았다는 것, 말하지 않아도 눈빛으로 느껴졌다.

"여러분, 여러분의 수술을 도와주신 홍길모 선생님이십니다!"

작은 강당에 들어서기 무섭게 은철이 소리쳤다.

짝짝짝!

손뼉이 터질 듯 박수가 터져 나왔다. 엄마 품에 안긴 아이부터 대학생까지 20여 명. 그들은 일제히 기립 박수를 보내왔다.

보험 처리도 되지 않는 불치병이거나 희귀병.

그러면서 약 값이나 병원비는 눈덩이 같은 질환.

어떤 경우에는 수술비조차 수천만 원 대라 가난한 사람은 엄두도 못 낼 병······.

은철은 헤르프메에 SOS를 친 사연을 중심으로 확인 과정을 거쳐 20여 명을 선발했다. 대개는 부모들이 범죄로 희생되었거나 억울한 일을 당해 삶이 곤궁한 가족이었다.

그들 중에는 자살을 시도했던 가족들도 둘이나 있었다. 가장이 사기나 사고로 소득 무능력자가 되자 아이 약값마저 감당할 수 없는 사람들. 어린아이의 고통을 지켜보는 그들이 갈 길은 한 곳뿐이었다.

그러나 모진 목숨.

한 가족은 차 안에 연탄 불을 피우고 죽으려 했지만 사람들에게 일찍 발견되어 살았고, 또 한 가족은 바닷물에 뛰어들었지만 바위에 바퀴가 걸리며 살아났다.

길모는 그 아이들 앞에 섰다.

이 아들들을 살린 돈은 부패한 돈이었다. 개인의 욕심을 위해 금고에서 썩어갈 돈이었다. 그걸 꺼내와 아이들에게 등대불이 되어주었다. 생각만으로도 뿌듯하던 일들, 그러나 이렇게 직접 결과를 볼 때마다 길모는 피가 뜨거워지는 걸 느꼈다.

저절로 펄펄 끓는 것이다.

길모는 다섯 살 아이에게 두 팔을 내밀었다. 꼬마의 어머니가 그의 등을 밀었다. 꼬마도 은인은 아는 걸까? 낯도 가리지 않고 길모의 품을 파고들었다.

"아저씨, 고마워요!"

앙증맞은 입술을 오물거리는 아이의 눈에 별이 찰랑거렸다. 어쩌면 그냥 저 버렸을지도 모르는 이 별… 길모는 사선을 넘어온 아이들의 미래를 지켜주고 싶었다.

"예쁜 누나에게도 안겨볼래?"

길모는 꼬마를 혜수에게 넘겼다. 그런 다음, 아이들 하나하나의 앞으로 다가가 안아주거나 악수를 나누었다.

"고맙습니다!"

마지막 차례인 여대생이 울먹이며 말했다. 얼굴이 뒤틀린 듯 흉측했던 여자. 그래서 밝은 세상이 싫었다던 그녀의 눈에도 별은 아른거렸다.

사실 고마운 건 길모였다. 길모의 고단함이 그들에게 안기는 것 같았다. 그때마다 뼛속의 피로까지 사라졌다. 그러니 어찌 고맙지 않을까?

"꿈이 뭐예요?"

길모가 여대생을 바라보며 물었다.

"없었어요. 이제부터 가지려고요."

대답하는 여대생의 눈에서 결국 눈물이 쏟아졌다. 언제 다가

왔는지 혜수가 손수건을 건네주었다.

"내가 하나 권해줄까요?"

다시 묻는 길모의 목소리는 한없이 조용했다.

"정말요?"

"무역을 하세요. 그동안 잠들었던 에너지를 모두 꺼내서……."

"네! 해볼게요."

여대생은 토를 달지 않았다. 그에게 새 삶을 찾아준 은인이다. 그녀는 길모가 유명한 관상가인 줄도 몰랐지만 그 기대에 어긋나고 싶지 않았다.

"처음에는 힘이 들 거예요. 하지만 스물일곱을 넘으면 다 풀려요. 그러니 한 번 밀어붙여 봐요."

"네. 이 얼굴로 21년을 버텼는데 그깟 6년을 못 버티겠어요?"

눈물에 젖은 여대생의 눈이 웃었다. 세상에서 가장 착하고 아름다운 미소였다.

은철에게 몇 가지 설명을 더 듣고 헤르프메를 나왔다.

헤르프메…….

그곳에 있으면 자꾸만 숙연해졌다. 어둡고 그늘진 곳에 사는 사람들. 그들에게 필요한 햇빛. 길모는 생각했다. 설령 조금 고달프더라도 그들에게 손바닥만 한 빛이라도 쪼여줄 수 있다면… 그렇다면 피로 따위는 아무것도 아니라고…….

[어디로 모실까요?]

대로에 접어들었을 때 장호가 수화를 날려 왔다.

"혜수, 시간 괜찮아?"

길모는 옆자리의 혜수를 돌아보았다.

"그럼요. 오빠가 가는 곳이라면."

뭔가 끄적이던 혜수는 거침없이 대꾸했다.

"그건 뭐야?"

"아까 애들 관상 좀 봤어요. 오빠가 여대생에게 직업을 권하길래 그것도 괜찮겠다 싶어서……."

"응?"

"뭐, 사람들이 다 관상 따라 사는 건 아니지만 걔들은 오빠를 신뢰하잖아요? 거기에 관상을 얹으면 좀 더 성공 확률이 높아지지 않을까요? 그래서 걔들이 성공하면 다른 어려운 사람들에게도 좋은 본보기가 될 테고……."

"이리 줘봐."

길모는 혜수의 메모를 받아 들었다.

메모에는 모두 9명의 관상이 적혀 있었다. 16살이 넘은 아이들의 관상은 죄다 본 모양이었다. 더 기특한 건 한 명을 제외하고 제대로 상을 읽었다는 사실.

"70점!"

길모는 메모를 다시 돌려주었다.

"뭐가 틀렸어요?"

"이 아이는 M자 이마에 선골에 살이 도톰하니 사업가보다는 예술가가 알맞을 거야. 이런 상은 창의력이 뛰어나거든."

"어머, M자만 봤지 선골은 신경 못 썼어요."

혜수의 눈이 휘둥그레졌다. 나쁘지 않았다. 한 번의 실수는 병가지상사. 누구나 실수하며 배운다. 실수를 많이 할수록 더 큰 사람이 되는 것이다.

"모 대인님께 갈 거야. 바쁘면 중간에 내려."

"와아, 정말요? 그럼 무조건 콜이에요."

"흐음, 그러고 보니 은근히 모 대인님 팬이라지?"

길모가 슬쩍 딴죽을 걸었다.

"질투예요?"

"얘기가 또 그렇게 되나?"

"그럼 신경 꺼요. 원래 하수는 중수에게 배우는 게 가장 편하거든요. 오빠는 너무 고수라 따라가기 힘들잖아요."

혜수가 머리를 기대왔다. 그것으로 게임 오버였다. 길모의 마음이 푸근하게 녹아내린 것이다. 길모는 혜수의 어깨를 당겼다. 그녀의 향이 오롯이 느껴졌다.

그러다, 룸미러를 보던 장호와 시선이 마주쳤다.

"장호야, 커닝하지 말고 운전이나 똑바로 해라."

[아, 알았어요. 눈 감고 있을 테니 볼일 보세요.]

"눈 감으면? 우리 죽으라고?"

[그럼 뜰게요. 아, 아무튼 안 볼게요.]

장호는 허둥지둥 수화를 그려댔다. 그걸 본 혜수가 풋 하고 웃음을 터뜨렸다.

모상길은 마당을 쓸고 있었다. 그는 길모 일행을 반갑게 맞이했다.

"자, 드시게나. 오늘은 내가 서빙일세."

모상길은 차를 내왔다. 장호 몫까지 세 잔이었다.

"제자가 관상 공부 힘들다고 몰래 튀어서 말이지……."

모상길이 먼저 잔을 들었다. 제자란 지난번에 보았던 여자를 이르는 모양이었다.

"요즘이 어디 예전 같아야 말이지. 자기들 오고 싶으면 생떼를 써서 오고, 가고 싶으면 바람처럼 가버리니… 좋은 세상이야."

말은 그렇게 하지만 미소는 쓸쓸했다.

반백 년!

지난 50여 년 간에 너무 많은 변화가 일어났다. 모상길 대의 나이라면 더욱 절실할 일이었다. 어쩌면 인류 이래로 최고의 변화를 겪은 세대인지도 몰랐다.

[저는 나가 있을게요.]

차를 마신 장호가 수화를 그렸다. 길모와 혜수, 그리고 모상길. 다들 관상에 빠진 사람들. 그러니 어색함을 느낀 모양이었다.

"그럼 나가서 마당이나 쓸어드려."

길모는 장호의 마음을 편하게 해주었다.

"그래. 어인 일로 왕께서 행차를 하셨나?"

"왕이라니요? 놀리지 마십시오."

길모가 손사래를 쳤다. 관상계의 원로에 속하는 모상길이었다. 실력이 조금 낫다고 우쭐거릴 상대가 아니었다.

"왕이란 말일세, 남들이 인정하는 거라네. 주제가 안 되는 사람이 제아무리 내가 왕입네 하고 뻐긴들 뭐 하겠나? 홍 부장은 누가 뭐래도 왕이야."

"자꾸 그러시면……."

"신 보살 말고도 사연 많았지?"

운을 뗀 모상길이 직구를 날려 왔다.

"예. 조금……."

"천 회장님?"

"……."

"뭐, 말하기 곤란하면 안 해도 괜찮고……."

"제가 곤란한 건 아니고… 천 회장님이 곤란할지도 모르겠습니다."

"어째서?"

"그분 추천으로 오셨던 손님들이 어려움을 겪고 있거든요."

"비자금 로비 사건 말이로군."

모상길… 이미 다 알고 있는 걸까? 그저 은은한 미소를 머금는다.

"예……."

"마음에 부담이 되는가?"

"천 회장님은 제게 각별하신 분이라서……."

"하지만 그 양반이 보낸 사람은 홍 부장과 각별하지 않지."

"……?"

"안 그런가? 그 사람들은 그냥 자네의 손님이었네. 돈이나 수완 등의 대가를 치르고 그 반대급부를 원하는……."

"그렇긴 합니다."

길모는 엷은 미소로 모상길의 말을 경청했다.

"천 회장 일은 개의할 필요 없네. 홍 부장이 이미 상을 보아 알겠지만 그 양반도 나름 투자니까."

'투자?'

"어떠냐? 관상 공부에 재미들인 혜수가 적절한 예를 들어보겠느냐?"

모상길의 시선이 혜수에게 건너갔다.

"전에 읽은 책에 비슷한 내용이 있었는데 잘 맞을지 모르겠네요."

혜수가 겸손하게 대답했다.

"말해 보거라."

"한 은행 지점장이 돈을 빌리러 온 상인에게 물었답니다. 하루에 거래하는 손님이 몇인 줄은 아냐고요."

"그랬더니?"

"상인이 대답하길 단 두 사람이라고 했답니다."

"둘이라? 어째서?"

"한 사람은 상인에게 이익을 주는 사람이고 또 한 사람은 손해를 주는 사람이랍니다. 그래서 상인은 오직 두 사람과 거래를 하고 있다고……"

"허어, 그 명답이로고."

모상길은 손뼉을 치며 혜수의 말을 반겼다. 물론 길모도 고개를 끄덕거렸다. 돈을 최고선으로 생각하는 사람이라면 당연한 이치였다.

세상의 수많은 사업들.

그리고 수많은 거래들.

그들의 본질이 딱 그랬다. 득이냐 실이냐? 그 둘이면 포함되지 않을 거래가 없었다.

"홍 부장 생각은 어떠신가?"

모상길이 넌지시 물었다.

"공감합니다."

"내 말은 천 회장의 경우를 말하는 것일세."

"……."

"그 양반 역시 마찬가지라네. 간단히 보면 그 양반은 돈 놓고 돈 먹는 사람일세. 그러나 꼭 돈만 먹고살 수는 없지. 때로는 돈을 먹기 위해 무형의 거래도 하지. 그게 바로 청탁이나 알선, 부탁이 아니겠나?"

"예."

"내 생각이지만 천 회장은, 자네가 부탁을 들어준 것만으로도 면이 섰네. 그 양반으로서는 남는 장사였다는 말일세."

"……."

"상을 봄에 있어 이런저런 마음까지 알뜰히 쓰는 걸 보니 자네는 과연 왕임에 틀림이 없네."

"또 그 말씀을……."

"내가 이 나이에 무슨 부귀영화를 바라고 없는 말을 하겠나. 자네를 볼 때마다 기특하고 자랑스러워서 하는 말이니 꺼려하지 마시게. 요즘 세상이 전부 창의성, 창의성 하며 목을 매더군. 자네 혹시 창의성과 관상의 공통점이 뭔지 생각해 본 적 있나?"

"아직 거기까지는……."

"그럼 혜수는?"

"저야 기초 공부도 부족한 주제잖아요?"

혜수가 웃었다.

"이거 홍 부장 앞에서 이런 말하면 공자전효(孔子前孝)라, 공

자님 집 앞에서 효경을 파는 격이겠지만 바로 긍휼이라네."

"긍휼?"

한 단어가 길모와 혜수의 입에서 동시에 새어 나왔다.

"허어, 두 사람, 박자가 척척 맞는군?"

모상길이 의미심장한 말을 던졌다. 혜수는 얼굴을 붉히며 고개를 숙였다.

"뭐 내가 딱히 설명하지 않아도 홍 부장은 알걸세. 긍휼……."

모상길은 남은 차를 비우고는 말을 이어갔다.

"전에 내로라하는 기업 총수들이 뻔질나게 나를 찾던 때가 있었지. 창의성이 기업의 핵심 가치로 부각될 때 말일세. 내게 묻더군. 창의성 있는 인재를 선발하려 하는데 관상을 좀 봐 달라고……."

"……."

"나는 가지 않았네. 다만 처방으로 한단어를 써주었지."

"그게 뭔데요?"

혜수가 물었다.

"가슴!"

모상길은 정말 한 단어로 대답했다.

가슴!

창의성…….

머리가 아니었다. 머리 좋은 사람을 모아 그 머리를 짜내면 삐까번쩍한 아이디어가 나올 걸로 생각하던 기업가들에게 던진 경종이었다. 모상길은 그 예로 세종대왕의 한글 창제와 전화기 발명을 들었다.

한글…….

우리 민족의 자부심이다. 얼마나 간단하고 과학적인 문자인가? 그럼, 이 한글은 어디에서 나왔을까? 세종대왕과 집현전 학자들의 머리에서? 그게 아니었다. 한글은 '예의본'에서도 밝히듯이 '말하고저 할배이서도 제 뜻을 시러펴디 못하는 백성을' 긍휼히 여긴 세종대왕의 가슴에서 나왔다.

전화도 마찬가지다. 그 최초의 발명자 안토니오 무치. 그 역시 중병 때문에 침대에서 생활하는 아내의 상태를 밖에서 일을 하면서 확인하기 위해 전화기를 만들게 되었다. 이 또한 사랑하는 아내에 대한 긍휼이 바탕이었다.

'아!'

길모는 감탄을 밀어냈다.

긍휼!

따지고 보면 길모가 지표로 삼은 '유복동향, 유난동당'과도 통하는 말.

관상이란 남의 인생을 들여다보는 것. 소위 말하는 천기누설. 그렇다면 긍휼은 더욱 최고선이 되어야 했다. 사람의 상을 따뜻한 마음으로 바라볼 때 길이 열리는 것이다. 이는 고래의 명관상가들이 취한 기본자세였다.

나쁜 상은 감추고, 좋은 상을 강조해 활로를 열어주는 것.

"더욱 정진하시게. 자네는 재능과 긍휼, 신기(神氣)를 두루 갖췄으니 오늘보다 내일, 내일보다 모레에 누구도 가보지 못한 관상의 길을 개척할 것일세."

모상길이 길모의 손을 잡았다.

이 말은 곧 씨가 되어 길모의 운명에 찾아들었다. 국정원에서 사람을 보낸 것이다.

　국정원! 국정원?

　그들은 왜 길모를 찾는 것일까?

*　　　*　　　*

　"무자격 수컷 바리스타들이 만드는 커피 한 잔?"

　오피스텔로 향하며 길모가 혜수에게 물었다. 아직 카날리아
로 가기에는 좀 이른 시간이었다.

　"콜요!"

　혜수는 주저 없이 대답했다.

　"홀아비 냄새가 좀 날지 몰라."

　길모가 미리 자수를 했다.

　홀아비 냄새…….

　아는 사람은 안다. 남자들만 사는 집에는 반드시 이 냄새가
난다는걸. 이유는 모른다. 빨래도 자주 하고 샤워도 날마다 하
지만 냄새만은 지울 수 없었다. 그렇기에 냄새만은, 꽃미남의
집보다 추녀의 집이 더 향기로운 경우가 많았다.

　"그렇기만 해봐요. 두 사람 다 확!"

　혜수는 귀엽게 눈을 흘겼다.

　[에… 냄새나면 다 길모 형 거예요. 형은 양말하고 빤쓰
도…….]

　"야, 너 어디서 모함이야?"

　길모는 수화를 그리는 장호의 손을 얼른 밀어냈다.

[나한테 덮어씌울까 봐 미리 얘기하는 거잖아요.]

"야, 얘 말하는 것 좀 봐라."

[또 있어요. 코딱지 후벼서 아무 데나 날리기, 머리 감기 전에 박박 긁어서 비듬 뿌려놓기 신공. 그래놓고 그게 중국에서 날아온 먼지라고…….]

"최장호!"

"하여간 남자들은…….."

혜수가 팔짱을 끼며 웃었다. 그사이에 차는 주차장에 도착하고 있었다.

땡!

맑은 소리를 내며 엘리베이터가 열렸다.

[먼저 가서 물 올려놓을게…….]

'요' 자를 마감하지 못하고 그대로 멈추는 장호. 문 앞에 웬 남자 두 명이 서성이고 있었기 때문이었다.

[형…….]

장호가 길모를 돌아보았다.

"누구 찾아왔습니까?"

길모가 물었다.

"아, 예… 혹시 홍길모 씨?"

둘 중에 나이 많은 남자가 물었다.

"그런데요?"

"잠깐 얘기 좀 할 수 있을까요?"

"그러니까 무슨 용무로?"

"아주 중요한 일입니다. 잠깐이면 됩니다."

"예약 때문이면 그냥 말씀하세요. 다 저희 직원이니까요."

길모가 넘겨짚었다. 이렇게 불쑥 찾아올 사람이라면 십중팔구는 그쪽 용무일 게 뻔했다.

"예약이 아니고 아주 중요한 일입니다!"

남자가 다시 말했다. 그러고 보니 세 번 다 비슷한 표정이었다. 로봇처럼 굳은 얼굴에 살짝 긴장한 근육들……

"……?"

길모의 눈에 당혹감이 스쳐 갔다. 이들은 보통 사람들이 아니었다.

"먼저 들어가."

상을 읽어낸 길모가 혜수와 장호를 밀어 넣었다.

"고맙습니다."

문 닫히는 소리가 들리자 남자가 말했다.

"아직 수락하지는 않았습니다. 어디로, 왜 가는지 말해줘야죠."

"주차장에 저희 팀장님이 계십니다. 잠깐이면 됩니다."

남자의 손이 엘리베이터를 가리켰다. 완고한 얼굴과 미동조차 없는 손가락. 길모는 별수 없이 걸음을 뗐다.

주차장으로 들어서자 구석진 자리에 세단이 보였다. 차가 가까워지자 뒤쪽 창문이 소리 없이 내려갔다. 문 사이로 선글라스를 낀 남자가 보였다. 나이는 40대 초반, 관가(官家)의 물을 제법 먹은 상이었다.

"타시죠!"

차 안의 남자가 말했다. 길모를 따라온 두 남자는 저만치 물러섰다. 길모는 반대편 문으로 차에 올랐다. 보아하니 차를 몰고 갈 작정은 아닌 것 같았다.

"결례가 많았습니다."

남자가 선글라스를 벗으며 말했다. 길모를 찾아온 남자들이 말하던 그들의 팀장이었다. 그는 신분증부터 꺼내 보였다.

국정원! 세 글자가 길모의 눈을 차고 들어왔다.

국정원? 국정원이 왜?

길모는 자신도 모르게 긴장하기 시작했다.

"미안하지만 국가를 위해 협조 한 번 하셔야겠습니다."

팀장이 담담하게 말했다.

"국가라뇨?"

거창한 말이 나왔다.

"관상 잘 보시죠?"

"조금 봅니다만……."

"경계하실 거 없습니다. 중요한 일이라 사전에 조사를 했습니다. 사우디아라비아 왕자와 TPT그룹의 회장님… 그 외에도 꽤 많은 분들의 관상을 보셨더군요."

"……."

길모는 대답하지 않았다. 국정원. 아무래도 부담스러운 이름이기 때문이었다.

"물론 불쑥 찾아와서 놀라셨을 것으로 봅니다만……."

팀장은 심호흡을 한 후에 말을 이어갔다.

"아까 말씀드린 것처럼 국익에 관련되는 일이라서요."

'국익?'

"허락해 주시겠습니까?"

"허락하지 않으면 바로 끌고 갈 것처럼 보이는데요?"

길모는 엷은 미소와 함께 대답했다.

"그럴 리가 있습니까? 지금이 어느 시대인데……."

"그런 건 잘 모르지만 국정원이라는 이름이 오르내리는 일들은 황당한 게 많아서……."

길모는 에둘러 심경을 피력했다.

"음지에서 일하다 보니 이런저런 일이 많습니다만, 저희도 지금 대오각성하고 새롭게 나기 위해 노력을 경주하고 있습니다."

"그러니까 관상을 봐달라는 건가요?"

"그렇습니다."

"목적이 뭐죠?"

"그건 국가기밀입니다."

"제가 거절할 수도 있겠지요?"

"……."

"목적을 말씀하지 않으면 협조할 수 없습니다. 이유를 알아야 관상을 보든 말든 할 거 아닙니까?"

"그건 윗선에서 결정하게 될 겁니다."

'윗선?'

"복잡하군요. 저는 그런 일에 끼어들기 싫습니다."

길모는 그 말을 남기고 차 문의 손잡이를 잡았다.

"홍 부장님!"

팀장의 목소리가 길모를 막았다.

"정말 중대한 일입니다. 그리고… 홍 부장님이 아니면 안 되는 일입니다."

"왜죠? 대한민국에 관상가가 나 혼자인 것도 아닌데?"

문을 살짝 열어버린 길모가 돌아보며 말했다.

"왜냐하면……."

팀장, 길모에게 시선을 맞춘 채 묵직한 음성을 쏟아냈다.

"그 사람이 홍 부장님을 지명했기 때문입니다."

"……!"

"도와주십시오."

"그 사람이 누굽니까?"

"그건… 아직 저희도 확실하게 모릅니다."

몰라? 푸헐!

한숨이 나오는 걸 겨우 목으로 우겨넣는 길모.

"지금 바쁜 사람 붙잡고 장난하는 겁니까?"

"아닙니다. 말씀드리기 복잡한 사정이 있습니다."

"그거야 내가 알 바 아닙니다."

길모는 남은 문을 열고 한 발을 차 밖으로 디뎠다.

"그냥 가시면……."

팀장의 반대편 문을 열고 따라 나왔다. 그러자 저편에 서있던 두 남자가 다가와 팀장 옆에 도열했다.

"저희 셋은 오늘 자로 모가지입니다."

목소리와 함께 세 남자가 묵례를 해왔다.

"……?"

길모는 부득 팀장의 관상을 보았다. 37살을 의미하는 왼편 눈동자 눈꺼풀에 오늘의 운명이 걸려 있다. 밝음과 검붉은 색이 교차하는 그의 상. 과연 갈림길이었다.

"……."

"……."

길모와 국정원 직원들은 한동안 입을 열지 않았다. 느닷없이 등장해 누군가의 관상을 봐달라는 국정원 직원들. 물론, 지나가는 아저씨들이 봐달라고 해도 봐줄 수는 있었다. 지금까지도 그랬다. 하지만 그건 단순히 상을 보는 일이었다.

하지만 국정원의 일이라면 다를 수도 있었다. 자칫 정치적인 일 같은 것에 휩쓸리게 되면 난처해진다. 길모가 경계하는 건 그것이었다.

"몇 가지만 더 확인하죠."

"고맙습니다."

"목적이 뭡니까?"

"……."

"목적도 모르나요?"

"누군가를 우리 편으로 만드는 겁니다."

"그 누군가가 누군 줄 모른다면서요?"

"대략적인 윤곽이라 말씀드릴 수 없는 상태입니다."

"정치적인 겁니까?"

"그렇다고도……."

"그럼 사양합니다."

"잠깐만요!"

다시 한 번 팀장의 목소리가 길모를 막아섰다.

"그래도 국내인은 아닙니다."

"국내인이 아니라면 외국인입니까?"

"그렇다고도……."

"어느 나라 사람이죠?"

"그게… 기밀입니다."

"온갖 게 기밀이군요. 그렇다면 관상을 볼 때도 눈을 가리라고 하겠군요?"

"그럴지도 모릅니다. 자기가 특별한 조건을 주겠다고 했거든요!"

팀장이 대답했다. 그 대답에 놀란 길모가 퍼뜩 고개를 들었다. 그냥 한 번 해본 말이었다. 그런데, 그럴지도 모른다?

"당신이라면… 어떤 옵션의 수행도 가능할 것 같다는 분석이 나왔습니다."

"말도 안 되는……."

"물론 우리도 처음에는 그렇게 생각했습니다."

"뭐라고요?"

"그런데 아까 말씀드렸다시피 저쪽에서 당신을 지명했습니다. 관상 보는 방법까지 자기가 제시하겠다면서……."

"……?"

"도와주십시오. 국가와 민족의 장래에 중대한 일입니다."

팀장은 다시 고개를 숙였다.

"못 합니다."

길모는 잘라 말했다.

국정원!

이름부터 마음에 들지 않았다. 일반 공무원도 싫은 마당에 국정원이라니? 그런데 눈을 가리고 관상을 볼지도 모른다는 말이

나왔다. 눈을 가리고? 눈 없는 관상가가 무슨 소용이란 말인가? 눈 없이 관상 보기. 그건 가히 신의 영역보다 위에 속하는 일이었다.

"그렇다면 부득이 홍 부장님께 민폐를 끼칠 수밖에 없습니다."

'민폐?'

"텐프로 카날리아 운영하시죠? 본의는 아니지만 다른 기관을 통해 불이익을 주는 수밖에 없습니다."

"세무 조사를 하겠다는 겁니까?"

"본의가 아니라고 말씀드렸습니다."

"협박이군요."

"죄송합니다."

"그 마인드가 의심스럽군요. 말도 되지 않는 제안을 하질 않나… 그럼에도 불구하고 당신들 마음대로 하지 않으면 세무 조사?'

"그만큼 당신이 필요하기 때문입니다."

"미안하지만 나는 눈을 가리고 관상을 볼 만큼의 경지에 올라있지 않습니다."

"그건 하나의 예에 불과합니다. 설마하니 그렇게까지 하고 봐달라고 하겠습니까?'

"그런데 왜 그런 얘기가?'

"말씀드렸다시피 당사자가 조건을 정하겠다고 했기 때문입니다. 첩보 세계에서는 얼굴을 드러내는 게 치명적이거든요. 그러니 혹시라도 자기 방어를 위한 예를 들은 것이겠지요."

"혹시… 그 사람이 저랑 아는 사이입니까?'

길모가 물었다. 그게 누구든 만난 적이 있다면 그런 옵션이 붙을 수도 있겠거니 싶었다.

"그건 아닐 겁니다."

"그럼 대체 뭐란 말입니까?"

길모, 자신도 모르게 목청이 높아졌다.

"일단 수락하시고… 각서를 쓰시면 보충 설명을 해드리겠습니다."

"각서?"

"이 일로 알게 된 비밀은 무덤까지 가져간다는……."

팀장이 각서를 내밀었다. 이미 길모의 이름과 인적 사항까지 죄다 적힌 서류. 길모는 단지 사인만 하면 그만이었다.

"당신들… 이미 결정을 내리고 왔군요?"

"죄송합니다. 워낙 중대하고 또 시급을 다투는 일이라……."

"거절하면 바로 세무 조사고요?"

"……."

"완전 채찍만 들고 오셨군요."

"아닙니다. 성공하면 국정원 차원의 보상이 있을 겁니다."

"제 복채가 한두 푼이 아니라는 건 알고 있다는 얘기로군요?"

"예!"

"얼마나 주실 겁니까?"

길모가 물었다. 돈 때문이 아니었다. 이들이 길모를 어떻게 평가하고 있는지 알고 싶었다.

"3억에서 5억까지는."

3억에서 5억?

그리 나쁜 평가는 아니었다.

"좋아요. 그 사람은 어디에 있습니까?"

길모가 물었다. 사면초가. 거절할 수 없는 일이었다. 물론, 세무 조사는 겁나지 않았다. 방 사장으로부터 인수받은 지도 오래되지 않았다. 그러면서 문제의 소지가 있는 카드 단말기도 치웠다.

하지만!

그렇다고 해서 간단하게 생각할 일은 아니었다. 세무 조사를 받게 되면 업소가 어수선해진다. 말이 세무 조사지 그와 동반해 미성년자 검사, 소방 검사, 위생 검사, 보건증 검사 등 전 방위의 조사를 하면 영업에 타격을 입을 건 뻔한 일이었다.

이제 겨우 자리를 잡은 길모. 그것만은 피해야 했다.

"여권 있으시죠? 출입국 기록을 보니 아직 만기가 많이 남았더군요."

그래도 일국의 정보기관. 국정원은 길모의 일상을 손바닥처럼 들여다보고 있었다.

"외국으로 가라는 말입니까?"

"홍콩입니다. 외국이지만 멀지 않으니 비행기 편을 바로바로 연결해 드리면 아침에 가셨다가 가게가 문 열기 전에 귀국할 수 있을 겁니다."

홍콩?

길모가 고개를 들었다. 그렇다면 혹시 중국 사람?

길모의 마음을 읽기라도 한 듯 팀장의 말이 이어졌다.

"장소가 홍콩이지만 중국 사람은 아닙니다."

"그럼 서양 사람인가요?"

"……."

"뭐든 말을 해줘야 대비를 할 거 아닙니까?"

"내일 아침 7시 비행기의 예약자 명단에 넣어 두겠습니다."

"게다가 내일 당장요?"

"홍 부장님은 내일 아침, 부산의 친척상을 방문하시는 겁니다. 서울역 KTX 대합실 쪽 2번 택시 정거장으로 오십시오. 4시 반까지 오시면 될 것 같습니다."

팀장은 동문서답을 하며 KTX표 두 장을 내밀었다.

"……."

"표는 직원들에게 보여주고 알리바이를 증명하시고 내일 새벽에 다시 돌려주시면 됩니다. 나머지 사안은 내일 홍콩으로 가는 길에 전해드리겠습니다."

그 말이 끝나기 무섭게 팀장과 두 직원이 절도 있게 묵례를 올렸다. 할 말이 끝났다는 뜻이었다.

부릉!

국정원의 차가 길모 앞을 지나갔다. 그래도 길모는 움직이지 않았다. 손안에 든 기차표 두 장.

'부산행 KTX…….'

그냥 보기엔 진짜 표처럼 보였다. 하지만 그게 중요한 게 아니었다.

느닷없는 제의. 게다가 국정원. 거기에 더해 어이 상실의 옵션까지…….

'이거 꿈인가?'

길모는 볼을 슬쩍 비틀어보았다. 아팠다. 빌어먹게도 꿈은 아니었다.

*   *   *

오랜만에 몽몽 코스모틱의 최 회장이 오 상무와 함께 1번 룸에 들어섰다.

"이어, 홍 부장. 오랜만이야?"

최 회장은 혈색이 좋아 보였다. 그 옆의 오 상무도 마찬가지였다. 폐암 치료가 잘되고 있는 모양이었다.

"자주 오기도 힘드니까 술은 홍 부장 마음대로!"

최 회장은 세팅을 길모에게 맡겼다.

아가씨는 혜수와 승아가 들어왔다. 최 회장의 지명이었다.

"자, 중국 하남성의 추억을 생각하며 일 배할까?"

최 회장이 술잔을 들었다. 길모도 받은 술잔을 한입에 털어넣었다.

"홍 부장, 혹시 중국 쪽에서 연락 같은 거 오지 않았나?"

안주를 우물거리던 최 회장이 물었다.

"중국요?"

"홍 부장이 만났던 리홍룽 말일세. 그 양반이 마침내 날개를 다는 모양이야."

"아!"

길모의 뇌리에 리홍룽이 스쳐 갔다.

하남성의 정무를 좌지우지하는 리홍룽. 중국 대륙을 통틀어서도 쨍쨍한 8대 원로 집안의 태자당 출신으로 정치국 상무위원을 노리는 사람. 눈을 걸고 관상 배틀을 벌인 그때의 일은 다시 생각해도 오싹했다.

"그때 홍 부장이 그가 갈 길을 열어주지 않았나? 그 공청당 출신 상무위원이 중국 정치권에서 급부상하면서 리훙룽도 상무위원 후보에 거론된다고 들었네."

최 회장의 말을 따라 혜수가 엄지를 세워주었다. 길모는 엷은 미소로 화답했다.

"낮말은 새가 듣고 밤 말은 쥐가 듣는다고 자네 소문이 중국 땅에 도는 모양이더라고. 듣자니 중국의 잠룡들이 비선 정보망을 동원해 자네가 누군지 수소문 중이라는 소문도 있어."

"하핫, 이거 제가 그분들께 1번 룸 예약권 한 장씩 날려야겠는데요?"

길모는 즐겁게 말을 받았다.

"아무튼 자네 덕분에 나도 중국에서 대우 좀 받는다네. 자네 소문에 꼬리를 달고, 리훙룽이 나를 만난 후에 행운을 얻었다는 소문까지 잇따르고 있거든."

"그건 당연한 것 같군요. 저를 데려간 게 회장님이셨으니……."

"고맙네. 난 말이야, 자다가 생각해도 자네가 고마워. 그래서 말일세, 이거 받으시게나."

최 회장이 봉투 하나를 내밀었다.

"뭔지……."

"열어보시게."

최 회장이 빙그레 웃었다. 길모가 봉투를 보니 주식 증서가 보였다.

"사람이 짐승과 다른 건 은혜를 알기 때문이지. 요즘 우리 주식이 얼마나 오른 줄 아나? 자그마치 연초 대비 300% 가까이 올랐다네. 그래서 내 몫 중에서 일부 잘라 왔다네."

"아닙니다. 지난번에 차하고 집도 주셨는데……."

"어허, 자네 이러면 나랑 인연 끊자는 거야."

"회장님!"

"받으시게. 솔직히 이까짓 종잇조각 몇 장이 뭐가 대단한가? 홍 부장은 한 사람의 운명을 쥐락펴락하는 운명 설계자인데."

"……."

"혜수야, 네가 잘 챙겼다가 나중에 홍 부장 드려라."

길모가 망설이자 최 회장은 혜수에게 봉투를 건네주었다.

"홍 부장, 부담 가질 거 없어요. 솔직히 우리 회장님, 인심 후한 사람 아니거든. 누구든 이익이 되지 않으면 가차 없는 분이니까."

오 상무가 거들고 나섰다.

"어허, 저 친구는 지금 누구 편을 드는 거야?"

최 회장이 웃으며 받아쳤다.

"공적으로야 제가 회장님 식솔이지만 심정적으로는 홍 부장 편 아닙니까? 덕분에 몸도 좋아지고 있고요."

"어이쿠, 사면초가로군. 하긴 여긴 관상왕의 1번 룸이니까 난들 어쩔 수 없지."

최 회장은 호방한 웃음을 터트리고는 화제를 돌렸다.

"그나저나 중국 정보기관 말이야, 요즘 움직임이 심상치 않다는 보고가 있던데… 리훙룽 때문인가?"

"아마 그들 정보망에 변화가 있는 모양입니다. 이런저런 소스를 종합해 보니 산업이나 외국계 기업과는 상관없는 것 같으니 심려치 않아도 될 것 같습니다."

오 상무의 말을 들으며 길모는 복도로 나왔다. 손님들끼리의 화제가 나오기 시작할 때, 그때가 바로 룸을 나올 타이밍이었다.

그렇다고 쉴 수 있는 건 아니었다. 길모를 기다리는 사람은 줄을 서 있었다. 이 부장의 룸에 두 번 들르고 서 부장, 강 부장의 룸에도 들렀다. 심지어는 예비 룸에서 홍 마담까지 길모를 호출했다.

홍 마담은 무섭게 적응하고 있었다. 아직 몸매는 크게 꿀리지 않는 그녀. 특유의 싹싹함으로 부장들을 거들며 지명도를 높여 나갔다. 길모는 그녀가 애쓰는 모습이 좋았다.

12번 룸에서 나온 길모는 잠시 휴식을 취했다.

물 한 모금을 들이켜자 국정원 팀장이 떠올랐다.

'젠장!'

솔직히 내키지 않는 일이었다.

국정원! 홍콩!

뭔지도 모르는 옵션 관상! 거기에 더해진 은근한 협박!

관상왕의 체면이 구겨진 것이다.

'하지만 도리 없는 일……'

고개를 들어 쭉 이어지는 복도를 보았다.

카날리아!

이제는 길모가 지켜야 할 성이었다.

길모는 방 사장을 생각했다. 그 또한 팔색조이자 카멜레온이었다. 때로는 갓 경장 계급을 단 경찰에게도 비굴할 정도로 아부를 했다. 검사를 만나면 설설 기기도 했다. 세무 공무원과 구청 공무원에게도 그랬다. 이유는 오직 하나. 카날리아를 지키기 위해서였다.

'오너의 아픔……'

그걸 알 것 같았다. 좋은 일만 할 수 있는 게 아니었다. 뽀대 나는 일만 고를 수 있는 것도 아니었다. 더럽고 치사한 일도 해야 했다. 카날리아를 위해서라면.

[형, 어디 아파요?]

2번 룸에서 나온 장호가 물었다.

"아니!"

[음료수 한 병 드려요? 아까부터 안색이 별론데……]

그래도 장호다. 형제처럼 살다 보니 길모의 변화를 감지하는 것이다.

"실은 부산에 사는 먼 친척이 상을 당했단다."

길모는 기차표를 꺼내 보였다. 그것은 곧 새벽이 오면 홍콩으로 가겠다는 의미였다.

[에? 형이 부산에 무슨 친척이 있어요?]

"얌마, 나는 뭐 하늘에서 떨어졌냐? 어머니 아버지의 사촌도 있고 팔촌도 있지."

[그런데 그 표는 언제 구했어요?]

"응? 아까… 인터넷으로 예약하고 뽑았다."

[에이, 그런 건 나 시키지……]

"영업 끝나면 차는 네가 챙겨라. 혜수하고 아가씨들 태워다

주고……."

[혜수 누나는 같이 안 가요?]

"얌마, 친척 상에 가려면 결혼을 했어야지!"

[그런가?]

장호는 고개를 갸웃거리며 주방으로 향했다.

장호에게 기차표를 보여줌으로써 알리바이 입증은 끝났다. 이제 새벽이 오면 서울역으로 가면 그만이었다.

'홍콩…….'

길모는 그 단어에 딸린 의문들을 짚어보았다. 그러자 의문에 의문이 꼬리를 물며 머릿속에 안개를 피워 버렸다. 뭔가 심상치 않은 일. 그러나 아는 게 없으므로 혜수나 모상길에게 자문을 구할 수도 없었다.

'그냥 부딪쳐 보는 수밖에!'

고개를 드니 시간은 어느새 새벽 2시에 이르고 있었다.

"홍 부장, 이거……."

신새벽, 이 부장이 다가와 봉투를 내밀었다. 조의금이었다. 어떻게 알았는지 봉투는 수십 개에 달했다. 길모는 의심의 화살을 장호에게 날렸다.

[이 부장님이 주류창고에서 나오다가 들었대요. 꼬치꼬치 캐묻는 걸 어떡해요?]

장호는 맥없이 수화를 그렸다.

"형님, 이러지 않으셔도 됩니다. 그냥 얼굴만 아는 친척이에요."

팔자에도 없는 거짓말까지 동원하는 길모.

"홍 부장, 그러면 섭하지. 아, 그럼 내가 친척 상 당하면 홍 부장은 쌩깔 거야?"

단 한마디의 반격에 말문이 막히는 길모.

"잘 다녀와. 그렇잖아도 일 많은데 피곤하겠네."

룸에서 나온 서 부장도 한마디 거들었다. 더 말했다가는 거짓말로 도배를 해야 할 것 같아서 입을 다물어 버리는 길모.

"이거 헤르프메에 입금해라. 카날리아 직원 일동으로!"

길모는 봉투를 장호에게 건네주었다.

[왜요? 조의금인데……]

"얌마, 그냥 내 봉투만 내도 되니까 그렇지."

[그럼 내 봉투라도 전해주세요.]

장호는 자기 것을 골라 내밀었다. 하는 수 없이 그건 받아 들었다.

"잘 다녀와요."

마지막 손님을 보낸 혜수가 장도(?)를 배웅해 주었다. 이래저래 쓴 입맛을 다시며 길모는 택시에 올랐다. 이 부장이 역까지 태워준다는 걸 거절하는 것도 곤혹스러운 일이었다.

서울역이 가까워지자 먼동이 트기 시작했다.

아침이다.

단 한 번의 지각도 없이 찾아오는 아침. 길모는 국정원 팀장이 알려준 택시 승강장에서 내렸다. 신새벽임에도 오가는 사람들은 꽤 많았다.

정확히 5분 뒤에, 길모 앞에 모범택시 두 대가 멈췄다. 그런가

보다하고 넘어가려 할 때 뒤에서 낮은 목소리가 넘어왔다.

"돌아보지 말고 자연스럽게 뒤 차, 뒷좌석에 타십시오!"

팀장이었다.

길모는 그 말에 따라 택시에 올랐다.

뒷좌석에는 먼저 탄 사람이 있었다.

"오시느라 고생하셨습니다."

편안한 인상의 중년이 손을 내밀었다. 한눈에 들어온 관상으로 보아 관록이 만만치 않은 사람. 금형인의 상을 가진 그는 국정원의 고위 간부였다. 뒤 이어 팀장이 조수석에 오르자 택시는 그대로 출발했다.

"국정원 손정구 국장입니다."

국정원의 국장. 그게 어느 정도 위치인지는 감이 잘 오지 않았다. 길모는 그냥 묵례로 인사를 받았다.

"우선 직원들의 결례를 양해해 주시기 바랍니다. 본래 국가안보에 직결되는 일들은 정보 공개가 곤란해서 말이죠."

"예……."

"생각보다 젊으시군요. 사실 처음에 보고가 올라왔을 때는 최소한 저보다 연배가 높을 거라 생각하고 있었습니다."

"……."

"아무튼 협조해 주셔서 고맙습니다. 큰 결단하신 겁니다."

"고마울 거 없습니다. 사실 알고 보면 반강제였으니까요."

길모는 담담하게 대꾸했다. 여러모로 불편한 심기를 드러낸 것이다.

"워낙 사안이 중대하고 긴박한 일이라 부득이한 카드를 꺼냈습니다. 부디 화를 푸시고 넓은 마음으로 국익을 생각해 주시기 바랍니다."

"나는 관상가입니다. 그리고 관상을 봐달라는 부탁을 받았고요. 국익까지는 잘 모르겠고… 뭘 해야 하는지나 말해주십시오."

"그러죠. 사실 시간도 많지 않으니까요."

손 국장은 무릎 위의 노트북을 켰다.

"우선 홍 부장님이 관상을 봐야 할 사람의 국적은 러시아 인입니다."

'러시아?'

길모의 눈이 휘둥그레졌다. 동시에 금발과 하얀 얼굴, 커다란 코가 뇌리를 스쳐 갔다. 이미 사우디아라비아 사람의 관상을 보았던 길모. 그때도 이런저런 노력이 필요했다. 그러니 러시아 사람 또한 대비 없이 볼 관상은 아니었다.

"젠장, 그럼 그렇다고 미리 말을 해야지 이제 와서……."

길모가 아쉬움을 토로했다.

"그런데… 국적은 러시아라지만 사실은 조선인입니다."

조선인?

한국인이 아니고 조선인?

길모의 시선이 국장에게 향했다.

"간단히 줄이면 러시아 국적의 북한 사람입니다."

'북한 사람?'

길모의 동공이 국장과 마주치면서 멈춰 버렸다.

"코드명 붉은 올빼미, 레드 울프, 레드 하트, 레드 시니컬… 이 밖에도 10여 개는 더 됩니다만 패스하고……."

국장을 화면을 터치해 다음 페이지를 열었다.

"나이는 50대 초반으로 파악하고 있지만 플러스마이너스 2살이 가감될 수 있습니다."

"……."

"혹시 북한 정세에 관심이 있습니까?"

국장이 담담한 시선으로 물었다. 사람의 마음을 편하게 만드는 담담함. 자신의 분야에서 대가의 위치에 선 듯 자연스러운 표정이었다.

"없습니다."

길모는 한마디로 대답했다.

"좋습니다. 사실 북한의 일은 우리도 모르는 것 투성이니까요."

국장은 엷은 미소를 지으며 다음 말을 이어갔다.

"간단히 말하면 이 친구… 북한의 해외 정보망을 개척한 친구입니다. 러시아 국적도 그런 필요에 의해 취득했지요. 이후 북한에 들어가 정권 교체에 따른 숙청 작업의 실무기획을 진두지휘한 것으로 파악하고 있지요. 그러니까, 북한 내부 상황에 대해 누구보다 정통한 인물이라고 할 수 있습니다."

"……."

"동시에 오랜 해외 생활로 인해 사고방식이 유연해 각국 정보망과도 네트워크를 이루고 있는 친구죠. 그래서 우리 국정원에서는 이 친구의 마음을 살 기회를 찾고 있었습니다."

차가 속도를 내자 살짝 열린 창에서 바람이 사납게 밀려들었다. 그 바람에 국장의 말이 끊겼다. 소음 때문이었다. 길모는 다시 차창을 올렸다.

"그러다 마침내 기회가 왔습니다. 숙청 작업의 후유증으로 북한 정국이 혼미해지자 이 친구 역시 부메랑을 염려하게 되었지요."

부메랑!

길모는 그 말을 곱씹었다. 칼은 든 사람의 손에는 피가 묻기 마련. 칼을 들고 있을 때는 잘 모르는 일이었다.

"마침 북한이 중국과의 관계가 소원해지자 중국 정보기관의 오해를 풀기 위해 중국으로 건너 가 활동 중인데, 그 뒤에 감시망이 붙은 걸 눈치채게 되었습니다. 물론, 그 정보는 우리가 제공했지요."

"……"

"그러다 중국 지도층을 두루 만나면서 심경의 변화를 일으킨 거 같습니다. 특히 새 상무위원 물망에 떠오른 리훙룽 하남성 서기장……."

'리훙룽?'

길모 머리에 번갯불이 스쳐 갔다.

"확인해 보니… 아, 기분 나쁘게 생각하지 마십시오. 홍 부장님도 리훙룽을 만난 적이 있더군요. 그렇죠?"

"예."

길모는 건성으로 대답했다. 동시에 머릿속에는 여러 가능성들이 줄지어 스쳐 갔다. 에인션트 드래곤이 되려는 해즐링 출신의 리훙룽. 대체 그와 이 북한 인사가 무슨 관계가 있단 말인가?

"교차점이 나왔으니 의문이 들었을 것 같군요. 리훙룽과 레드 울프는 어떤 연관이 있는 걸까요?"

국장이 물었다.

"제가 묻고 싶은 말입니다."

길모의 대답은 즉각적이었다.

"실은 저희도 다각도로 레드 울프의 동기를 분석해 보았습니다. 혹시라도 헛다리를 짚어서는 안 될 일이니까요. 그런데……."

국장은 다음 페이지를 넘기며 말꼬리를 붙였다.

"확실하지는 않지만 흥미로운 사실이 나왔습니다. 바로 레드 울프의 조부께서 북한에서 꽤 유명했던 관상가였다는……."

"……?"

"이제 핵심을 말씀드리겠습니다."

손 국장의 목소리에 힘이 들어가기 시작했다.

『관상왕의 1번 룸』 10권에 계속…

이 시대를 선도하는 이북 사이트

이젠북

www.ezenbook.co.kr

더욱 막강해진 라인업!
최강의 작가들이 보이는 최고의 재미.

이들의 "유료연재"가 시작됩니다!

김재한 『성운을 먹는 자』
홍정훈 『월야환담 광월야』
이지환 『어린황후』
좌백 『천마군림 2부』
김정률 『아나크레온』

태제 『태왕기 현왕전』
전진검 『퍼펙트 로드』
방태산 『완벽한 인생』
왕후장상 『전혁』
설경구 『게임볼』

검색창에 **이젠북** 을 쳐보세요! ▼ 🔍

초대형 24시 만화방

신간 100%, 샤워실, 흡연실, 수면실(침대석), 커플석, 세탁기 완비

■ 일산 정발산역점 ■

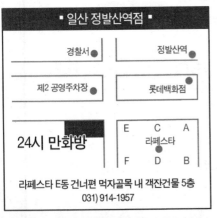

경찰서 정발산역

제2 공영주차장 롯데백화점

24시 만화방

E C A
라페스타
F D B

라페스타 E동 건너편 먹자골목 내 객잔건물 5층
031) 914-1957

■ 강북 노원역점 ■

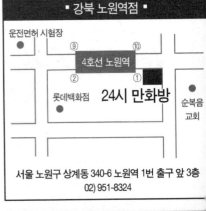

운전면허 시험장

⑨ ⑩
4호선 노원역
② ①

롯데백화점 24시 만화방

순복음
교회

서울 노원구 상계동 340-6 노원역 1번 출구 앞 3층
02) 951-8324

■ 부천 역곡역점 ■

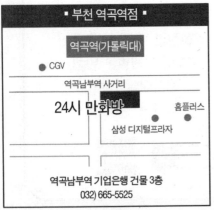

역곡역(가톨릭대)

● CGV

역곡남부역 사거리

24시 만화방 홈플러스

삼성 디지털프라자

역곡남부역 기업은행 건물 3층
032) 665-5525

■ 부평역점 ■

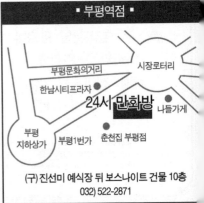

시장로터리

부평문화의거리

한남시티프라자 24시 만화방

나들가게

부평
지하상가 부평1번가 춘천집 부평점

(구) 진선미 예식장 뒤 보스나이트 건물 10층
032) 522-2871

월야환담

・채월야・

홍정훈 장편 소설

"미친 달의 세계에 온 것을 환영한다!"

서울을 중심으로 펼쳐지는 뱀파이어, 그리고 뱀파이어 사냥꾼들의 이야기!
한국형 판타지의 신화, 월야환담 시리즈 애장판
그 첫 번째 채월야!

Book Publishing CHUNGEORAM

유행이 아닌 자유추구 -
WWW.chungeoram.com

현대 소환술사
THE MODERN SUMMONER
FUSION FANTASTIC STORY
현윤 퓨전 판타지 소설
하늘이 무너져도 솟아날 구멍은 있다!
드래곤의 실험으로 모진 고난을 겪어야 했던 레비로스!
우여곡절 끝에 소환술사가 되어 최강의 자리에 오르지만
운명은 그를 나락으로 떨어뜨린다.
『현대 소환술사』
다시 한 번 주어진 삶!
그러나 그마저도 암울하기 그지없는데…….
소환술사 레비로스의
인생 역전이 시작된다!
Book Publishing CHUNGEORAM
유행이 아닌 자유추구
www.chungeoram.com

승유 퓨전 판타지 소설
FUSION FANTASTIC STORY

환생마법사
Magician return

빠져나갈 수 없는 환생의 굴레.
그는 내게 마지막 기회를 주었다.

"이 세계의 정점이 된다면…
네가 살던 곳으로 돌려보내 주겠다."

대륙 최고를 향한 끝없는 투쟁!
100번째 삶.

더 이상의 실수는 없다.

Book Publishing CHUNGEORAM

유랑이 아닌 자유추구 ~
WWW.chungeoram.com

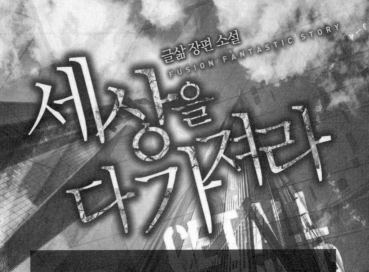

글삶 장편 소설
FUSION FANTASTIC STORY

세상을
다가져라

[세상을 다 가져라]

문피아 선호작 베스트 작품 전격 출간!
현대판타지, 그 상상력의 한계를 넘어서다!

권고사직을 당한 지 2년째의 백수 권혁준.

우연히 타게 된 괴상한 발명품으로 인해
과거로 회귀한다!

그런데
과거로 온 혁준의 손에 들려 있는 것은 바로
최신형 스마트폰!

"까짓 세상, 죄다 가져 버리겠다 이거야."

백수였던 혁준의 짜릿한 인생 역전이 시작된다!

Book Publishing CHUNGEORAM

유행이 아닌 자유추구 -
WWW.chungeoram.com

떠운 장편 소설

FUSION FANTASTIC STORY

진꽁
삼국지
三國志

2세기 말 중국 대륙.
역사상 가장 치열했던 쟁패(爭覇)의
시기가 열린다!

중국 고대문학을 공부하던 전도형,
술 마시고 일어나니 도겸의 둘째 아들이 되었다?

조조는 아비의 원수를 갚으려 쳐들어오고
유비는 서주를 빼앗으려 기회만 노리는데…….

"역시 옛사람들은 순수하다니까.
 유비가 어설픈 연기로도 성공한 데는 다 이유가 있지, 암."

**때로는 군자처럼, 때로는 효웅처럼!
도형이 보여주는 난세를 살아가는 법!**

~ Book Publishing CHUNGEORAM

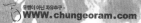
유행이 아닌 자유추구 -
WWW.chungeoram.com

FUSION FANTASTIC STORY

비츄 장편소설

올 스탯
슬레이어

강해지고 싶은 자, 스탯을 올려라!
『올 스탯 슬레이어』

갑작스런 몬스터의 출현으로 급변한 세계.
그리고 등장한 슬레이어.

[유현석 님은 슬레이어로 선택되었습니다.]
"미친… 내가 아직도 꿈을 꾸나?"

권태로움에 빠져 있던 그가…

"뭐냐 너?"
"글쎄. 나도 예상은 못했는데, 한 방에 죽네."

슬레이어로 각성하다!

Book Publishing CHUNGEORAM

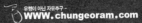
유행이 아닌 자유추구 -
WWW.chungeoram.com